파
과

구병모 장편소설

파
콰

위즈덤하우스

차례

그러니까 금요일 밤 시간대의 전철이란 으레 그렇다. 밀착을 넘어 연체동물의 빨판처럼 서로에게 흡착되다시피 한 생면부지의 몸 사이에 종잇장만 한 틈이 있다는 사실만으로도 고마운. 누군가 입을 열거나 숨을 쉴 때마다 머리 위로 끼얹어지는 고기 누린내와 마늘 냄새 문뱃내에 들숨을 참더라도, 그 냄새가 닷새간의 노동이 끝났음을 알려주기에 안도하는 시간. 과연 내년에도 혹은 다음 달에도, 심지어 당장 다음 주에도 이 시간에 전차를 탈 수 있을지에 대한 실존의 불안을 잠깐이나마 접어두는 시간. 다음 역 문이 열리고 쏟아지는 한 무더기의 노동자들—그들의 얼굴에 드리워진 피로와 고뇌와, 얼른 귀가하여 젖은 휴지 같은 몸을 매트리스에 부려놓고 싶다는 갈망 사이로 그녀가 들어선다.

아이보리 펠트 모자로 잿빛 머리를 가리고 잔잔한 플라워 프린트 셔츠에 수수한 카키색 리넨 코트와 검정 일자바지 차림의 이 여성은 짧은 손잡이의 중간 크기 갈색 보스턴백을 팔에 건 차림으로 실제 연령 65세이나 얼굴 주름 개수와 깊이만으로는 여든 가까이 되어 보인다. 몸짓과 인상착의가 다른 이들에게 뚜렷한 인상을 남겨줄 만큼은 아닌데, 보통 사람들이 전철에 오른 수많은 노인 가운데 유독 한 명에게 찰나 이상의 시선을 보낸다면 이유는 아마 그가 열차 끝 칸에서부터 쓸어온 신문 뭉치를 품에 안은 채 누군가 혹시 흘렸을 파지를 찾아 선반을 훑으며 서 있는 사람들의 어깨를 치고 다니기 때문이거나, 보랏빛 점무늬가 날염된 항아리 팬츠와 고무신 차림으로 들어서자마자 갓 짠 참기름과 생강 냄새를 풍기는 커다란 보퉁이를 명백히 통행에 방해되게 바닥에 내려놓고 그 옆에 보란 듯이 주저앉아서 아이구 아이구 앓는 바람에 결국 앉아 있던 이들 가운데 누군가가 금방이라도 혼절할 것 같은 몸을 일으켜다 자리를 양보해야 하기 때문이다. 또는 그 반대의 경우로, 장년 여성에게서 흔히 볼 수 있는 쇼트커트 펌이 아니라 모자도 없이 허리까지 닿는 백발의 직모를 곱게 빗어 내린 노인이 어르신들 얼굴에 피어나게 마련인 저승꽃을 흰 분으로 어설프게 가리고 떨리는 손으로 깊이 그어 물결치는 아이라인에 설상가상으로 레드컬러 틴트를 입술에 칠하거나 파스텔 톤 미니드레스 정장 차림이라도 했다면 더욱 눈에 띌 것이고 오랜 시간, 어쩌면 그녀가 하차할 때까지 시선이 모일 것이다. 전자는 그 존재만으로도 사람들에게 즉시 불쾌감을 준다면, 후자는 현실적인 부조화로 인해 당혹감을 주는데, 두 부류 중 어떤 모습이든 간에 별로 깊이 관여하고 싶어지지 않는다는 점에서는 일치한다.

그런 점에서 볼 때 그녀는 사람들이 간주하는 바람직하고 교양 있으며 존경받을 만한 연장자의 전형이다. 공연히 헛기침을 해가며 허리를 구부린 채 문간의 바를 잡고 신음을 쥐어짜는 대신, 이미 앉을 데라곤 없는 노약자석으로 곧바로 향한다. 요새 젊은것들이 태도가 글러먹었다고 시비를 걸지 않는다. 일반적인 중산층 노인이라면 딱 그럴 법한, 그야말로 노년의 정석에 가까워 모자라지도 튀지도 않은—모자부터 신발까지 명품은 아니나 그렇다고 허름하지도 않으며 동대문 상가나 동네 부인복 매장 아니면 백화점 꼭대기

충의 이월 행사장에서 건질 수 있을 법한 아이템들로 매치된—옷차림을 갖추었으니 젊은이들에게 시각 공해를 선사하지 않는다. 등산 점퍼와 각종 스포츠 용품을 과시하며 불쾌한 얼굴로 고성방가하지 않는다. 어느 장면에나 자연스레 녹아들어 원래부터 거기 있었던 스무 번째 엑스트라인 양 존재하는 그녀는, 손자 손녀를 돌보는 황혼의 육아 노동에 지친 기색이 전무하며 자식들을 출가시키고 몸에 밴 근검절약으로 여생을 유지하는 연금 생활자의 분위기를 풍기기도 한다. 사람들은 귀에 이어폰을 꽂은 채로 각자의 전화기 액정 화면을 들여다보고 밀려오는 인파에 몸을 움츠리며, 그들 사이에 한 명의 노인이 들어왔는지 말았는지에 대해서는 곧 잊어버린다. 항목이 분류되지 않은 폐지처럼 인식에서 치워버린다. 또는 인식 자체를 처음부터 하지 못한다.

다음 역에서 지팡이를 짚은 한 노인이 오장을 뽑아낼 기세로 가래를 톺아내며 몸을 일으키자 그녀는 빈자리에 앉는다. 모자챙을 내리누르고 가방에서 꺼낸 것은 인조가죽 장정의 지퍼식 핸디 성경이다. 무릎에 성경을 펼쳐놓고 루페를 그 위에 올려 한 글자 한 글자 읽어나가는 노인의 모습도 전철 안에서는 이질적이거나 신선한 광경이 아니다. 적어도 모르는 사람의 팔을 붙들어가며 예수 천당 불신 지옥을 필두로 성경 구절을 주입시키지만 않으면 그만이다. 노년층이 도처에서 가까운 이들의 부음을 듣고 뒤늦게 신에 의탁하여 성경이나 불경을 읽는 건 흔한 일로, 거기서 더 나아가 고상한 지성미를 드러낼 만큼 남다른 임팩트가 있다고 하면 논어나 맹자 계통일 것이며, 더욱이 여성 노인의 경우 그녀가 보는 책등에 플라톤이나 자본론 내지는 헤겔 칸트 스피노자 같은 제목이 적혀 있다면 그건 그것대로 사람들의 경이와, 당신이 정말 그것을 읽고 이해할 수 있느냐는 일말의 의구심이 담긴 시선을 받을 것이다.

그리하여 이 모든 자태가 혐오스럽지도 이색적이지도 않아서 타인들이 원하는 기준치—실제 평균치와는 무관한—에 들어맞아 어떤 이목도 끌지 않는 그녀는, 고개를 무릎에 닿을 듯 떨어뜨리고 루페 안에 확대된 글자를 짚어나가는 듯하다가 문득 안경알 밖으로 눈만 들어 대각선 좌석을 살핀다.

50대 후반 남자의 뒷모습이 보인다. 꾸벅꾸벅 조는 듯하다. 머리카락은 새로 염색할 시기를 놓친 모양으로 반백이며 다갈색 가죽 재킷과 검은 기지 바지 차림, 손목에 고리를 건

일수가방 스타일의 클러치 백은 각종 서류와 지폐로 두툼하게 부풀어 있고, 검정 페라가모 구두는 닳고 긁힌 부분이 눈에 띈다. 손잡이를 잡고 열차의 흔들림을 따라 이리저리 몸을 기울이는 동안 그녀는 남자에게서 눈을 떼지 않는다.

선 채로 졸던 남자의 어깨가 크게 움찔한다. 남자는 잠에서 깨어난 게 민망했는지 공연히 마주한 의자에 앉은 젊은 여인의 이마를 손가락으로 쿡 찌르고, 여인은 눈을 휘둥그레 뜨며 그를 올려다본다. 여인이 눈살 한 번 찡그리곤 제 손안의 휴대전화를 들여다보는데 남자는 다시 그 이마를 이번에는 좀 더 세게 쿡쿡, 연속으로 찌른다. 주위 사람들은 처음에 그 여인이 남자의 딸이나 며느리 정도 되는 줄 알았다가, 여자의 반응으로 그들이 모르는 사이임을 알게 된다. 아저씨 왜 그러시죠, 여인이 또박또박 묻자 남자는 핀잔 조로 말한다. 아저씨이? 젊은 년이 눈 똑바로 뜨고 대드냐. 잘한 것 있냐. 노인 앞에 두고 모른 척 핸드폰이나 처들여다보는 주제에. 주위에 술렁임이 일어난다. 젊은 여인은 나직하게 말한다. 네, 할아버지, 저 임신했어요. 그 말을 듣고 성경 읽던 노부인과 주위 사람들도 자동 반사로 여인의 배에 눈길을 주지만, 베이비돌 스타일의 펑퍼짐한 상의를 입은 여

인의 배가 나왔는지 아닌지는 알 수 없으며, 다만 얼굴이 푸
석하고 전체적으로 부기가 올랐다는 사실만 확인한다. 남자
는 헛기침하며 목소리를 높인다. 요즘 젊은 년들은 죄 결혼
도 작파하고 애새끼도 안 뽑고 의무를 게을리하는 주제에
저 편할 때만 임신 타령이지. 통닭이니 돼지족발이니 있는
대로 처먹어서 젖통 배통에 기름 낀 거랑 새끼 밴 거랑 구별
도 못 할까 봐? 사실이라 쳐도 세상에 너 혼자만 애 뱄냐? 혼
자만 애 낳아? 말 한마디가 끝날 때마다 이마를 밀어젖히는
손가락을 여인은 두어 번 뿌리치지만 남자는 포기하지 않는
다. 여인은 누군가 도와줄 사람이 없는지 둘러보지만 옆으
로 늘어앉은 중장년의 남자들은 고개를 숙인 채 잠을 청하
고 있다. 여인은 조금 더 세게 상대의 손을 쳐내고 소리친다.
다른 남자들 다 놔두고 왜, 여자가 만만해요? 임신했다잖아
요! 남자는 주위를 힐끔 보다가 아무도 그녀를 돕기 위해 나
설 것처럼 보이지 않자 이번엔 아예 딱밤을 먹이곤 한다는
말이, 네년이 하두 기가 찬 소리를 하니까 그런다. 어디서 애
뱄다고 거짓말에다가 어른 말씀하시는데 꼬박꼬박 말대꾸
야. 손가락의 압력에 밀려 창에 뒷머리를 살짝 찧은 젊은 여
인은 그게 아파서는 아니겠지만 훌쩍이기 시작하고, 건너편

핑크색 좌석 옆에 앉았던 50대 초반 여인이 일어나더니 남자의 어깨를 끌어다 말린다. 할아버지 저기 앉으셔요. 남자가 못 이기는 척 끝까지 궁얼거리며 빈자리에 앉아서는 일수가방을 품은 자세로 팔짱을 끼고 눈을 감는다. 50대 여인은 모멸감으로 가득 찬 얼굴의 젊은 여인에게 다가가 어깨를 두드린다. 아가씨. 아니 애엄마, 울지 마. 이런 거 가지고 울면 어쩌려고 그래? 이제 엄마 될 사람이. 그러더니 목소리를 조금 낮추며, 세상 모든 노인이 다 저런 거 아니니까 너무 속상해하지 마요. 그나마 별로 노인 같지도 않은 아저씨가 꼭 저 필요한 때만 골라서…… 그때 전철은 다음 역에 정차하기 위해 서행하면서 안내 방송을 내보내고, 젊은 여인은 가방을 챙겨 일어나며 악을 쓴다.

지금 만난 게 저 사람인데! 모두 그런 건 아니라고 해봤자 그게 다 무슨 소용이에요?

조금 전 앉은 일수가방의 남자는 그리 금방 잠들지 않았을 법한데도 모른 척 눈을 감고 있으며, 젊은 여인은 이번 역이 내릴 곳이었는지 아니면 이 상황을 벗어나기 위해서였는지 50대 여인의 위로를 뒤로하고 승강장에 내려선다. 열차 문이 닫히고, 임부가 비운 자리에는 망설이던 50대 여인이

다시 앉았으며, 둘러선 사람들은 눈 감은 남자를 한 번쯤 흘겨보기는 하지만 곧 이 소동을 잊어버린다. 노부인도 다시 무릎에 편 성경으로 시선을 떨어뜨린다. 그녀는 행동이나 장신구 하나까지 눈에 띄지 않는 것을 모든 일의 첫걸음으로 생각하기 때문에, 그 소란에 끼어들지 않은 것에 대해 죄의식을 가지지 않는다. 아마 50대 여인이 중재하지 않았더라도 그녀는 끝내 나서지 않고 젊은 임부의 낭패한 얼굴과 눈물을 덤덤히 건너다보았을 것이다.

그로부터 다섯 정거장을 지나고 이번 정차역과 환승 방향을 알리는 안내 방송이 나오자 남자는 눈을 뜨고 몸을 일으킨다. 노부인도 성경을 닫고 가방에 넣은 뒤 루페를 소매 속으로 밀어 넣고 몸을 일으킨다. 출입문 앞에 선 남자 뒤로 너무 들러붙지 않을 만큼, 그러나 그 사이로 다른 이가 끼어들고 싶지 않을 만큼만 다가선다.

열차가 멈추고 압력이 가득 찬 밥솥의 코크를 젖힌 것처럼 문이 열린다. 스크린도어 위치가 약간 어긋나게 대어져 있다. 환승역에서 흔히 그렇듯 사람들은 서로의 등을 밀치며 하차하는데, 양손에 보따리를 든 한 무리 중년 여성들이 혹시라도 남아 있을지 모를 자리를 차지하기 위한 본능으로 하차 완료까지 기다리지 않고 몸을 모로 틀어 비집고 들어오느라 출입문은 어수선하다. 그때 문득 남자가 일수가방을 낀 쪽 손으로 가슴을 감싸 쥔 채 몸을 움찔하다 그 자리에 멈춰 선다. 하차객도 승차객도 출입문을 가로막고 선 남자의 몸을 떠밀고, 그는 인파에 이리 치이고 저리 치이다가 결국 승강장으로 밀려 내려온다.

아 뭐야, 비켜주세요! 승강장에서도 사람들은 흐름을 가로막고 선 남자를 가능한 한 피해서 지나가려 해보지만 어깨나 등을 부딪히지 않을 수 없다. 그러던 중 한쪽 어깨에 길고 커다란 스포츠백을 메고 환승선 구간으로 바삐 걸어가던 청년도 남자를 피하려 몸을 옆으로 틀었으나 워낙 체격과 키가 상당한 탓에 스포츠백 모서리가 남자의 머리를 퍽 소리 나게 치고 만다. 어이쿠 죄송, 말하며 그가 상대를 돌아보는 순간 남자는 이미 그 자리에 일수가방을 품은 자세 그대로 엎어져 있다. 스포츠백 청년은 사색이 되어서는 이거 내가 이런 거 아닌데, 말하고 싶은 것처럼 주위를 둘러보지만 다른 사람들은 걱정스러운 표정을 짓기는 하면서도 대개 흘끔거리고 지나갈 뿐이며, 그나마 가던 길을 멈추고 구경하는 이들은 꼭 청년을 거들지 않아도 될 만큼의 거리를 두고

서서 그 장면을 지켜보고 있는데 그들의 시선은 일제히 청년의 불찰을 비난하며 그에게 책임을 질 것을 요구한다. 청년은 이 불운과 재난에 어쩔 수 없이 쪼그리고 앉아 아저씨 괜찮으세요, 건성으로 물어보며 남자의 몸을 흔들다 비로소 사태가 심상치 않음을 깨닫는다. 공익요원과 역무원이 달려와 쓰러진 이의 몸을 뒤집어보는데, 푸른 얼굴에 두 개 박혀 열린 동공은 그리로 들어가면 언젠가 세상 끝을 만날 수 있을 것처럼 깊은 어둠으로 조밀하게 차 있는 터널 같다. 얼굴을 위로 하여 몸을 돌렸기 때문에 그들은 그의 등 뒤 가죽 재킷에 깨끗하게 그어진 칼자국을 아직 발견하지 못한다.

　그녀는 화장실 끝 칸에서 대량으로 풀어낸 휴지를 뭉쳐서는 손가락 두 마디만 한 비수에 묻어 있던 독의 나머지를 대강 닦아내고 변색된 휴지를 변기에 버린 다음 물을 내린다. 잔여물은 집에 가서 수술용 장갑을 끼고 완전 세척할 것이다. 혈관에 침투하면 수초 내로 신경을 마비시키는 시안화칼륨 계통이어서 그녀 자신도 다룰 때 조심스러울뿐더러 최근 들어 손 떨림이 생겨서 장비를 갖추고 신중을 기해야 한다. 비수 위로 루페 뚜껑을 닫자 렌즈가 화장실 조명과 금속

반사를 양쪽으로 받아 반짝인다. 그 반짝임이 문 너머에서 손을 씻거나 누군가와 통화하는 여자애들의 눈에 띄기 전에 그녀는 가방에 루페를 넣고 잠근다.

화장실에서 나와 지하철 출구를 향해 몸을 돌리다 그녀는 한 무리의 남자들과 부딪혀 나동그라질 뻔한 걸 다만 아슬 아슬하게 스친다. 주황 옷 입은 구급대원들 두세 명이 한 번에 네댓 단씩 계단을 뛰어내리더니 개찰구를 날듯이 뛰어넘는다. 그들이 일으키고 간 먼지바람의 여운이 코트 앞섶을 흔든다.

복잡한 장소에서 일 마치고 코너를 돌 때는……

속도를 줄이거나 벽 쪽에 붙지 말고 바깥으로 원을 넉넉 하게 그리라고 했지. 마주 오던 사람이랑 부딪혀 갖고 있던 걸 죄 떨어뜨리기라도 하면 어쩔 거야. 여기 증거물 있으니 다 가져가세요 하게?

그렇게 말하던 이의 표정을 바로 어제인 양 떠올리며 그녀는 집에 닿는 가능한 한 복잡한 경로를 머릿속에 그린다. 이대로 나가 한 블록 걸어가면 버스 정류장이 나올 테고 거기서 아무 번호나 잡아탄 다음 이곳으로부터 최대한 멀리 떨어진 또 다른 노선의 전철역에 내려 굳이 먼 길을 돌아가리라, 최대한의 궤적을 그리며 잔손금과도 같이 펼쳐진 길을 돌아가리라, 몸이 허락하는 한. 그녀는 느긋한 발걸음으로 출구를 향해 간다. 머리 위로 드리워진 지상의 찬란한 어둠을 향해 나아간다.

햇귀가 밝을 무렵 회색 트레이닝복 차림으로 문을 나서려 할 때 무용은 주인의 인기척에 깨어나 꼬리를 흔들며 다가오고, 조각(爪角)은 무용의 머리를 쓸어내리다 간밤 모종의 뒤처리 끝에 지쳐 노그라지는 바람에 녀석의 물그릇과 밥그릇을 갈아주지도 채워주지도 않았다는 사실을 깨닫는다.

"너도 내 나이 돼봐라, 깜박깜박한다."

건조한 집 안 공기에 물그릇은 거의 말라붙었고, 그릇 바닥에 몇 알 남은 애견 사료도 최소한의 수분마저 날아가 단단히 굳었다. 조각은 남은 사료를 버리곤 그릇을 싱크대에 담가 비누칠을 하다 문득 무용을 돌아보고 덧붙인다.

"하긴 개 나이로 치면 비슷하겠구나."

마지막으로 동물 병원에 갔을 적에 수의사가 열두어 살쯤 됐겠다고 말했던 기억이 나지만 정작 그때가 언제이며 무슨 치료를 왜 받으러 갔는지는 모르고, 그런 세부 사항만이 간헐적으로 머릿속을 적시다 이내 증발한다. 정확히 몇 년 전에 어디서 어쩌다 녀석을 주워 왔는지, 동화나 신변잡기를 다룬 소형 잡지에서 볼 수 있는 흔한 유기견 습득의 공식에 따라 그날은 하늘에서 비가 내렸는지 자신이 우산을 쓰고 지나가던 참이었는지, 녀석은 종이 상자 안에 담겨 비를 맞으며 상처 입었음이 역력한 젖은 눈으로 그녀를 올려다보고 있었는지도 기억이 가물가물하다. 또는 마침 방역을 마치고 돌아오던 길로, 아무리 기계적 반복에 익숙하다곤 하나 바로 직전에 누군가의 목숨을 쥐어 터뜨리고 난 뒤의 귀갓길에 살아 있는 것과 눈이 마주친 순간 충동과 변덕이 편도체를 간질여 이 녀석을 주워가지 않으면 후환이 생길 것만 같은 예감이라도 들었는지 또한 생각나지 않는다. 확실한 거라곤 자신의 성격상 처음 새끼일 적부터 인터넷 애견 카페나 동물 병원을 통해 분양받아 오지는 않았으리라는 사실뿐이다. 그럼에도 그 당시에는 산 것을 데려오다니 쓸데없는 짓을 했다는 느낌만은 선연하여 이름을 그리 지었을 터다.

"너도 같이 가겠니."

그저 한번 물어보는 말이다. 무용은 그녀의 아침 운동에 따라나서는 대신 나른한 졸음과 느린 호흡에 몸을 맡긴 지 오래다.

무용을 등 뒤에 남겨놓고 철문을 닫은 뒤 한 블록 정도 걸어갔을 때 문득 조각은 자신이 설거지한 그릇에 물과 밥을 새로 채워놓고 왔는지 헛갈리기 시작하는데, 어쩌면 기껏 채운 밥그릇을 바닥 아닌 냉장고 안에 넣어두고 온 것도 같지만 다시 돌아가 확인해보기에는 꽤 멀리까지 나왔다. 다리미 또는 가스레인지를 켜놓고 온 느낌이 들거나 욕조에 물을 받기 위해 수도를 틀어놓고 잊었을지 모른다는 불안에 한번 사로잡히기 시작하면 기어이 다시 돌아가 보고야 말지만, 지금까지 그런 생각이 퍼뜩 나서 횡허케 집으로 돌아가 보았을 때 실제로 참상이 일어났던 적은 없었으며 언제나 전기도 수도도 강박적으로 잠겨 있었다. 미안하지만 개밥 정도야 잠깐 어떠랴, 며칠씩 자리를 비우는 방역도 아니고 그저 한두 시간 운동 나가는 길인데.

그녀가 갈 수 있는 곳이라곤 인근 산림 공원의 약수터 정도로, 세월이 흐를수록 할 수 있는 운동의 범위는 점점 줄어 이제는 조깅이 고작이다. 그곳 길목에 철봉이나 스텝퍼, 이 클립스 등 간단한 공용 운동기구가 있지만 그것들은 어디까지나 기초 체력을 근근이 유지하는 데 도움이 될 뿐, 마지막으로 헬스클럽에서 벤치 프레스 머신이나 버터플라이 머신을 이용해본 지가 언제인지 알 수 없다.

물론 원하면 언제든지, 얼마든지 3개월 회원권을 끊을 수 있다. 뼈도 근육도 아직 버틸 만하여 그런 기구들을 조작하는 데 큰 무리는 없을 것이다. 헬스클럽에서 땀 흘리는 노인들은 어디서든 어렵지 않게 볼 수 있다. 다만 지역이나 소득 수준에 따른 차이가 있는데, 조각이 사는 동네는 반경 1킬로미터 내에 헬스클럽이 두 군데로 기구 상태가 대부분 오래되었으며 가짓수도 적은 데다 남녀 공용이라 그녀가 필요로 하는 기구는 언제나 남자들이 차지하고 있어서 끼어들 틈이 없었고 운동 목적보다는 동네 사랑방처럼 보였다. 강남 쪽으로 내려가면 거대 주상복합 단지에 노인 전용 피트니스 센터도 찾으려면 못 찾을 것도 아니나, 몸이 완전히 흐무러진다는 위기감이 들기 전에는 가보고 싶은 마음이 나지 않는데, 실은 그런 곳에 이미 한번 들렀다가 접수대에서 주소

앞부분을 당연하다는 듯 생략하곤 '동호수 말씀해주세요'라고 말하는 직원을 보고 기분이 상했기 때문이다. 접수대 직원은 조각이 자기네 아파트 사람이 아니고 하물며 이 동네 거주자도 아니라는 사실을 알자 멈칫하다가, 자기 딴에는 친근하게 군다고 한 게 결정타였다. 어머 그러셨구나, 어머니 여기 어떻게 알고 오셨어요? 직원의 말뜻은 누군가의 소개로 방문했는지 인터넷 검색을 통했는지 그 경로를 묻는 것이었으나 조각의 귀에는 당신 같은 사람이 올 데가 아닌데⋯⋯로 들렸으며, 직원은 이어서 노인의 근력 유지 및 강화를 위한 트레이닝 메뉴를 읊으며 다른 어디서도 찾아볼 수 없는 특화된 코스에 잘 찾아오셨다느니 탁월한 선택이라느니 말하려고 했겠지만 조각은 다음과 같은 말을 남기고 뒤돌아선 다음이었다. 나는 그쪽 어머니가 아니에요.

　이도 저도 핑계일 뿐 조각이 헬스클럽에 가지 않는 진짜 이유는 따로 있었다. 이를테면 담당도 아닌 남자 강사가 다가오더니 누워서 덤벨을 든 그녀의 팔다리에 솟은 근육을 보고 놀라워하며 할머니 정말 예순 넘은 게 맞으세요, 할아버지들은 몇 분 뵈었지만 집에서 살림하시는 어머님들은 이러기가 쉽지 않은데―다 늙어 무슨 운동이냐 질색하시는가

하면 회비 그거 몇만 원이나 한다고, 차라리 손주 까까나 하나 더 사준다며 아까워들 하시니까요—평소 어떤 운동 하셨어요, 물어 오는 일은 다반사였고 주위 운동하던 다른 부인들도 모여들어선, 꼭 같은 연세의 자기 시어머니는 운동하곤 담쌓았다거나 매주 동호회 어르신들끼리 모여 완전 장비를 갖추고 등산을 가지만 실제론 등산보다 자리 깔고 앉아 음주 가무나 화투 시간이 더 길다는 등의 말을 하며 조만간 차라도 함께하자고 친한 척하기 시작했는데, 그로부터 일주일 뒤 옆에서 러닝머신을 뛰던 젊은 여성이 명함을 내밀곤, 자신은 저녁 6시에 방송하는 각종 이색 인물 취재 프로그램의 피디라며 진정한 몸짱 여성의 표본을 보여달라고 출연 요청을 했다. 조각은 피디 앞에서 20일가량 남은 헬스클럽 회원권을 찢어버리는 것으로 대답을 대신할 수도 있었겠지만, 그저 다음 날부터 운동하러 가지 않고 강사의 전화를 피해 연락처 바꾸기를 택했다.

　방역업 종사자들 가운데 특히 젊은 친구들은 그런 경로로 방송에 픽업되어 자신의 근육을 자랑함으로써 팬이든 안티든 불러 모으고 그들에게 영업용 미소를 지으면서도 뒤로는 얼마든지 원래의 방역업에 임할 재주가 있을 터였다. 경우는 좀 다르지만 그녀는 작년 한 케이블방송에서 창업 성공 프로그램에 나온 인터넷 쇼핑몰 사장의 남편이 방역업자였다는 사실을 안다. 그는 대담한 성격이 못 되었는지 파인더 안에 수 초 이상 머물지 않으려 노력했고 카메라를 정면으로 바라보거나 미소 짓지 않았다. 그의 동선을 좇는 카메라 앞에서 습관적 또는 의식적으로 피하기 위해 일부러 잦은 이동을 하는 티가 났지만, 부인의 사업에 가족 모두가 한마음으로 돕는다는 콘셉트 아래 한 컷 박는 일까지 마다할 수는 없었던지 자기네 제품을 들고 엄지를 치켜세워 보이기는 했다. 그 쇼핑몰은 매일 아침 신선한 재료와 엄마 손의 정성을 그대로 담아 아기들 이유식을 제조 배달한다는 업체로, 조각은 단호박을 찌고 고기를 갈고 두부를 으깨고 당근을 썰던 손으로 방역을 하는 남자에 대해 아이러니를 넘어 애잔한 감정마저 솟아올랐으며, 갈고 썰던 가락이 있으니 일하는 방식에 있어서는 어차피 마찬가지일지도 모르겠다는 포용력 충만한 생각마저 들었다. 화면 안에서 외조에 충실한 남편 내지는 셔터맨으로서 소극적인 모습을 보였다가 화면 밖에서 전혀 딴사람이 되는 재주는 개인 차원의 변신 재능이나 얼굴에 철판을 까는 담대함보다 더 규모가 크고 섬세한 관리 능력을 필요로 했는데, 그건 바로 네트워크를 여러 개 만들어 서로 접점이 없게끔 관리하는 거였다. 이메일과 기사 검색 외에는 인터넷 사용을 하지 않을 만큼 정보화와 거리가 먼 조각으로서는 그것이 너무나 고도의 능력이며 피로한 가욋일이었고, 이제 와 자신이 새로 습득하기엔 불필요해 보이는 옵션이었다.

꼭 방송 출연만이 이유는 아니었을 테고 출연 분량도 다 해야 2분을 넘지 않았지만 그 젊은 방역업자는 올 초에 업계를 완전히 떠났다고 들었다. 그것이 조각에게는 네트워크 분리와 조율 실패의 결과로 보였다. 그는 아내와 함께 여전히 아기들의 이유식을 만들고 있을까. 온 가족이 한마음으로 틀어내는 목화솜 같은 일상을 받아들이며 세상의 영양과 사랑을 모두 끌어모아다 오늘도 아이들의 일용할 양식을 쪄내고 있을까.

새벽빛이 완전히 물러가서 주위 사물의 윤곽은 뚜렷해지고 끊임없는 중장년의 발길에 더 이상 혼자서 공용 운동기구를 붙들고 늘어질 형편이 안 되자 조각은 약수터를 뜬다.

집에 가 확인해보니 무용의 밥그릇과 물그릇은 제대로 채워져 바닥에 잘 놓여 있고, 녀석은 아침 식사를 마쳤는지 사료 한가운데가 우묵하게 들어가 있다. 무용은 뜯고 있던 헝겊 인형을 뱉고 조각 옆으로 다가와 한 번 뛰어오를 뿐, 주인의 손길을 느끼고 살아 있는 사람의 체온을 확인하자 곧바로 떨어져서는 놀잇감 탐구에 집중한다. 주인을 향한 정이 없다기보다는 주인이 무엇을 선호하는지, 생것의 온기를 아직까지 얼마나 낯설어하고 거기 익숙해지는 걸 못 견뎌하는지 학습해온 탓이다. 무용의 존재는 그녀가 길을 잃고 헤매지 않도록, 작업을 마친 뒤 잊지 않고 집으로 돌아올 수 있도록 하는 일종의 이정표 같은 것이다. 무용은 어디까지나 적당한 거리를 유지한다. 그러니 이것은 최소한이자 최적의 생존 신고.

에이전시에 들어서서 데스크의 벨을 울리자 안쪽 자료실 문을 열고 나온 해우가 덜 깬 눈으로 하품을 참으며 조각을 맞이한다. 이 시간에 찾아올 업자는 달리 없다는 사실에 익숙하며, 흐트러진 옷과 산발한 머리를 추스르지 않은 채로다.

"고객이면 어쩌려고 그래. 옷 단정히 입어라."

"고객이면 전화를 하고 오지요, 간판도 없는데."

"또 자료실에서 잤니."

"밤새 누구 보조를 좀 하느라고요. 우리 아무래도 자료실 소파 천갈이 좀 해야겠어요, 막 물소가죽 이런 걸로. 죄다 쥐 뜯어먹은 싸구려라 허리 나가겠어."

"네 월급으로 하면 누가 말리니."

조각은 방역이 끝나 이제 더는 볼 필요가 없어진 서류 뭉치를 해우에게 넘긴다.

"김 사장 의뢰 마쳤어. 보고서는 알아서 써."

"사망 확인하셨죠?"

말투는 심상하나 요즘 들어 이 질문이 부쩍 잦아지는 게 조각으로선 영 시뜻하다.

"형식상 절차상 묻는 줄은 아는데, 신문에 단신으로도 안 나왔으면 경찰서 출입 기자들 털어봐."

"죄송하게도 지금은 털어봤자랍니다. 얼마 전 국회의원 돈 상자 비리를 덮는다고 대대적으로 기획해서 밀어주는 스캔들이 따로 있거든요."

"그거야 그치들 허구한 날 하는 짓이니 나는 알 바 아니고, 늙은이한테 믿음이 안 간다는 뜻 같아서 마뜩잖은데."

"아뇨. 대모님 하시는 일이야 칼 같은 거 알죠. 제가 이 일

시작하고도 10년을 넘게 봐왔는걸요. 하지만."

"하지만 뭐?"

"실장님이…… 이제는 절차도 확실하게 하라고 하셔서."

그 말이나 저 말이나. 해우는 대강 얼버무리지만 조각은 손 실장의 의중을 알 수 있다. 조각의 예순다섯 번째 생일도 얼마 전에 지나갔고 그 나이면 회사의 실무 현장은커녕 책상 자리를 지키며 단순 자잘한 업무를 소화하는 직원도 노골적으로 은퇴 압박을 받을 때인데, 이 일은 순발력과 판단력 및 신체 능력까지 조화를 이루지 못하면 일을 떠나 생명에 직결되는 문제인 만큼 손 실장이 불안해할 만하다. 노인네가 조금만 행동이 굼떠지거나 미세한 착오라도 일으키면에이전시에 백해무익이니 언제든 잘라버리겠다고 벼르는 손 실장의 얼굴이 그려진다.

이 경우 위신 좀 세워보겠다고 '손 실장, 나는 자네 아버지가 새파랗게 젊은 팀장이었을 적에도 이미 이 일을 하고 있었고 자네 기저귀도 내가 갈다시피 했어'라고 나이 서열을 내세울 수는 없다. 그래가지고는 바깥세상에 흔한 가족 및 친인척 단위의 소규모 사업장에서 인지상정을 보아가며 저 쉬척지근한 인간을 자르고는 싶은데 차마 그러지 못하는 채로 회사를 허술하게 운영하는 모양새와 다름없고, 그런 밥벌레 수준의 뒷방 늙은이 취급은 조각으로서도 자존심 상하는 일이다. 그녀는 손 실장이 어디까지나 원년 멤버에 대한 예우로 대모님이라 칭하면서도 실은 구들더께일 뿐인 노인네를 자르고 싶어 하는 기미를 눈에 띄게 드러낸다면 언제든 물러나겠다 생각하고 있었다.

그동안 관리하기가 번거로워 월급제로 보수를 받아왔지만 실제로 그녀가 벌어서 맡겨둔 돈은, 에이전시에서 떼어먹지 않았다고 가정할 경우 규모가 결코 작지 않을 것이며 은퇴를 원한다면 그간 맡긴 걸 일시불로 달라고 하면 될 일이었다. 시세 차익을 고려할 때 월세를 받아먹을 빌딩을 구입할 만큼은 못 미치겠지만 주택가에 작은 통닭 호프 정도는 차릴 수 있을 테고, 무리하게 사업을 확장하거나 젠트리피케이션의 희생양이 되거나 남의 꼬임에 넘어가서 가게를 말아먹지만 않으면 여생을 보내는 데에 큰 문제는 없을지도 모른다. 난입하여 사업 자금을 털어먹을 몹쓸 혈육이 있는 것도 아니고 돌봐야 할 가족도 없으니 자기 한 몸쯤 늙어가는 무용과 함께하는 데에 벅차지 않을 테며, 천성이 남의 말을 귀담아듣거나 관계를 맺는 일에 익숙지 않으니 가끔 손님들의 농을 받아쳐주고 술 취한 이들을 다독거리는 데에는 서툴겠지만 술상무 노릇이 호프집 운영에 필수 요소는 아니니 상관없을 것이다.

어떤 직종에 있는 사람이라도 50대를 넘어가면 아랫것들을 관리하다 은퇴 압박을 받게 마련이고, 거대 물류 기업을 좌지우지하던 임원도 회사를 떠나면 퇴직금으로 회사 근처에 밥집을 차리는 걸 많이 보아왔는데 사람들은 속사정이야 어쨌든 그걸 제2의 인생 시작이라고 간주하곤 했다. 젊은 날의 자아 같은 건 이미 실현할 만큼 하고 나서, 설령 실현하지 못했거나 자아 자체가 애당초 없었다 한들, 가게 운영이나 부동산 알박기라는 노후 대책을 마련할 수 있다는 사실만으로도 지금은 천만다행인 시절로서, 노후는커녕 이삼사십 대조차 무사통과하기 어려우며 그 누구도 어디에든 뿌리내리지 못하는 불황의 시기다. 이런 총체적 난국에서 언제고 내킬 때 찾을 수 있는 자신의 노동 수당을 생각해보면, 자식들 눈치를 보아가며 용돈을 타거나 그마저도 안 되어 쪽방에서 식어가기보다는 우아한 말년이다.

긴장을 내려놓고 안락의자에 몸을 파묻을 수 있는 여러 갈래의 가능성에도 불구하고 그녀는 지금껏 방역 현장과 실무를 고수해왔다. 현장을 떠나면 자신이 접붙이기로 버텨온 일생이 통째로 날아가버리는 듯한 불안과 허탈감 때문만은 아니었다. 은퇴한 방역업자 가운데 말로가 좋은 경우는 흔치 않고 경력이 오래된 업자의 은퇴란 대개 현장에서 불의의 사망이라는 형식을 띠고 있지만, 식당이나 세탁소 혹은 절간으로 들어가는 이들도 없지 않았다. 그러나 그 안착에 방해가 되는 것은 방역이라는 일의 특수성이었다. 병적인 습관이나 중독과는 성격이 좀 다르지만 거기서 벗어나지 못하고 어쩔 수 없이 계속하게 된다는 점에서는 마약이나 도박과 닮았다. 45년간 사람 죽이는 걸 업으로 하고 살아온 사람이 이제 와서 사람 입에 들어갈 통닭을 튀기거나 사람이 입을 재킷 원피스 등속을 클리닝하며 산다는 것은 포란(抱卵)에 임하는 늙은 이리만큼이나 그림이 쉽게 그려지지 않았다. 방역 현장에서의 사망이 아닌 자의 반 타의 반의 은퇴와 휴식과 그 뒤 소일이란, 세상 무슨 일을 하고 어떤 회사에 다녔던 사람보다도 더 자신의 과거에 대한 강도 높은 부정과 삭제를 필요로 하리라는 게 조각의 생각이었다.

지속적인 상실과 마모가 그 본질인 생에 과거를 10년 잘라내든 45년치 뭉텅이로 걷어내든 무슨 상관이 있겠으며,

삶이란 끊임없이 지워져 백묵의 흔적만 남은 칠판과 같다는 사실이 달라지지 않으니 이제라도 얼굴에 철판을 깔다 천수까지는 안 바라고 비명횡사든 객사든 간에 적절한 시기에 세상을 떠나면 그만이라는 생각도 가끔 들었는데, 막상 그런 호기로운 자세로 손 실장 앞에 나섰다가도 조각은 어쩐지 입이 떨어지지 않아 번번이 돌아서곤 했다.

매력적인 일이라고 생각 안 해. 누군가는 꼭 해야 하기 때문에 차라리 내가 한다는 핑계도 대지 않아. 개개인의 정의 실현이라면 그거야말로 웃다 숨넘어갈 소리지. 하지만 말이다. 쥐나 벌레를 잡아주는 대가로 모은 돈을, 나중에 내가 쥐나 벌레만도 못하게 되었을 때 그런대로 쓸 수 있다면 그것만으로도 그리 나쁜 일은 아닌 것 같구나.

그렇게 말했던 사람과, 함께 밥상을 나누고 머리카락에 싸락눈이 내려앉는 평범한 일을, 그녀는 잠시나마 그려본 적이 있었다. 상대방이 코웃음 칠까 입 밖으로 내보지 못한 소박한 풍경을, 바라선 안 되는 나날을.

"저 왔습니다."

그때 후문으로 들어서는 투우의 목소리가 조각의 상념을

건어낸다.

"어, 할머니다."

실은 문이 열리기도 전에 푸제르 계열의 향기가 코를 간질여 그녀는 엄습하는 불쾌감으로 그의 등장을 예감했다. 마주친다고 좋을 일이 없는 상대다. 해우가 내미는 서류에 사인을 하고 다음 일거리 자료가 담긴 두툼한 봉투를 받아 가방에 쑤셔 넣으며 돌아서는데 투우가 팔을 붙잡는다.

"어디 가, 할머니. 오랜만인데 천천히 있다 가지 않고."

말하면서 놈은 다른 쪽 손으로 쑥대강이를 긁고 있다. 만날 때마다 반말지거리로 시비를 거는 투우는 해우보다 약간 어린 30대 초중반의 나이로, 고객의 니즈를 잘 파악하는 놈이라는 평가와 함께 손 실장이 한창 아끼는 방역업자다. 방역업을 한다는 놈이 향수라니 제정신 아니라고 조각은 생각했으나 그것이 타고난 체취이며 일 나갈 적엔 오히려 향기를 중화시키는 탈취제를 써야 할 정도라는 해명에는 할 말이 없었고, 실은 젊고 능력 있는 놈일수록 전봇대에 영역 표시하는 개처럼 현장에 자신의 흔적이나 체취 등의 표지를 고의로 남기며 거들먹거리고 싶어 한다는 걸 조각은 모르지 않았으므로 그 해명이란 것도 똥개 방광 터지는 소리일 뿐이었다.

그는 얼핏 보아 말투는 천진하고 느슨하며 시시껄렁한 태도는 시러베장단에 호박 국 끓여 먹을 기세이고 가명도 어딘가 미련하게 들리는 데다 지금 하고 나타난 차림새는 사업 실패로 집을 날리고 장롱에 식탁까지 차압당한 뒤 신장이 떼이기 일보 직전인 알코올중독자를 떠올리게 하지만 실상은 그 반대로, 뜯어보면 은근히 밀알진 얼굴에 신체 기능이 떨어진다며 술 담배를 하지 않는 것은 물론이고 높으신 분들을 자주 상대하다 보니 명품 양복을 수시로 갈아들인다. 신속 정확 치밀과 같은 방역업자가 기본으로 장착해야 할 속성은 말할 것도 없거니와 거기에 서비스 정신까지 딸려 있다. 어떤 방식으로든 방역을 완수하기만 하면 된다고 생각하는 업자들이 있는 반면, 투우는 사소한 과정 한 단계까지 고객의 필요에 따라 이행한다. 요구 사항이 따로 없는 경우는 목표물을 찾아내어 제거하기까지 국내 거주자인 경우 1박 2일 정도면 충분하지만, 귀퉁이를 물그릇에 담가둔 수건처럼 작은 징후가 번져나가게 하고 목표물의 영혼을 불안과 초조에 충분히 적신 뒤 그가 온몸의 구멍으로 남김없이 배설물을 쏟아낼 만큼의 공포에 사로잡혀 가능한 한 처참하게 가도록 해달라는 옵션 주문이 들어오면—개중에는 모든 손가락을 한 마디씩 끊어서 총 스물여덟 개의 조각을 먼저 보내달라거나 팔다리 관절부터 분질러달라는, 깊은 원한의 소산이라고만 하기엔 참으로 번거롭고 정서적으로 문제 있어 보이는 주문들도 많았다—그에 필요한 무대를 짜고 연출을 하여 최장 석 달 가까이 목표물 주위를 맴돌기도 한다.

처음에는 사소한 이변과 의구심 정도였다가 압박감과 고조되는 두려움으로 호흡곤란 지경이 되면 비로소 목표물은 어그러진 일상과 폐허를 목도하게 되고, 목표물이 미쳐버리기 직전 투우는 그 앞에 본색을 드러낸다. 이때 목표물이 완전히 미칠 틈을 주지 않도록 그의 정신 공간의 여분을 치밀하게 계산하는 한편 작품에 꽂을 나사를 죄었다 풀었다 하면서 보다 정확한 견적을 낼 필요가 있는데, 정신이 나간 상대를 제거하는 것은 그에게 자비를 베푸는 셈이 되어서 의뢰인의 요구와 맞지 않기 때문이다. 이때부터 주위 상황이 허락하는 한도 내에서, 그보다는 주위 상황을 자신의 편의에 맞게 바꿀 때가 더 많지만 가장 잔혹한 방식으로 천천히 방역에 들어간다. 손 실장의 말에 따르면 본인이 꽤 즐기는 것 같으면서도 내내 미소를 띠지 않으며 어디까지나 침착한 외과의와도 같다고 하는데, 그 얼굴에는 흥분이나 성취감이나 예술가적 광기도 들어 있지 않으며 상당히 잘 정돈된 외모에는 거래처와의 미팅에 임하는 중역 인사의 기색마저 감돈다는 것이다.

그러나 투우는 하고많은 희한한 옵션들 가운데 단 한 가지, 방역의 과정이나 현장 동영상을 넘겨달라는 요청만은 거절했다. 에이전시의 입장도 당연히 증거가 될 만한 물건을 고객에게 넘기지 않는다는 원칙이었지만, 투우로서는 그 장면이 업무상 비밀이기 때문이라거나 의뢰인이 그런 잔혹한 장면을 봐서는 안 된다는 상식적인 생각이 있어서가 아니라, 그걸 요구한다는 것 자체가 자신의 일처리를 신뢰받지 못한다는 뜻으로 받아들여 자존심 문제로 간주해서였다.

세상에 간혹 존재하는 프로토타입의 재주꾼이라면 녀석이 무슨 생각을 하고 사는지 모르겠다거나 가끔 연극적인 과장을 보여 사람을 당황하게 만든다는 등의, 규명되지 않기에 오히려 전형적인 성격이 뒤따르겠지만 투우는 가끔 까탈을 부릴 때 말고는 대체로 편리하고 깔끔한 놈이라는 게 손 실장의 총평이었다.

투우가 특히 아이러니한 점이라면, 조각으로서는 사실관계를 확인할 방법도 필요도 없으나 특전사 출신이라는 데 있으며, 그 밖에 나중에 전량 폐기하는 한이 있더라도 에이전시에서 제공한 것 이외에 필요 이상의 자료 수집은 기본이었고, 어디 쓰이는 건지 목적 모를 책도 많이 읽는 한편 무엇보다 조각과 마찬가지로 에이전시에 직접 나와 업무 의뢰를 인수해 간다는 데 있었다. 조각은 오랫동안 일해온 대로 그 방식이 익숙하여 에이전시에 간헐적으로 출퇴근하지만, 젊은 방역업자들은 모두 예외 없이 스마트폰으로, 조금 고전적으로는 이메일이나 웹하드로 업무 지시 사항과 관련 자료를 전달받는 상황에서.

3년 전부터 손 실장의 칭찬과 함께 해우에게서 얘기를 많이 듣긴 했지만 직접 보기로는 네 번이 채 되지 않았을 텐데, 처음 만났을 때부터 투우는 자기 집 할머니 대하듯이 조각에게 깐죽거리며 사사건건 걸고넘어졌다. 이를테면 이런 것.

"할머니 정도 되면 소싯적에 칼 좀 담가본 분 나오세요, 해서 나온 사람하고는 좀 격이 달라야 하잖아? 근데 내가 본 할머니는 그냥 가정주부가 양지머리에 식칼 꽂는 거랑 별다를 바 없었거든."

처음에는 조각도 거의 아들뻘 되는 어린 녀석이 하는 말이니 웃어넘겨주리라 생각하고 대꾸했더랬다.

"폼 잡는 데 목숨 거는 놈이나 그러겠지. 가정주부로 보인다면 오히려 환영이다. 식칼을 꽂든 회칼로 뜨든 중요한 건 결과니까. 그보다 내가 칼 쓰는 방식을 자네가 어떻게 알지?"

"저번에 박 사장 의뢰, 당신이 했잖아. 나 그거 근처에서 봤는데. 할머니가 꽂을 때는 똑바른데 그을 때는 자꾸 손목을 몸 바깥으로 꺾던걸? 알고 그러는지 자각 못 하는 습관인지는 모르겠고 칼 종류에 따라 다르기도 하겠지만 웬만해선 그거 치명상 못 입혀. 과다 출혈을 기대하기에도 좀 빗나간 느낌이 들고."

조각은 처음에는 자신이 곁에 누가 다가온 기척을 전혀 감지하지 못했다는 데에서 비롯된 충격 때문에 움찔했지만—그녀 감각의 예민함보다 상대가 기척을 지우는 재주가 더 앞섰음을 뜻했으므로—한편으론 다해야 3분을 넘지 않았을 것이 틀림없는 그 상황에서 자신의 오래된 버릇을 알아챈 녀석의 눈썰미를 칭찬해주고 싶기도 했다.

"……어떤 놈이 자꾸 힐끔거리나 싶어서 여차하면 그놈

도 따라가 없애버릴까 했더니 그게 자네였구나. 그 말대로 바깥으로 빠져서 일이 번거로워졌을지는 몰라도 급소를 놓치지는 않았어. 그보다 우연히 지나가던 길이었다면 할 말 없다만, 공연히 남 일하는 현장에 나타나서 기웃거리지 마시게."

그 순간 살짝 드러난 투우의 미소는 이렇게 말하고 있었다. 내가 접근한 거 당신 눈치 못 챘다는 사실 다 알아. 알면서 모르는 척해주겠다는 듯 투우는 대꾸했다.

"왜, 신경 쓰여서? 그보다는 할머니가 날 쫓아왔던들 내가 당했을 거라고 생각해?"

그렇게 되묻는 투우의 표정은 능글거리거나 빈정대는 기색 없이 어찌 보면 어린애가 배냇저고리 안에서 바시랑대며 어리광을 부리는 것 같아서 조각은 자기도 모르게 엷은 미소가 얼굴에 머금어졌다.

"그렇게 물어보니 그건 확신을 못 하겠지만, 동업자가 일하는데 정신 산란하게 하지 않는 건 기본 아닌가. 입장 바꿔 놓고 생각해보면 알겠지."

"당신은 그래? 난 안 그런데. 옆에 와서 할머니가 콧구멍 들이대고 구경해도 하던 거 계속할 수 있어. 그 정도 집중력이야말로 기본 아냐?"

조각은 이 애송이가 나이 든 여자의 필시 떨어졌을 감각과 정신력을 비꼬는 중임을 알아차렸으며, 더 이상 귀여워해줄 필요가 없다고 판단했다.

"그런 장난은 다른 데 가서 치게. 나는 감당하기엔 너무 늙어서 말야."

그리고 쓴웃음마저 거두며 해우가 준 서류를 받아 일어나려는데 투우가 뜬금없이 물었다.

"할머니 혹시 자식은 있어?"

조각은 잠깐 멈칫하다가 그 말을 무시하고 공연히 해우를 닦아세웠다.

"해우 씨, 손 실장한테 전해. 그렇게 예뻐하는 업자 관리 좀 똑바로 하라고. 어디서 머리에 피도 안 마른 새끼가 호구 조사질이야."

"예, 주의시킬게요."

해우는 대답하곤 성마른 누나가 동생을 잡을 듯한 눈길로 투우를 내려다보았으나 그는 소파에 몸을 깊이 묻은 채 명랑한 미소를 띠며 25센티는 넘을 것 같은 식칼로 손톱거스러미를 다듬고 있었고, 그 모습을 보니 조각은 그저 골 때리는 정도라고 생각한 녀석에게 잠깐이나마 말을 섞어주기를 넘어 맘까지 터줄 뻔한 자신의 해이함에 새삼 분노하며 등을 댔다.

"꼭 그래서만이 아니라 업자 간에는 서로 모르는 척하는 게 기본이잖아. 요즘은 안 그런가? 업자들이 일 마치면 다 같이 의기투합해서 회식 자리도 갖고 정보도 교환하고 그러나? 세상이 바뀌었는데 또 내가 너무 구닥다리인 거야?"

해우는 당황해하며 손을 내저었다.

"아, 안 그래요, 대모님. 어서 들어가세요. 다음에 또 연락⋯⋯."

뒷말을 듣지 않고 돌아 나와 에이전시 문을 닫아버린 게 두 달 전의 일이었다.

조각은 당황한 기색을 감추려 했으나 투우는 이미 그녀 얼굴에 깃든 동요를 알아차린 듯하다.

"새벽바람 차지는데 허구한 날 핫팩도 안 차고 이른 아침부터 돌아다니면 무릎에 이슬이 고일걸."

그녀가 심란한 이유는 팔이 붙잡힌 순간 곧바로 소매를 뿌리치려고 했으나 투우의 손에서 빠져나갈 수 없어서인데,

노력했다고 생각했음에도 자신의 신체적 노화가 노력을 추월한 속도로 진행되고 있다는 데에서 비롯되는 초조함이다. 베일 철을 지난 이삭은 고스러지게 마련이고 젊은 남자와 나이 든 여자의 당연한 힘 차이라는 건 이 상황에 고려 대상이 아니며 지금은 업자 대 업자일 따름인데 조각으로선 사소하고 순간적인 장면이라 한들 이 코흘리개한테 졌다는 게 핵심이다. 상대방에 대한 감정적 반응보다 부실한 자신의 몸 상태에 대한 실망 때문에 그녀는 투우가 천천히 힘을 풀고 소매를 놓았음에도 그 자리를 떠날 생각을 미처 못 하고 다시금 소파에 주저앉는다.

"손톱 기를 생각 없어?"

이건 또 무슨 미친 소린가 싶어 돌아보니 투우가 이번에는 그녀의 손등에 불거진 푸른 혈관을 슥 그어 내린다. 선득한 감각에 순간 금속 연장인 줄 알았으나 닿은 것은 그의 손가락이다. 그녀의 손등을 감싼 얇은 살가죽은 털면 묵은 먼지가 나올 것처럼 깊고 가느다란 주름이 겹겹이 잡혀 있으며, 혈관을 따라 내려가면 평소대로 1밀리미터만큼의 길이만 남겨두고 깨끗하게 깎아 정리한 둥근 손톱들이 탄력이나 광택 없이 살굿빛을 간신히 유지하고 있는데, 그 가운데 세

개는 잦은 육체 활동으로 인해 으크러졌고 채도로 보아서는 얼마 지나 그마저도 사라져 거무죽죽해질 터다.

"아깝고 한심하잖아, 한때 손톱으로 불렸던 여자가, 이제 날카롭지 않다면 하다못해 진짜 손톱이라도 길러서 이것저것 칠하고 발라야지."

길렀다면 먼저 네 녀석 얼굴부터 다시 짜 맞출 엄두도 못 낼 만큼 조각을 내줬을 거라고 대꾸조차 하기 싫어서 그녀는 다시 한번 손을 잡아채듯 거두며, 투우는 소기의 목적을 달성했다는 얼굴로 웃고는 순순히 손아귀의 힘을 풀어준다.

"그렇게 꾸며서 보여줘야 할 사람이 있지 않아?"

점입가경, 이게 웬 심장이 콧구멍으로 쏟아질 얘긴가 싶지만 그저 지레짐작이나 얻어걸린 이야기일 가능성이 더 많으니 조각은 표정을 바꾸지 않는다. 자신은 침착하고 태연한 얼굴을 유지했다고 믿지만 상대방은 이쪽의 입꼬리나 눈썹이 미세하게 떨리는 모습을 놓치지 않았을지도 모른다. 네놈이 그걸 어떻게 아느냐고─는 제 무덤 파기고 무슨 근거로 헛소리냐고, 당장이라도 멱살을 붙잡고 싶은 충동을 억누르며 점퍼 안주머니의 등산용 벅나이프를 만지작거린다. 녀석의 말속에 담긴 지시 대상이, 한 달 전 누구에게도 알리지 않았으나 그녀가 입었던 큰 부상과 관련 있는지를 읽어내려 한다. 녀석의 표정은 있는 그대로를 말했을 뿐이라는 듯 해맑기 이를 데 없다.

보여줄 사람, 누구? 해우는 투우의 말 내용이 금시초문이어서 두 사람을 번갈아 바라보지만 그들의 표정에서는 투우 쪽의 호기심과 냉소, 대모한테서 약간의 긴장과 경계 외에 다른 것을 읽어낼 수 없다. 해우는 뭔가 두 사람만이 공유하는 것만 같은 정보에 호기심이 가기는 하지만 그건 나중 문제로, 일단은 투우가 여기서 조금만 더 시비 거는 수위를 올릴 것 같으면 끼어들 준비를 하고 있는데, 대모님의 얼굴이 지금 적의와 살기를 애써 감추고 있다는 사실을 눈치챘으며 그걸 드러내는 순간 이 할머니가 틀림없이 업계의 루키이자 블루칩을 죽여버릴 것 같아서다.

숨을 고른 끝에 이윽고 조각은 벅나이프에서 손을 떼며 대수롭지 않다는 듯 중얼거린다.

"무슨 소리…… 하는지 잘 모르겠네."

이즈음 간간이 찾아와 옷을 들추고 허리를 찌르는 통증을 참으며 조각은 몸을 일으킨다. 삐걱거리기 시작한 지야 10년도 넘었지만, 결정적으로 한 달 전 일 나갔다 사고 쳤을 때

단단히 잘못된 듯 통증이 수시로 기지개를 켜며 신호를 보내왔다.

"너 왜 가만있는 대모님한테 자꾸 시비야. 자료실로 가, 네가 부탁한 파일 분류해놨어."

해우는 투우의 등을 양손으로 떠밀며 자료실로 향하고, 조각에게 어서 가보시라는 눈짓을 한다.

그녀는 해우가 걱정하는 바를 잘 안다. 소속 업자들 간에 린치는 흔한 일이나 명령에 의하지 않은 개인적 차원의 살인은 오랜 금지 조항이며, 그것을 지키기 위해 에이전시에서는 임무를 분장할 때도 서로 이해관계가 충돌할 것 같은 양측이 모두 의뢰를 해 올 경우 한쪽만 받아들인다. 반대쪽 의뢰가 다른 청부업체로 넘어가면 그저 그뿐인 일이며, 고린전 뒤꿈치나 따라다니다 에이전시 자체 내에 불신의 분위기를 형성해선 안 되기 때문인데, 이유 불문 소속 업자들 사이 누군가가 이 조항을 어기고 사살(私殺)할 경우 나머지 업자들이 위반자를 뒤쫓아 생포하고 모종의 조치를 취한다. 조치란 그가 다시는 이 업계에서 비슷한 일조차 할 수 없도록 방역에 꼭 필요한 신체의 일부를 제거하는 것인데 주로 손이나 발 아니면 눈이다. 그러므로 그녀가 품속의 나이프를 만지작거린 것은 몸속에 갇힌 분노를 방사하고 녀석의 목을 긋기보다는, 그저 오랜 자기 암시나 기도 같은 것이다.

감정이 얼굴에 드러나는 사람은 이거 오래 못 해. 그것이 분노가 되었든, 거짓말에서 비롯한 긴장이나 후회가 되었든 상관없어. 특히 모욕을 견디는 일이 제일 중요하지. 왜냐면 너는 여자고, 그만큼 현장에서 모욕을 아무렇지 않게 넘겨야 할 일이 많을 테니까.

그러더니 류는 무방비 상태의 그녀 얼굴에 다짜고짜 무거운 유리 재떨이를 날렸다. 그녀는 반사적으로 피했지만 예고는커녕 낌새도 없었던 일이라 그것이 머리카락 끝부분을 스쳐 벽에 날아가 박살 난 파편에 얼굴을 긁히는 것까지 피할 수는 없었다.

그러니까 여기서 피하면 안 된다고. 아무 때나 까지른다고 반사 신경이 좋은 게 아니야. 중요한 건 상황을 파악하는 능력이지. 이게 만일 목표물이 제 분을 못 이기고 던진 거라면 어떡할 건데? 이때는 그냥 이마에 맞아야 한다는 걸 빨리 알아차리는 것. 보란 듯이 피하면 목표물이 팔푼이여도 의

심하겠다. 최악의 경우는 물론 날아오는 걸 그대로 잡아버리는 거지만.

하고많은 신체 부위 가운데 하필이면 꼭 집어 손톱이라니, 그 이름의 내력을 어찌어찌 알아보고 비아냥거리다니 역시 놈은 늙은이에게 시비 거는 게 목적인 것 같긴 했는데, 그녀는 저 애새끼가 왜 구태여 남의 신상까지 귀찮게 털어가면서 노인네에게 지분거리는지 알 수 없다. 그저 늙다리에게 꼬장 부리는 거라기엔 자신은 영양가 없는 상대다. 설마 손 실장이 녀석에게 비밀리에 맡긴 업무 가운데, 노인네 옆구리 좀 찌르고 신경 좀 건드려서 눈치껏 떠나게 하라는 지령이라도 포함되어 있었던 걸까. 그러기엔 마주치는 빈도가 터무니없이 낮아서 효과적이지 않다.

한때 정도가 아니라 40대 중반을 넘어서기 전까지 오랜 기간에 걸쳐 그녀는 업자들 사이에서 가명 대신 기억하기 더 쉬운 손톱으로 불렸고, 애당초 가명인 조각부터가 손 실장의 아버지보다도 앞서 있었던 첫 번째 실장이 붙여준 이름이었다. 물론 그 의미는 꼭 공격적인 데에만 있지 않았는데, 짐승의 발톱과 뿔이란 누군가를 사냥하기 이전에 자기 자신을 보호하는 것이었다. 그래서 그녀는 자신에게 어느 샌가 주어진 이 이름이 어울린다고 생각해본 적 없었다. 처음 방역을 시작할 때부터 지금까지 손톱을 기르거나 꾸며본 경험도 전무하니 손톱이 트레이드마크가 될 까닭도 없었으나, 날카롭고 빈틈없으며 조금의 끈적거림이나 미적거림도 없이 깔끔한 마무리까지 업무 처리 능력에 감탄한 실장이 언젠가부터 그녀를 의뢰인에게 보낼 적에 '손톱 제일 긴 애로다가 준비하겠습니다'라고 한마디 농담처럼 대답하기 시작한 게 그대로 굳어진 거였다. 물론 고를 것도 없이 그 당시 회사 내 방역업자라곤 그녀뿐이다시피 했지만.

손톱을 단정하게 자르고 에나멜을 바르지 않는 것은 한 사람이 자신의 부피와 질량을 감추는 수백 가지 소극적인 방법 가운데 하나다. 짧으면서도 깔쭉깔쭉하지 않은 손톱은 고무찰흙에조차 상처를 낼 수 없을 것처럼 보여 손톱 주인에게 내재한 공격성을 가리는 역할도 한다.

조각은 전철역 지하상가에 즐비한 보세옷 가게와 화장품 매장을 지나다 문득 네일아트 숍 앞에서 멈춰 선다. 노랑과 빨강으로 머리를 염색한 손톱 관리사들이 가로로 나란히 앉아 기도하듯 고객의 손을 붙잡고 들여다보고 있으며 젊은 여자들이 그 앞 낮은 쇼글라스에 양손을 올려놓고 가끔씩 도지개를 틀기도 하나 대체로 참을성 있게 똑같은 자세를 유지 중인데 그 모습은 형리의 칼에 손목이 잘리기 직전인 아랍의 도둑들을 떠올리게 한다. 네일아트를 주제로 하는 문화센터 강좌가 유행하고 이런 숍이 우후죽순으로 생겨났을 무렵 조각은 이미 쉰을 넘었을 때여서, 저 여자들은 왜 수갑 찬 피고인들처럼 두 손을 내밀어 타인에게 맡기고 있는지 의아해하면서 지나쳤더랬다. 나중에 그게 뭐 하는 곳인지 알고 나서는 마침 일이 한참 없을 때여서 한가하기도 하고 문득 호기심이 생기지 않은 것도 아니었으나, 다 늙어서 누구더러 봐달라고 저 지랄을 하겠나 싶고 머지않아 새로 일이 생길 텐데 그때 가서 일일이 지우기도 번거롭겠다 생각했을 뿐으로, 그녀는 그것이 인조 손톱을 덧대기도 한다는 걸 모르고 자기 손톱을 길러서만 할 수 있는 일인 줄 알았다.

보여줘야 할 사람.

판독 불가의 암호 같던 막연한 이미지들이 그 목소리에 제 형태를 갖춘다. 자신의 내부에 언제 이런 게 들어 있었는지 모를 일. 그녀는 문득 오래전에 영원한 유실물로 남은 줄만 알았던 욕망의 흔적을 제 몸속에서 발견하고 눈썹을 찡그린다. 손톱이라니, 손톱에 무얼 바른다니 생각조차 해본 적 없다. 그런 욕구가 생겨서 온몸의 땀구멍으로 흘러나오기 전에, 이미 문을 닫아버리는 데 익숙해 있었다. 그러나 지금은 저런 의미 없고 쓸모없으며 예쁘기만 한 것에 눈길이 간다.

이건 그 녀석이 조소와 악의에 질척거리는 목소리로 그따위 말을 했기 때문이다.

그녀는 가까이 다가가 쇼윈도에 전시해놓은 인조 손톱들을 본다. 꽃잎은 금방이라도 실연을 점치는 소녀의 손끝에서 파르르 흔들리다 떨어질 듯 섬세하고, 연보랏빛 새는 손톱 바깥으로만이 아니라 창공으로 날아갈 것처럼 생동감 있게 묘사되었으며 형태를 분별할 수 없는 추상적 무늬에 이르기까지 어느 것 하나 한 폭의 그림 아닌 게 없으나 원시 때문에 일부는 자세히 보이지 않았는데, 그 여러 색과 무늬가 그녀 몸 곳곳에 숨은 해묵은 열상과 창상을 닮은 듯싶다. 점점 뒤로 물러나서 눈을 가늘게 뜨고 쇼윈도를 힐끔거리는 노부인을 발견한 매니저가, 마침 관리 중이던 교복 입은 소녀의 손을 붙든 채로 신경을 써준다.

"어머님, 손톱 다듬어드릴까요? 잠깐만 앉아서 기다려주시면 금방 되는데요."

매니저가 그렇게 말하자 교복 소녀가 조각을 돌아보더니 눈살을 찌푸리곤 엉덩이를 슬쩍 당겨 옆으로 피하듯 비껴앉는다. 혹시라도 그녀가 제 옆에 앉아 노년의 냄새가 옮기라도 할 것을 염려하는 듯. 그런 정도야 지하철에 올라 착석하다 보면 젊은 사람들한테서 백이면 팔구십의 확률로 엿보이는 반사작용에 가까우니 일일이 불쾌해하기도 번거로울 뿐이고 다만 조각은 다른 이유로 망설인다. 매니저는 옷차림이나 꾸밈새가 전체적으로 검소하고 단출한 노부인을 보고 설마 그녀가 손톱을 새로 만들어 붙여서 반짝이를 뿌리고 패턴을 그리거나 구슬을 붙일 리는 없다 생각했는지 다만 다듬어주겠다고 말했는데, 물론 그 어떤 손님에게라도 손톱 하나하나에 영양 크림을 바르고 스팀 타월로 감싸는 수고를 아끼지는 않을 테지만, 문제는 조각이 더 이상 다듬을 손톱도 없을 만큼 이미 짧게 깎은 뒤라는 데 있으며 그보다 핵심은 '난 그쪽 어머님이 아니에요'다. 조각은 주춤거리다 그 자리를 피해 지하철 타는 곳으로 종종걸음하는 동안 쇼윈도 너머의 문양들이 조명 아래로 방류되어 뒤쫓아오기라도 할 듯 화려한 윤무를 벌이는 걸 옆얼굴로 느낀다.

정기검진이라고 해서 최첨단 장비를 동원해가며 몸 구석
구석 세포 하나까지 들었다 났다 세척하는 일은 아니다. 보
건소에서 지역 건보 가입자들 가운데 만 40세 이상에 한정
하여 두루뭉술하게 시행하고 대부분 형식에 불과한 문진과
흉부 엑스레이 촬영 및 혈압 체크 같은 것들에 기본 혈액검
사가 따라붙지만 당뇨 소견 이상의 중증 질환을 잡아내기는
힘든 수준이다. 몸속 어딘가를 추가로 촬영하고 18종 이상
의 증상을 잡아내기 위해 추가로 혈액을 채취하기 시작하면
개인 부담 비용이 가파르게 상승하며, 무엇보다도 금식이나
조영액 복용 등 복잡한 절차와 방식들을 견디기 힘들다. 그
중 가장 번거로운 것은 내시경이다. 수면 비용을 제외하고

국가 보조금이 나오는데, 맨정신으로는 호스를 삼키기 어렵고 그렇다고 누군가의 앞에서 무방비 상태로 잠들어버린다는 건 상상할 수 없는 일이었다.

그럼에도 1년에 한 번 성근 방식으로나마 건강검진을 받는 것을 조각은 잊지 않는다. 그것마저 건너뛰어버리면, 혈압이 아슬아슬하게 정상 범위에 들어가며 당뇨가 없다는 정도의 간단한 사실조차 서류상 수치로 확인하지 않으면 스스로의 몸을 나태하게 방기하는 것만 같아서다. 몸이 변하든 처지든 자연스레 받아들이고 체념하는 순간 그 방역업자는 다음번, 잘해야 다다음번 업무에서 실패하며 실패의 형태는 대부분의 경우 업자 자신의 죽음으로 찾아온다.

그녀가 접수대에 가서 이름을 말하기도 전에 박 간호사가 알아보고 목례한다. 발열이나 복통으로 울면서 두 다리를 가위질해 대는 아이들과, 내일모레 세상이 결딴난대도 상관없다는 듯 지친 표정의 부모들이 앉은 복도를 가로질러 조각은 맨 끝 3번 진료실로 가는데, 일부러 주말과 월요일을 피해서 왔음에도 손님이 적지 않은 걸 보며 환절기임을 실감한다. 진료실 문의 투명 아크릴판에 끼워진 오늘의 근무 의사 이름을 확인하고 조각은 자리에 앉아 기다린다.

이곳은 오전 9시부터 밤 11시까지 운영하는 365일 종합 의원으로, 종합이란 말만 봐서는 2차나 3차 진료 기관 같지만 실제론 아직 쓰러지지 않은 게 신통하달 건물의 1개 층에 자리하여 내과, 정형외과, 이비인후과, 소아과에 한해 페이 닥터들이 교대로 근무하는 곳으로서, 그럼에도 한밤중에 어린이의 단순 발열이나 복통으로 굳이 대학병원 응급실을 찾지 않아도 된다는 장점 때문에 이 지역 구민들이 애용했던 곳이다. 대신 근무표가 들쑥날쑥하여 엊그제 만난 의사를 오늘 다시 만나리라는 보장이 없다. 또한 소위 돈 되는─건강보험이 적용되지 않는─신식 영상 기기들이 갖춰져 있지 않아서, 이미 증상이 상당히 진행된 환자가 찾아오면 의사들은 소견서를 발급하여 대학병원으로 이전시킨다. 사실상 의료 민영화가 은근슬쩍 시작된 거나 다름없는 요즘 같아서는 한밤중의 의료 공백을 대체한다는 것 이상의 의미를 잃어가는 추세다. 5년 전만 해도 손님이 적지 않은 정도가 아니라 앉을 자리가 없었지, 생각하며 조각은 호명하는 대로 진료실에 들어간다.

청진기를 내려놓은 장 박사는 곁에 대기하고 선 젊은 김 간호사에게 눈짓을 보낸다. 김 간호사는 아직 이 상황에 익숙하지 않은 듯 수 초간 망설이다 진료실 밖으로 나가 문을 닫는다. 취직한 지 반년이 안 된 김 간호사는 이 노부인이 방문할 적마다 장 박사가 간호사에게 자리를 피해줄 것을 요청하는 신호를 알아차리지 못해서 처음에는 몇 번이나 어리둥절한 표정으로 두 사람을 번갈아 보았더랬다. 지금은 여전히 의아해하긴 하나 군말 없이 자리를 피해주기에 이르렀는데, 여느 신참 간호사가 그렇듯 전 실습 시절을 통해 의사가 지시하는 일에는 이유를 묻지 않고 의문을 드러내지 않는 습관이 든 것이다. 물론 그러고 나선 간호사실에서 자기들끼리 그럴듯한 앞뒤 사연을 끼워 맞춰 쑥덕거리지만—그중 팔 할은 두 달에 한 번꼴로 들르는 저 노부인이 증상과 무관하게 매번 장 선생님만을 정해놓고 찾는 데다, 처방전이 발행되지 않고 그냥 돌아가는 경우가 대부분이니 병원에 왜 왔는지 모를 일이며, 장 선생님 또한 저분만 오셨다 하면 청진 후엔 언제나 간호사를 내보내니 두 분은 노년의 스릴 넘치는 불륜 삼매경에 빠져 있음이 틀림없다는 일일 아침 드라마 같은 추측이다—조각으로선 아무래도 상관없는데, 한 사람은 미혼녀에 다른 사람은 쉰여덟 살의 이혼남이니 불륜도 간통도 성립되지 않으나 사람들은 뭔가 자연스럽고 정상적인 상황을 최대한 부풀리기 위해 자극적인 낱말을 즐겨 쓰게 마련이고, 무엇보다 조각과 장 박사와의 관계는 그렇게 평범하고 소박한 일상의 범주에서 설명할 수 없다.

"특별히 증상 느껴지는 게 있으시면 저한테 먼저 말씀하세요. 문진 기록에는 빼더라도 저는 알아둬야 하니까."

"허리가 좀 뻐근하긴 하지만 그리 심하지는 않아요."

"정형외과 쪽으로 돌려드릴까요."

"기록 남는 거 싫은데."

"그냥 얘기만 해둘 테니 물리치료라도."

"파스면 됐어요."

"그럼 그렇게 하시죠."

"그런데 오늘 제게 하고 싶으신 말씀은 그게 아닐 텐데요."

"하고 싶은 말…… 제가 여사님께요? 뭘요?"

장 박사는 자기가 뭔가 빼먹은 사항이 있는지 컴퓨터 모니터에 뜬 그녀 전용의 별도 진료 기록을 다시 살피고, 그 모습이 조각은 의아하다. 이 사람이 설마 모르고 있어?

"그동안 큰 문제 없으셨는데요. 반년 전 열감기로 다녀가신 게 증상으로선 마지막이고. 검사 마치시고 혹시 기본 수치 외에 골밀도가 염려되시면 그건 우리 병원에서는 측정하기가 좀 어려우니까 소견서 써드리겠고요. 설마하니 휴대전화를 냉장고에서 발견했다거나 전자레인지 안에서 손목시계가 터졌다거나 하는 식으로 기억력이 걱정되신다면 그건…… 죄송하게도 자연 섭리에 해당하는 거라 딱히 드릴 말씀이 없습니다. 제가 여사님보다 일곱 살이나 적으면서 이런 말씀 드리긴 뭣하지만 저도 이것저것 신경 쓴다고 하는데도 이미 예전 같지 않은걸요. 제가 장담하건대, 여사님이 일 계속하시는 동안은 치매 안 와요. 소인(素因)이 생활에만 있는 게 아니니까 정 불안하시면 보건소에서 치매 검사 받으셔도 되는데 여사님께는 시간 낭비일 겁니다."

물론 조각은 자신의 신체 나이에 비해 기억력이 어느 정도 비율로 떨어지는 것이 정상 범위에 해당하는지 궁금하기도 했지만, 그녀가 오늘 장 박사에게서 듣게 되리라고 기대했던 이야기는 그 분야가 아니다. 알면서 군이 자신이 관심 가질 일이 아니라고 판단하여 사실 자체를 모르는 척하는 거라면, 장 박사라는 사람도 보통 수준 아닌 포커페이스다. 하긴 그 정도는 되어야 15년 가까이 에이전시와 긴밀한 협조 관계를 유지해올 수 있었을 터다. 어디까지나 동네의 무뚝뚝하고 성실한 의사로, 한편으론 방역업자들의 크고 작은 부상과 질병을 치료하며 각종 약물을 팔아넘기는 공급책으로. 그것은 장 박사만이 페이 닥터가 아닌 이 의원의 오너이기에 가능한 일이기도 하다.

"어…… 그러니까 그게…… 그 얘기가 아니었는데."

"뭔가 다른 문제가 있습니까?"

이쯤 되면 한 달 전의 밤, 조각이 통닭 호프집 인테리어를 잠깐이나마 그려본 일이 무색하게 업자 생명을 그대로 마감할 뻔한 치명적인 실수를 했다는 사실을 장 박사는 모르고 있다고 보아도 좋겠다.

"……아니에요. 잘 알겠습니다."

조각은 몸을 일으킨다. 장 박사가 정말로 모르는 일이거나 알지 못하는 척이거나, 그 일을 문제 삼지 않는다면 고마운 일이다.

"검사 결과는 언제나처럼 에이전시 쪽으로 송부해드릴까요? 아니면 여사님 댁에 직접?"

이 질문 또한 장 박사의 평소 입말로 '함께 늙어가는 처지'에 대한 최선의 배려인데, 댁에 보내드릴지 여부를 굳이 묻는 이유는 혹시라도 건강검진 결과가 마음에 들지 않았을 경우 그 신체 상태를 에이전시에 알리지 않고 본인이 스스로 은퇴를 준비하도록 귀띔해줄까를 의미함이지만 조각은 가볍게 웃으며 고개를 젓는다.

"상관없어요. 그냥 해우 씨한테 보내도 됩니다."

"그럼 아직 자신 있으신 거네."

자신감 때문이 아니라 조각은 에이전시의 인간들에게 우습게 보이고 싶지 않다. 대체 어느 날에, 정확히 몇 번째 생일부터 자신이 더 이상 쓰지 못할 도구가 되었음을 인정할 텐지 묻는다면 그 대답은.

지금은 생각하고 싶지 않다. 실패 없이 목숨이 계속 붙어 있는 관계로 어쩌다 보니 여기까지 온 것이지, 언제 그렇게 미래를 꿈꾸고 은퇴 계획을 세울 만한 처지였다고. 아직은 괜찮다. 심장은 착실하게 뛰고 있으며 미세한 근육 떨림이 있고 간혹 숨이 찰 때가 있지만 자기가 지금 어디서 무엇을 왜 하고 있는지 잠깐이라도 지남력을 상실해본 적 없다. 자신의 세부를 구성한 부속품은 아직 단종의 시기를 맞이하지 않았다.

그나저나 뒤끝이 완전히 개운치는 않다. 장 박사가 그저 눈감아주는 게 아니라 정말로 그 일을 모르고 있다면, 한 달

전 그 사람은 어째서 누구에게도 아무 말도 하지 않고 침묵한 걸까. 아무리 굳은 약속이 오갔다 한들 어떤 강심장이라도 간과할 수 없는 상황이었는데, 그날의 일은.

조각이 그날 K군의 한 저수지 부근에서 방역을 마쳤을 때는 기민한 상대의 만만치 않은 저항과 무엇보다도 자신의 부주의로 인해 흔치 않은 격투를 벌인 다음이었다.

상대는 50대 남자로 도급 택시 브로커였는데, 폼으로 오랜 기간 불법을 저지르고 살아오지는 않았음을 보여주듯이 몇 분 지나지 않아서 사이드미러로 미행을 눈치채고 일부러 이리저리 길을 꼬아 달리기 시작했으며, 조각 또한 상대가 자신의 존재를 알아차렸다는 사실을 인지했지만 그가 가는 대로 따라가주었다.

인적도 가로등도 없이 상향등에 의존할 수밖에 없는 비좁은 2차선 도로에서 조각은 속도를 180으로 올려 그를 앞지르기해서는 차 옆면을 바싹 들이대어 가로막았고, 그 기세에 150으로 달리던 상대는 반사적으로 브레이크를 밟으면서 핸들을 꺾다 비탈 아래로 떨어졌다. 어둠 속에서 구르는 차체를 후사경으로 확인하고 그녀도 속도를 나름 줄인다고 했으나, 가속도로 인해 급브레이크가 걸려 이마를 핸들에 부딪혔다.

떵한 머리를 수습하며 뒤따라 내린 그녀는 제 몸을 일으키지 못하는 거북처럼 뒤집힌 채 모래 먼지를 일으키는 차량 아래서 밖으로 빠져나온 한쪽 팔을 보고, 예전 같았으면 상대의 의식이 있는지 확인 차원에서 먼저 칼로 손발 근육부터 끊어놓고 혹시라도 그에게 남아 있을지 모를 전투력이나 생존 의지마저 분쇄해버렸을 텐데 이번엔 완전히 짜부라져서 형체를 알아볼 수 없게 됐을지도 모르는 사람을 일단 온전히 꺼내어 방역에 들어가는 게 좋겠다고, 혼미한 어둠과 무더운 밤공기 속에서 자신도 모르게 판단 착오를 하고 말았다. 의식을 잃은 척했던 상대가 발끝까지 밖으로 끌어내지기 무섭게 그녀의 양 발목을 낚아채자 그녀는 순간의 방심을 한탄할 틈은 물론 후방 낙법을 미처 구사할 틈도 없이 넘어지면서 흙바닥에 튀어나온 날카로운 돌에 등을 찍혔고, 몸을 일으키기 전 상대의 육중한 몸이 그대로 덮쳐눌렀다.

그녀는 그동안 자신보다 작고 가벼운 이를 상대로 싸워본 적이 없을 만큼 본인이 왜소하기도 했지만 이번처럼 평균

키 이상의 남성과 밀착 접근전은 실로 오랜만이었는데, 단지 그것만이 이유라고 생각되지 않을 정도로 가슴을 짓누르는 체중이 무거웠다. 그녀가 심장박동이 빨라지고 숨이 가빠올 때 문제의 브로커는 그녀의 모자를 벗기는 데 성공했고, 이미 어둠 속에 대강 드러난 체구의 윤곽으로 설마 싶었지만 습격자가 여자라는 사실을 확인하자 새삼스레 자신감이 회복되고 물리적 정복욕이 솟구치기라도 했는지 곧바로 일어서서는 그녀의 옆구리를 발로 수차례 걷어지르며 더 가파른 비탈 아래로 굴리기 시작했다.

"날 한참 잘못 봤어. 겨우 이런 게 날 잡을 수 있다고, 누가 보낸 넌이야? 얼레, 게다가 늙다리야. 예쁘고 젊은 애 같아도 봐줄까 말까인데 어디서 이런 먹다 만 개밥 같은 화상을, 응? 살려줄까? 그럼 가서 말할래? 다음번엔 좀 쓸 만한 계집으로 보내라고, 응? 계집 물량이 달리면 최소한 상대라도 되는 장정으로 보내든가, 응? 이게 뭐야 이게."

의문문의 끝 억양을 힘주어 올릴 때마다 리듬을 맞추듯 발길질은 강도를 더해갔고 조각은 완전히 아래로 굴러떨어져 저수지 바닥에 처박히지 않도록 뒤엉킨 잡초들을 붙들고 버텼다.

"왜 말이 없어, 누가 보냈냐고."

조각은 웅크린 채 눈살을 찌푸리며 자기도 모르게 실소를 머금었다. 그도 그럴 것이, 45년에 걸친 방역 인생에서 누가 자신을 보냈는지 의뢰의 출처를 알았던 적은 거의 없는 것이다. 상대방은 그녀의 덜미를 잡아 일으키는 듯하다가 다시 바닥에 머리를 윽박아버리고 왼팔을 꺾어 내리누른 채로 말했다.

"웃어? 웃음이 나와?"

그러더니 그녀의 등에 체중을 싣고는 귀에 더운 숨을 불어대며 이어서 물었다.

"아니면 너 누구야?"

누군지를 특정하지 못하고 암살 대리인에게 연속하여 캐묻는다는 건 짐작 가는 데가 한두 곳이 아니라는 뜻이니 네 인생도 알 만하다고 혀를 차며, 조각은 무릎이 꿇리고 머리가 흙바닥에 짓이겨진 그대로 중얼거렸다.

"……너 몇 살이냐."

물론 그녀는 사전 제공받은 서류를 통해 브로커의 나이가 쉰셋임을 포함하여 지금의 내연녀와 몇 번을 밀회했는지 횟수며 각각의 날짜와 장소까지 시시콜콜한 보충 참고 사항을 모두 알고 있었다.

"어린놈의 새끼가 처음 보는데 꼬박꼬박 반말이야."

그녀가 낮은 목소리로 그렇게 윽박질렀을 때 브로커는 움찔하여 손목을 놓고 아래를 내려다보았다. 가슴에 깊이 꽂힌 나이프가 밤공기를 타고 얇게 떨리고 있었다. 도무지 곧바로 잡아 뽑을 수 있을 것처럼 보이지 않음에도 브로커는 본능적으로 거기에 떨리는 손을 가져갔고, 손잡이에 손가락 끝이 닿기도 전에 몸이 모로 무너져 내렸다. 온몸의 피가 심장에 꽂힌 날붙이를 향해 모여들며 사지에서 힘이 빠져나가고, 몸 밖으로 토해지려던 날숨마저 목 안에 갇혀버렸으리라 짐작하며 그녀는 몸을 일으켰다. 발밑에 내려다본 브로커의 눈동자는 이마를 한 번만 툭 쳐도 떨어져 바닥을 구를 것처럼 크게 요동치며 번들거렸다.

그녀는 모로 쓰러진 몸을 툭 걷어차서 똑바로 뉘었다. 브로커의 눈은 그녀가 다음 할 일을 이미 아는 듯, 그녀의 바지자락에 매달리기라도 할 것처럼 손을 뻗었다.

그 손을 발로 차고 그녀가 이미 몸통이 반쯤 짓이겨져 꿈틀대는 지렁이를 확인 사살하듯 칼 손잡이를 세차게 밟자 신발 밑창을 타고 심장의 두꺼운 근육과 혈관이 끊어지는 울림이 전해졌다. 브로커의 손발이 두어 번 떨리다 축 늘어지는 것을 무심히 내려다보며 그녀는 발끝으로 칼 손잡이를 앞뒤로 한 번씩 지그시 밀었다.

"대충 알조긴 했는데 너 진짜 생각 없다. 남을 제압하려면 그 사람이 뭘 갖고 있는지 뒤져서 빼앗는 게 먼저 아니냐. 시간도 많이 줬건만 저 혼자 신나가지고 주체를 못 하더니."

그러나 상대는 이미 그 말을 듣지 못했고 조각 또한 그가 들을 수 있으리라 생각해서 중얼거린 건 아니었는데, 다만 류가 옆에 있다면 틀림없이 그런 지적을 했으리라는 생각이 들어서였고, 류가 없으니 스스로 류가 되어 주문 걸듯 말을 건네기는 오래된 습관이었다.

시신을 부대에 담아 트렁크에 실었다. 그런 다음 발목 고무줄에 두툼한 비닐 소재로 소독 및 살균 작업 시에 쓰는 일회용 신을 운동화 위에 겹쳐 신었고, 그 상태로 조금 전까지 엎치락뒤치락했던 길을 되짚어 내려가면서 발로 밀거나 비벼 헤치면서도 바닥을 너무 깊이 파거나 다진 티가 나지 않도록 적당히 어수선하게 밀어 최대한 자연에 가까운 상태를 유지했는데, 한 가지 문제라면 뒤집힌 자동차를 통째로 들어 옮길 수는 없었으므로 운전석 옆으로 브로커의 몸이 끌린 자국만은 남겨두었다. 조금 전에 벗긴 그의 신발로는 비탈을 올라가는 형태의 발자국을 여러 개 찍었다. 각 보폭은 눈대중이긴 했으나 성인 남자의 평균 보폭에 해당하는 약 70센티미터의 간격을 유지했으며 그러는 동안에도 자신의 발자국은 남기지 않도록 비닐 씌운 발로 시종 밀고 닦았다. 각본은 운전 미숙으로 차체가 뒤집힌 사고를 당한 남자가, 스스로의 힘으로 기어 나와 도로로 올라가서 구조 요청을 하다가 그대로 의문의 행방불명이 된다는 내용이었다. 흔적이 수상쩍어서 저수지 밑바닥을 파낸다면 그건 그거대로 나쁠 거 없었는데, 저수지에서 어떤 시신이 나오든 그중 브로커는 없을 것이며, 오히려 그러는 동안 시간을 끌 수 있을 터였다. 인적 드문 도로에는 CCTV도 없었다. 차체끼리 충돌하지 않았으므로 금속이나 유리 조각이 도로에 남아 있지 않거나 다른 차량들과 변별점이 없는 무의미한 흔적 정도로 떨어졌을 테고, 스키드 마크가 남아 있을 것이 신경 쓰이지만 누구 것인지 당장 특정하기는 어려울 테며, 그러는 사이 시일이 흐르면 그 자리를 다른 차들이 덮고 지나갈 것이었다.

주변을 랜턴으로 비춰가며 눈에 띄는 대로 머리카락 한 올까지 수거하는 동안 그녀는 침침한 눈을 비볐다. 노안은 어쩔 수 없다고 생각했으나 그 침침함이 희미함으로 바뀌더니 시야가 점점 흔들리며 격한 졸음이 쏟아지는 것은 심상치 않았는데, 그러고 보니 아까 돌에 찍힌 등에서 줄곧 피가 흐르고 있어 그런 듯했다. 흐르는 피는 밀착된 셔츠를 적시며 옷 안에 팽팽히 고이기 시작했고, 뒤늦게 상황을 알아차린 그녀는 맨 처음 등을 부딪쳤던 돌까지 찾아 파냈다. 그 외에는 떨어진 섬유 조각이 없는지도 살폈다.

시신을 비롯하여 돌과 쓰레기 등 자잘한 것들을 모두 싣고 마지막으로 주변을 살피며 정리한 뒤 그녀는 시동을 걸었다. 차량이 저수지에 처박혔다면 다음번 물갈이 전까지 사고 흔적이 발견되지 않을 것이니 차라리 나았을지도 모를 텐데 아무리 주의를 기울이고 살펴도 반파한 차량까지는 이동시킬 수 없었고, 유류흔이나 달리 작지 않은 문제도 산적해 있겠지만 부상을 입은 몸으로는 여기까지가 한계였다.

그길로 S시의 추모공원까지 단숨에 밟아 갔을 때 시각은 새벽 4시가 다 되었고, 화장터 운영 시간과 무관하게, 사전에 연락받은 중간 관리인 최 씨가 주차장 입구까지 나와 그녀를 맞이했다. 최소한의 수신호조차 주고받을 필요 없이 최 씨는 직접 트렁크를 열어 부대를 어깨에 둘러메었고 조각은 말없이 그 뒤를 따랐다.

최 씨가 건물로 들어서서 시신을 트레이에 올려놓고는 지체 없이 맨 끝 구석에 자리한 19호기 문을 열고 화기 스위치를 올린 다음 물었다.

"더 넣으실 거 있어요?"

조각은 주섬주섬 들고 따라왔던 신발 한 켤레를 올려놓았다.

"가죽 잘 안 타는 거 뻔히 알면서 그러신다."

최 씨가 볼이 미어지게 말했다.

"그만큼 오래 지지면 되잖아. 한두 번 해봐?"

최 씨는 귀찮다 내지는 알았다는 뜻을 함께 담아 가볍게 손사래를 쳤지만, 이어서 그녀가 봉지에 담겨 있던 무거운 돌까지 트레이에 올려놓자 이번에는 겨우 욕지거리를 참는 듯한 얼굴로 말했다.

"돌은 잘이 아니라 전연 안 탄다고, 이 할머니야, 그걸 말로 해야 알아요."

"대충 지져서 공원 아무 데나 섞어놔. 널린 게 돌이잖아."

최 씨가 입으로는 씨우적거려도 일처리는 시원시원히 하

는 걸 익히 겪어왔으므로 그녀는 트레이가 밀려들어간 뒤 19호기의 문이 닫히는 것까지만 확인하고 돌아섰다.

"청구서는 언제나처럼 해우 씨한테 달아둬."

"가죽에 돌에, 내 따블로 올릴 거요 아주 그냥."

상부와 양옆에서 치솟아 오르는 화염이 희생자와 기타 잡동사니를 감싸는 열기가 돌아선 뒷덜미에까지 끼얹어지는 착각이 들었는데, 그건 아마도 상처를 중심으로 동심원을 그리며 번지는 통증 때문일 터였다.

경황이 없어 피가 멎었는지 말았는지 돌아볼 새 없었는데 등줄기를 타고 뜨거운 게 자꾸만 흘렀고 눈도 자꾸 아물거리다 감기려 했다. 옷 속에 괸 피가 바지 뒷면까지 뭉클하게 적셨으나 운전을 멈춰서는 안 될 말이었다. 이대로 길 위에서 잠깐 쉬겠다고 멈췄다가는 다시 눈을 뜰 수 없으리라는 예감이 들었다. 한 손으로는 운전대를 잡아 버티고 다른 한 손으로는 장 박사와 통화를 시도했지만 전화기는 꺼져 있었다. 새벽 5시에 병원에 나와달라는 게 무리한 부탁일 수도 있었지만 지금까지 해온 장 박사의 일이 으레 그런 법인데 전화기를 꺼놓다니 이런 한가한 사람, 생각하며 조각은 혀를 찼다.

그녀는 최근 칠팔 년간 감기에 걸리거나 검진을 받을 때나 병원에 들렀을 뿐 지금처럼 장 박사를 필요로 할 만큼 심각한 부상을 입은 적이 없었는데, 평소 손 닿는 상처라면 직접 꿰매기가 가능해서이기도 하나, 본인의 실력이 녹슬지 않아서라기보다는 목표가 된 대상들이 부주의해서가 아닐까 싶은 생각마저 들 만큼 일이 대체로 쉽게 끝나곤 했다. 소속 구성원이 늘면서 예전만큼 그녀 앞으로 떨어지는 일이 많지 않은 까닭에 더해 에이전시 측에서 신경 써서 퇴물에 대한 배려인지 눈칫밥을 주기 위함인지 모를 의도로 비교적 간단한 업무를 중심으로 맡기기 때문이라고 짐작은 하지만, 실제로 일하러 가서 확인해보면 사람들은 깜짝 놀랄 만큼 자기 방어나 경계 태세가 엉성했다. 대기업의 중역 이사같이 비서들이 차를 대신 운전해주는 사람들이나 경호 팀을 따로 고용한 연예인들은 안전 관리를 전문가에게 일임하여 그 자신은 오히려 느슨해지고 허술해졌다. 그래가지고서야 아무리 실력자가 곁을 지킨대도 소용없을 터였다. 사람들은 세상이 흉흉해졌다며 외국인에 의한 납치 및 장기 밀매를 비롯하여 다양한 도시 괴담을 퍼 나르는 한편, 각 기업에서는 불황인 김에 업무의 연장인 회식을 1차로 제한하는 풍토를 조성하기도 하고 곳곳에서 호신 도구의 판매율도 꾸준히 상승하지만, 통계만 놓고 보자면 범죄 발생률이 갑작스레 지구 종말에 준하도록 수직 급등했다고는 볼 수 없었다. 기존과 유사한 차원의 '밤사이 사건 사고'가 과거에는 열 중 다섯이 활자화되었다면 미디어가 발달한 지금은 열 중 아홉이 노출되는 식이며, 24시간 미디어 체제에 힘입어 한 가지 사건도 일곱 번씩 일흔 번을 복습하게 된다. 흥행을 위해서든 정치적 중대 현안을 덮기 위해서든 미디어에서 모종의 목적을 가지고 부채질하는 대로 휩쓸려 다니다가 바짝 긴장하는 순간이 지나고 나면, 복습과 주입에 무디어진 사람들은 언제 그랬냐는 듯 원래대로 돌아와 풀어져서 스스로를 위험에 방기하고 더 강한 자극이 생기기 전까지는 그 상태를 유지했다. 사람들은 기본적으로 부모 형제뿐 아니라 때론 자기 자신조차 믿지 않겠다는 경계와 불신의 마인드가 투철하지 않았다. 몸은 언제나 짜다 만 피륙이나 활짝 개봉한 상자처럼 빈틈투성이였고 정신머리들은 더욱 그랬다.

바닥을 구르는 마른 낙엽 같은 인간들이라도 너 자신의 모든 역량을 머리끝까지 끌어올려서 상대해. 자꾸 얕봐가면서 식은 죽 먹기라고 팔랑팔랑 덤비다간 쓰지 않은 힘의 양만큼 너에게 되돌아올 테니까. 그것들이 내 명줄하고 돈줄을 쥐고 있는 고객이라고 생각해봐.

운전대를 잡은 손이 저도 모르게 미끄러지려는 것을 그녀는 몇 번이나 눈을 비벼가며 굳게 붙들었다. 그런 흐리마리한 이들을 상대해오다가 자기도 모르게 방심한 결과가 바로 지금 이 꼴이었다. 류의 혀 차는 소리가 차의 실내 공기에 파동을 일으키며, 그녀의 기억을 잠식한 상흔을 건드리고 흩어진다. 어떻게든 집에 가기만 하면…… 구급상자는 항상 눈에 띄는 데다 잘 두었다. 그러나 잘 두었다는 생각만 들 뿐 그 잘 둔 데가 정확히 어디였는지는 기억나지 않았다. 무용은 그녀가 붙여준 이름과는 달리 꽤 쓸모 있고 똑똑한 녀석이니 만일의 경우 주인이 현관에 그대로 쓰러진다 해도 피 냄새를 맡고 알아서 약상자를 찾아 물어 올지 몰랐다. 그녀는 팔을 돌린 자세로 몸 뒷면의 상처를 깨끗이 치료할 때까지 맑은 정신으로 버틸 수 있을까 자신이 없었지만 소독약, 거즈, 항생제, 진통제, 네 가지를 반복 발음하며 액셀을 밟은 발에 힘을 주었다. 예전이라면, 그래, 혈관은 싱싱하고 팽팽하여 그것을 타고 새로운 피가 끝없이 순환하며 살갗에 탄력이 넘쳐서 내던져도 멍들지 않는 사과 같던 예전이라면 어림도 없는 일. 피 따위 진작 멈췄을 것이며 이런 상처는 긁힌 정도일 뿐 신경조차 쓰이지 않았을 것이고 그러기 전에 이 일 자체가 피를 볼 만큼 위험한 방역 축에도 들지 않았을 터였다…… 어디까지나 예전이라면.

집까지 15킬로미터가 남은 길목에서 그녀는 시장 거리 옆으로 3차선 도로를 마주한 대로변의 낡은 건물 3층 일부에 불이 켜져 있는 것을 발견했다. 병원에 누군가가 나와 있었다. 마지막으로 퇴근한 간호사가 소등을 잊고 간 것일지도 모르지만 이 시간에 누군가가 나와 있다면 오너 아닌 다른 사람일 까닭이 없었다. 어쩌면 장 박사는 다른 방역업자를 치료 중이며 그래서 전화가 방전된 줄도 몰랐을 것이고, 조각은 이도 저도 모두 자신의 실책과 흐릿한 판단을 합리화하기 위한 구실이지만 무엇보다 불과 15킬로를 남겨놓고 그 침침한 불빛을 올려다보자니 더 이상 집까지 운전해 갈 힘이 없었다. 지금까지만 해도 바닥에 떨어지려는 의식을 거미줄 한 올만큼의 기력으로 붙들고 왔다. 그녀는 지체 없이 주차장에 차를 대고 건물 안으로 들어갔다.

3층에 멈춰 있던 엘리베이터는 버튼을 누르기도 전에 숫

자가 줄어들기 시작했다. 그녀는 1층에서 문이 열리고 마주
내린 한 노인과 스쳐갔으나, 등에서 엉덩이를 타고 흐른 피
가 이제 신발 속까지 적시는 것 같아서 이 시간에 건물에서
나오는 사람에 대해 의아하게 생각할 여유마저 없었고 오히
려 더욱 장 박사가 저 안에 있다는 확신이 생겼다. 장 박사의
손님인 또 다른 방역업자가 급한 치료를 마치고 돌아가는
길인 모양이었다. 그런데 업자 가운데 달리 또 노인이 있었
던가.

　병원 현관은 틈새를 보이며 열린 채였고 접수대와 대기
실은 모두 어둠에 잠겨 있었지만 3번 진료실에 불이 들어와
있었다. 눈앞의 모든 사물과 공간이 침몰 직전이라 3번 진료
실 앞에 적힌 이름이 제대로 보이지 않았으나 장이라는 성
까지는 분명 보았다고 확신하면서 조각은 문을 열어젖혔다.
거기 설령 아무도 없더라도 쓸 만한 도구나 약 정도는 있을
터였다.

　"장 선생님."

　흰 가운 입은 장신의 뒷모습이 조각의 눈 안에서 사선으
로 비틀렸다. 뜻밖의 목소리를 듣고 돌아선 의사는 장 박사
보다 절반의 생을 덜 산 듯 젊어 보였고 그나마도 시야가 이

지러져 제대로 파악할 수 없었지만 장 박사가 아닌 것만은 확실했다. 이 시간에 어째서 페이 닥터가? 서둘러 그 자리를 떠야 한다는 걸 알아차렸을 때 상대방이 무슨 일로 오셨습니까, 입을 열며 조금씩 그녀에게로 다가왔다. 상대의 손길을 피하기 위해 뒷걸음치는 순간 벽면의 달력은 천장으로 솟구쳐 올라갔고 LED 전등이 바닥까지 떨어졌으며 다급히 다가와 소리치는 낯선 의사의 얼굴은 뭉크의 그림처럼 왜곡되어 뭉개졌다.

그러니까 그 일은 40여 년을 이어온 방역의 개인사에서 치명적인 오점이었다.

눈을 떴을 때 그녀의 몸은 모로 뉘어진 상태였고 뒷목부터 허리까지 이물감이 느껴졌다. 손목에는 반창고가 감겼으며 거기 꽂힌 길고 투명한 관을 따라 시선을 움직이니 머리 위에 걸린 링거 병에서 수액이 한 방울씩, 샐비어 꽃잎 꼭지에서 투명한 즙을 짜내듯 떨어지는 게 보였다.

"좀 어떠세요?"

등 뒤에서 조심스러운 발걸음처럼 건너오는 남자의 목소리를 듣고서야 여기가 3번 진료실이라는 사실을 조각은 알

아차렸다. 그녀의 어깨가 움찔하는 걸 보고 남자의 손이 이
불 위를 지그시 눌렀다.

"움직이지 마세요. 드레싱하고 꿰맸습니다. 의식이 없으
셔서 국소마취가 필요 없을 것 같았고요. 창상을 포함한 열
상 10센티 정도에 출혈이 심해서 입고 계시던 옷은 상하의
모두 들러붙은 바람에 가위로 자를 수밖에 없었으니 그 점
은 양해 부탁드립니다."

그 목소리는 어떻게 들어도 장 박사가 아니었다. 조각은
반사작용 내지는 누군가를 기습해야 할 상황에서의 습관대
로 가슴에 손을 댔다가 칼 대신 맨살만 잡히자 자신의 처지
를 좀 더 분명하게 깨달았다. 그러니까 거의 움직이지 못하
는 바람에 미처 못 알아차렸던 사실로, 자신의 몸을 가리고
있는 것이 홑겹 이불 한 장뿐이며 그 위에 처음 보는 남자의
손이 놓여 있다는 것을 확인하자 일일이 이유를 손꼽을 수
없을 만큼 동시다발적인 모욕과 혼란이 폐부에서 솟아올랐
다. 지금 걱정해야 할 것은 무엇보다 자신의 정체를 알았음
에 틀림없는—뭐 하는 사람인지는 확정하지 못했겠지만 피
묻은 옷을 잘랐을 정도면 점퍼 안주머니에 종류별로 꽂혀
있던 칼들도 당연히 보았을 테고 하여간 바람직한 상황이

아니라는 것만큼은 바보 아닌 이상 눈치챘을 터다―상대를 제거하는 문제여야만 했는데, 이상하게도 거기까지 생각이 가닿지 않았다. 약 기운이나 상처 때문도 아니었고 에이전시가 늘 신세 지는 병원에서 사고를 일으키면 후환은 어쩌나 하는 염려 때문도 아니었다.

"그래도 다행입니다. 수혈이 필요할 정돈가 싶었는데 상처가 옷에 눌려서 지혈이 되다 말다 했는지 딱 그 직전 수준에서 오셨거든요. 조금만 늦었어도 큰일 날 뻔했습니다……. 아니 이건 너무 뻔한 말인가요."

그녀는 어깨를 조금 움직여서 이제 손을 치워줬으면 좋겠다는 표시를 했다.

"당신 누구야."

그녀는 방역 때가 아닌 일반적인 상황에서는 나이 불문하고 생면부지의 사람에게 말을 놓는 법이 없었지만―무엇보다 방역 관련자가 아닌 사람들과 말을 섞을 일 자체가 없었지만―이 상황에서는 결국 자신이 그 젊은이를 죽여야만 할지도 모르는 일이었고, 무엇보다 상대가 자신의 정체를 의심하고도 남는 중일 테니 거친 말투가 기선 제압에 필수였다.

"전 수요일하고 금요일마다 여기서 일하는 내과 의사인데요."

"거기 있지 말고 이쪽, 나 보이는 데로 와보시게."

슬리퍼 끄는 소리가 천천히 들리더니 의사가 침대 앞 의자에 다가와 앉았다. 그동안 그녀는 이 병원에서 장 박사밖에 만나본 적이 없었으니 그가 누군지는 물론이고 여기서 오래 일한 의사인지 신참인지도 알 길이 없었다. 추정 나이 30대 중반…… 많이 잡아 후반. 지금 없애버리기에는 아까운 나이네, 생각하며 조각은 이불 속에서 몸을 꼼지락거렸다. 남자의 표정은 맑고 부드러웠으며 아무라도 세 번만 매달리면 주머니를 뒤집어 가진 것 다 털어줄 것처럼 생겼는데 인상과는 달리 뜻밖에 눈썰미가 있는 편이었다.

"그렇게 여기저기 눈 굴려서 살피지 않으셔도 됩니다. 아무도 안 불렀고 여기 저 말고 다른 사람 없습니다."

의사가 그렇게 말했을 때 비로소 그녀는 불안한 시선을 그에게로 고정시켰다. 그렇다면 고마운 일이지만 내가 뭘 줄 알고 그리했느냐는 질문 대신, 그녀는 의사의 단정한 턱선을 다만 물끄러미 올려다보면서 최소한의 의심과 경계를 풀지 않았는데, 그사이 점퍼 안주머니를 살폈을 것이 분명함에도 경찰을 부르지 않았다는 점으로 미루어서 어쩌면 이 사람 자체가 진짜 의사 아닌 수상한 인물일지도 모르는 일이었다. 모든 것을 의심하고 억측하는 습관은 그녀에게 필수 생존 요건 같은 것이니 그렇게 생각해도 이상하지 않았다. 그러나 손 닿을 만한 곳에 있을 법도 한 간단한 수술 도구 같은 것들조차 모두 용의주도하게 치워지고 없었다. 진찰 책상의 모니터 옆 필통에는 언제나 핀셋과 문구용 가위가 꽂혀 있었는데 그녀는 지금 자신이 몸을 날린다 해도 거기까지 한 번에 닿아 그것들을 집을 자신이 없었다. 상처는 더 이상 아프지 않았지만 맨몸인 것이 아무래도 신경 쓰여 이불을 몸에 두른 채로 일어날 것이기 때문이었고 그러자면 움직임이 자유롭지 않을 터였다.

여차하면 상대방한테 붙들릴 수도 있겠지. 가진 것 입은 것 다 뺏길 수도 있을 거야. 그런 상황에는 네가 생물학적으로 여자인 걸 잊어버리라고. 누가 네 몸 같은 거 보겠냐. 서로 그럴 정신 있겠냐. 털끝만큼이라도 판세를 뒤집을 만한 가능성이 있다면, 대책 없이 알몸으로 날뛰라고. 그러다 실패한다면 그건 너의 마지막 자존심과 망설임 때문일 거야.

그러나 류가 말했던 상황은 지금까지 한 번도 일어나지

않았고, 따라서 그녀는 어떤 업무에서건 심각한 실존의 위기를 느껴본 적이 없었다. 그러는 동안 몸에 난 크고 작은 상처들을 타인에게 보이고 싶지 않아 공중목욕탕마저 이용하지 않을 정도가 되었고, 그녀는 지금 이런 순간에도 자신이 어떻게든 몸을 가려야 한다는 본능에서 자유롭지 못하리라는 것을 어렴풋이 알았다.

의사는 여전히 주위 탐색을 멈추지 않는 그녀의 태도를 알아차린 듯 말을 이었다.

"뭘 찾고 계신지 모르겠는데 일단 날카롭거나 위험해 보이는 건 다 잘 치워서 모셔두었습니다. 여기서 소란을 일으키면 제가 원장님 뵐 낯도 없고 해서."

이쯤 되면 진짜 의사든 야미든 간에 세상살이의 얘기가 좀 통할 사람 같기는 했지만, 그녀는 자신이 어떤 사람인지 정직하게 밝힐 마음은 눈곱만큼도 없었으며, 그렇다고 해서 젊은 의사와 인생담이나 나누는 관계를 유지할 생각은 더욱 없었다.

"젊은 친구가 눈치가 빠르네. 자네는 내가 누군지 알아?"

의사는 어깨를 으쓱해 보였다.

"글쎄요? 환자분이죠."

그때 그녀는 이불 속에서 이미 반창고를 뜯어 바늘을 뺀 뒤였고, 다음 순간 팔을 뻗어서 침대 머리맡 고리에 걸려 있던 링거 병을 낚아채어 철제 가드에 내리쳤다. 남은 링거 액이 파편과 함께 사방으로 튀자 의사는 팔을 들어 눈을 가렸고, 그녀가 한 팔로 의사의 목을 눌러 벽에 밀어붙이곤 윗부분이 부서져 반만 남은 병의 절단면을 눈에 들이대기까지 2초가 채 걸리지 않았는데 그 와중에도 내내 신경 쓰고 있었던 것처럼 이불을 몸에 감은 채로였다.

"잘 들어. 젊은 친구가 깐죽대다 골로 가는 수가 있어. 자네 속셈이 뭐야. 뭔데 이 시간에 병원에 나와 있는지 그것부터 불어."

그녀가 겨눈 자리는 정확하게는 눈이지만 둥근 병의 절단면이어서 그 일부가 의사의 코를 벨 듯이 가까운 거리를 유지하고 있었다.

"상처가…… 벌어집니다."

심호흡하고 나서 떼는 첫마디가 그거였다. 작은 숨소리까지 들릴 만큼 가까운 거리에서 의사가 말하자 은은한 스킨 로션에 소독약이 뒤섞인 듯한 냄새가 끼쳐왔는데 그녀는 어쩐지 그 냄새에 속이 뒤집히지도 머리가 아프지도 않았다.

당장 수상한 사람에게 경동맥이 베일 위기에서 이런 친절하고 다정하며 헌신적인 말투라니.

"상관없어. 뭐 하는 놈인지 말해."

그래서 그 목을 누른 그녀 팔에 한층 더 힘이 들어갔다.

"그러니까 의사인데요. 이른 시간에 나온 건…… 제 아버지가 여기 시장에서 과일 팔고 계신데요, 추석을 앞두고 있어서 요즘 매일 새벽같이 나오시는데, 허리 통증이 심해지시는 것 같다 하시니, 제 맘대로 엑스레이 찍고 진통제 놓고 보내드린 참이었거든요. 병원 물건을 개인 용도로 썼다는 뜻이지요."

그제야 그녀는 아까 엘리베이터에서 마주 내린 노인이 생각났다.

"제 얘기는, 서로 뒤가 켕긴 사람들끼리 입을 다물면 되지 않느냐는 건데요. 동의하십니까? 환자분이 뭐 하는 분인지 저 하나도 안 궁금하고, 일단 저부터가 약 빼돌렸다고 잘리긴 싫은데요."

이 사람을 믿어도 될까. 이 사람이 간호사를 비롯하여 누군가에게든 지나가는 말로라도 입을 열지 않으리라는 보장이 있을까. 그녀는 의사의 목을 누른 팔에 조금 더 힘을 넣으면서 앞으로 일어날 수 있는 일들을 헤아려보았다. 약속을 지키지 않을 시에는 뒤늦게라도 베어버리면 그만이다. 대신 경력에는 오점이 남거나 본인이 업계를 떠나야 한다. 경우에 따라 살아남는 것도 기대하기 힘들 것이다. 그녀는 새삼스럽게 자기 팔 안에 있는 사람의 목숨과 그 외 제반 사항들의 무게를 가늠해보았다.

그녀가 팔을 풀면서 내동댕이치자 의사는 진찰 책상에 나가떨어져 어깨를 부딪치고 주저앉았다. 기침을 서너 번 하며 옷을 추스르는 의사 앞에 서서 그녀는 아직도 링거 병을 놓지 않은 채로 을렀다.

"오늘 본 건 모두 잊어. 자네는 아무것도 못 봤고 여기서 아무 일도 안 일어난 거야."

"예예, 압니다. 저야말로 출근 시간 전까진 여기 안 온 걸로 할 건데요. 그나저나 그거 좀 내려놓고 말씀하시면 좋을 텐데."

그러나 조각은 옷을 갖춰 입고 여기서 나가기 전까지 병을 손에서 놓을 마음이 없었다.

"내과 의사가 바느질하면 원래는 안 되는 거 아닌가? 피 흘리는 사람을 보면 언제나 이런 돌팔이 짓을 하나?"

"안 합니다. 급한 마음에 어찌어찌 하다 보니 좀 안 예쁘게 됐네요. 티 안 나게 아물지는 않을 것 같습니다. 목욕은 일주일쯤 뒤부터 하시는 게 좋고 실밥은 녹는 데 두어 달 걸릴 겁니다."

의사는 시계를 확인하고는 정말로 간호사들이 출근하기 전에 몸을 피해야겠다는 듯이 어질러진 주변을 정돈하기 시작했다. 그 모습을 본 조각은 점차 긴장이 풀리며 의사에 대한 작은 믿음이 생겼는데, 이것은 방역업자가 타인을 대할 때 갖게 되는 양면의 관점으로서 우선 닥치는 대로 누구든 의심하고 보자는 반면에 그가 진실한 사람인지 아닌지를 파악하는 눈도 발달한 결과로, 이 의사는 물에 빠진 걸 건져줬더니 보따리를 내놓으라고 달려드는 사람에게 최소한의 적개심조차 드러내지 않고 있었으며, 그 태도에는 방법이 약간 올바르지 않으나 그 상황에 의사로서 할 수밖에 없었던 일을 했을 뿐이라는 심상함과 무관심이 깃들어 있었다.

그녀는 비로소 반파된 병을 침대에 가볍게 던져놓고 진찰실 창문을 통해 밖을 내다보았다. 6시 반이 넘었고 사람들이 적지 않게 다닐 시간이며 시장 거리라 일반 주택가보다는 인적이 더 활발하다. 이제 어떻게 할까. 이불을 두른 채로 나가더라도 주차장까지만 무사히 가면 차 안에 몸을 감출 수 있겠지만 결국 집까지 운전을 해 가야 할 테니 그녀는 차를 타고 내리는 그 잠깐이라도 사람들 눈에 띌 법한 일은 하고 싶지 않다. 엑스레이 검사실에는 환자복이 몇 벌 있겠지만 상의뿐이다.

그때 그녀는 진찰 책상 옆에 나란히 세워진 두 개의 종이 봉투를 보았다. 하나는 자른 옷가지가 들어 있었고 다른 하나에는 되는대로 주워 담은 티가 나는 새 옷이 상하의 모두 들어 있었는데 모두 그전에 입었던 것과 비슷한 검은색과 쥐색 계통이었다.

"주무시는 동안 새벽 시장에서 사 온 겁니다. 취향에 맞으실지는 모르겠지만 대강 비슷해 보이는 걸로 골랐는데 어떠세요."

"준비성 있어서 좋네. 얼마야?"

그가 등을 돌려 바닥의 파편을 쓸어 담는 동안 조각은 지체하지 않고 새 옷을 꺼내 입었다.

"얼마 안 해요. 그냥 드릴게요."

"돈 받자고 말하기 민망해서 그런 줄은 알겠는데 그건 안 돼. 치료비 포함이니까 정 그렇다면 그냥 내 맘대로 놓고 가겠어."

피식, 웃음이 새는 소리가 어깨너머로 들렸다.

"그러세요 그럼. 우리 딸한테 아이스크림이나 사주게."

나머지 한쪽 팔을 꿰다가 조각은 멈칫했다. 딸이라는 한 음절의 낱말이 귓바퀴에서 아이스크림처럼 흘러내렸다. 그러나 곧 재빠르게 단추까지 채우고 헌 옷이 담긴 종이봉투를 챙겼다.

"수고하고 이만 일 봐."

"잠깐요."

의사는 높은 책장 꼭대기로 손을 뻗더니 무언가를 덜그럭거리며 끄집어냈다.

"잊고 가실 뻔했네요."

그가 내민 것은 위생 비닐 팩에 밀봉된 그녀의 도구들이었다. 그녀는 소스라쳐서 연장 뭉치를 잡아챘다.

"이걸로 뭐 했나."

"김밥이라도 썰었을까 봐서요? 그냥 세척하고 소독했습니다."

"쓸데없는 짓 하면……."

다음번에는 꼭 긋거나 담가버리겠다고, 그녀는 말하지 않았다. 아마도 다시 만날 일은 없는 사람이었다. 그대로 진찰실 문을 닫고 건물 계단을 뛰어 내려가며 그녀는 가빠오는 숨을 다스리기 위해 가슴을 지그시 눌렀다.

그녀가 떠난 뒤, 난장판을 정리하고 역시 나갈 준비를 하던 의사는 컴퓨터 키보드 밑에 칼날같이 빳빳한 5만 원권 지폐 네 장이 끼어 있는 것을 보았을 텐데, 그가 뜻밖의 선물을 받고 좋아할 딸의 얼굴을 떠올렸을지 아니면 이 노인네 결국 쓸데없는 짓 하고 갔구나 싶은 쓴웃음인지 의미야 어쨌든 간에 그는 틀림없이 웃음을 지었을 것이고 그 미소는 어떤 모습일까를 상상하며, 그녀는 운전대를 잡은 손에 힘을 주었다. 실혈 때문이겠지, 눈앞이 공연히 아찔하여 머리를 두어 번 털어내고서.

장 박사의 정기검진을 마치고 조각은 옆 시장에 들른다. 투명하고 두꺼운 돔을 씌운 시장 골목은 전통 재래시장이라고 부르기는 좀 어색할 정도로 각 점포가 현대적으로 정비되고 간판의 규격과 양식이 통일되어 옛날 시장들을 거닐다 그녀가 종종 느끼곤 했던 향수의 여운이 제거된 채 건조하고 객관적인 물증처럼 도열해 있는데, 콩나물 한 봉지를 사면서 좀 깎아달라거나 한 줌만 더 담아달라고 하면 눈총을 받을 것만 같은 분위기로, 심지어는 시장 한복판에 작지 않은 슈퍼마켓까지 있다. 개점한 지 얼마 되지 않은 듯 기념행사와 사은품을 알리는 광고물이 눈에 띄게 붙어 있는 그곳은 간판만 개인 상호일 뿐 규모나 다루는 물건이 SSM과 크게 다를 바 없는데, 채소 가게와 건어물 가게에 방앗간만 해도 몇 집 건너 한 집씩 있는 이 시장 거리에 그것들을 모두 취급하는 슈퍼마켓이 들어섰다는 것은 어떤 의미인지 그녀는 알 수 없다. 다만 이 시장 상인들이 1킬로미터 반경에 공사 중인 대형 마트 설립에 반대하고 있다는 사실은 안다. SSM을 닮은 슈퍼마켓이 시장 한가운데 들어와서 손님들로 북적거리는 걸 보면 그것이 마트를 저지하고 손님들을 끌어모을 수단의 일종인가도 싶다.

그러거나 말거나 조각은 흑염소 영양원을 지나쳐 한 청과물 가게 앞에 서는데 종종 보던 주인 남자는 배달을 나간 듯, 주인 여자가 한쪽 다리를 절며 일어서서 손님을 반긴다. 조각은 망설이다 복숭아를 좀 보여달라고 입을 연다.

이미 조각은 만일의 경우를 대비해 단 한 차례의 조사만으로 문제의 젊은 의사의 이름과 그 부모가 일하는 청과물 가게가 어딘지 알아냈다. 의사는 성이 강 씨였다. 강과 장. 장과 강. 조각이 그날 새벽 병원으로 쳐들어갔을 적에는 이미 그 전날 밤 간호사가 다음 진료 담당인 강 박사의 이름을 아크릴판에 바꿔 끼운 다음이었고, 그녀는 혼절 직전에 이른 혈액 손실로 인해 그 미묘한 획의 차이를 알아차리지 못했던 것이다.

어떤 구실을 갖다 붙인다 해도 그녀는 타인에게 정체를 드러낼 뻔한 일이 큰 실수임을 모르지 않았고—구체적인 직업과 결정적인 소속만 털어놓지 않았을 뿐 그녀의 성분은 상대방에게 다 알려진 거나 다름없으며, 그가 모른 척해주지 않았다면 옴짝달싹 못 할 처지가 아닌가—만일의 경우 강 박사가 다소간 문책을 각오하고서라도 새벽에 3번 진료실에서 있었던 사고를 원장인 장 박사에게 정직하게 보고한다면—조각은 강 박사가 정말로 약속을 지키리라곤 생각지 않았다—그 이야기는 에이전시에 들어가지 않을 도리가 없었다. 조각은 최소한 신뢰를 잃은 채로 떠나고 싶지 않을 만큼은 이 일에 애정이 있었는데, 대놓고 애정이라고 하기엔 이 일의 성격상 좀 뜨악한 표현이고 몸을 움직여 일하는 데 대한 집념이나 원년 멤버로서의 집착 내지는 나 아니면 할 수 없단 식의 고집이라고 부르기에도 적절치 않은, 말하자면 탯줄과도 같은 감정이었다. 그것도 간신히 영양을 공급하다 불현듯 아이의 목을 단단히 감아버린 탯줄로, 언제 죽음으로 이어질지 모르는.

주인 여자가 진열된 과일들 가운데 부드러워 보이는 백도 한 상자를 손님 앞에 잘 보이게 들어 내놓는다.

"완전 설탕이야 설탕. 입에 들어가면 살살 녹아요. 씹을 필요가 없다니까."

한 상자에는 열두 개가 들어 있다. 조각은 고개를 젓는다.

"그렇게 많이 필요 없어요. 네 개면 되는데."

실은 집에 가서 무용과 하나씩 나눠 먹는 게 고작이므로 두 개면 충분하지만, 조각은 물건을 파는 사람이 두 개만 담아 팔고 싶어 하지는 않을 것임을 짐작한다. 뭐, 무용과 두 개씩 나눠 먹지.

"입이 몇 갠데 네 개만 드셔. 이거 보기보다 얼마나 오래가는데요. 두고 드시지."

그렇게 말하면서도 주인 여자는 비닐봉지에 복숭아 네 개를 담아 내밀다가 문득 깜박할 뻔했다는 듯 자연스럽고 온화한 동작으로 한 개를 더 담는다. 조각은 깨끗한 지폐 몇 장

093

을 골라 건네고 봉지를 넘겨받으면서 주인 여자의 얼굴을, 정확하게는 줄곧 눈에 띄게 떨리는 희끗한 속눈썹을 물끄러미 바라본다. 지속적인 눈썹 떨림은 만성피로와 무기질 부족의 지표이며 거기에 제법 바람이 찬 계절로 접어들었음에도 가게 안쪽으로 난방 기구 하나 없이 이런 날씨에 땀을 흘리고 있는 걸로 보아 건강이 좋은 편은 아니다. 주인 여자의 전체적인 인상과 몸 상태는 자식을 공부시키는 데에 올인하고 자신은 돌아볼 틈 없이 진통제로 근근이 연명하다 손쓸 수 없을 지경이 된, 보편적이며 통속적인 어머니들의 희생정신을 떠올리게 한다. 물론 그 자식이라는 인물은 대학병원에서 교수가 되거나 자기 병원을 개업하지 않았으므로 처음 부모가 바랐던 출세의 모습과는 거리가 있겠지만. 어쨌거나 여덟 개도 여섯 개도 아닌 고작 네 개를 샀을 뿐인데 거기 굳이 한 개를 더 얹어주는 시장 상인의 정은 지속된 경기 침체와 재래시장의 연속 붕괴 이후 좀체 보지 못한 일이므로 조금은 신선한 경험이고, 무심한 듯하면서도 전공이 아닌 처치를 한 데다 환자의 옷을 사비로 준비하기까지 한 강박사를 떠올리며 그는 아마도 이 모친을 닮아 그랬나 보다라는 생각이 든다.

그때 청과물 가게 앞에 자전거 한 대가 조각의 가방을 치고 가까이 멈춰 선다.

"아이고, 이거 미안합니다."

브레이크를 걸어 넘어지기를 간신히 면한 자전거를 보고 주인 여자는 핀잔을 준다.

"균형 잡기 힘들면 자전거 그만 타랬잖아. 요즘 여자들 가방 한번 잘못 건드리면 어떻게 되는지 알아? 가방 하나에 수백만 원이야, 이 사람아."

"아, 내가 그러고 싶어 그랬나."

주인 남자와 여자가 티격대는 걸 보고 조각은 자기 가방이 2만 5천 원짜리 짝퉁이라고 말할까 싶다가, 문득 주인 남자가 자전거 뒤에서 안아 내리는 어린 여자아이한테 눈길이 간다. 할머니!를 부르며 가게 안으로 뛰어드는 여자애는 유치원 이름과 전화번호가 적힌 노란 가방을 메고 있다.

"할아버지 운전 진짜 못해. 앞으론 절대로 자전거 안 타고 올래."

"응, 우리 해니, 이 할머니가 그냥 해본 말이야. 다른 방법 있냐. 걸어오기는 멀잖아. 좀 흔들려도 그냥 할아버지랑 자전거 타."

"아빠 차 타면 되지!"

"아빠는 만날 바쁘시잖아. 오늘은 이 병원 갔다가 내일은 저 병원 가시고……."

할머니의 말에 아이는 샐쭉하게 입을 내밀어 보인다. 아, 저 아이가 강 박사의 딸이구나. 저 아이는 그날 무슨 맛 아이스크림을 먹었을까. 아니면 예쁜 옷 한 벌이라도 새로 해 입었을까. 요즘 아이들 옷은 터무니없이 비싸다던데 그걸론 모자라지나 않았을까. 아이의 뺨과 귀 사이에 난 작고 귀여운 점을 보고 조각의 입가에 저절로 미소가 걸린다. 아이의 팽팽한 뺨에 우주의 입자가 퍼져 있다. 한 존재 안에 수렴된 시간들, 응축된 언어들이 아이의 몸에서 리듬을 입고 튕겨 나온다. 누가 꼭 그래야 한다고 정한 게 아닌데도, 손주를 가져본 적 없는 노부인이라도 어린 소녀를 보면 자연히 이런 감정이 심장에 고이는 걸까. 바다를 동경하는 사람이 바닷가에 살지 않는 사람뿐인 것처럼. 손 닿지 않는 존재에 대한 경이로움과 채워지지 않는 감각을 향한 대상화.

"애엄마도 바쁜가 보다."

혼잣말처럼 중얼거리면서 조각은 일말의 죄책감을 느끼는데, 강 박사의 아내는 이미 사망했다는 사실을 알고 있어서다. 그러나 보통의 동네 노부인이라면 이런 대목에서, 엄마는 어디 가고 할아버지가 애를 운반하느냐는 식으로 애엄마의 역할론을 들먹이며 오지랖을 펼치는 게 자연스러운 태도일 것이다. 그녀는 이렇게 보통의 노부인을 연기한다. 자식들을 출가시키고 빈 둥지 증후군에 시달리며 비슷한 연령대의 사람들과 잠시나마 말벗인 양 시늉하는.

"애엄마는 하늘나라 갔어요."

"아…… 이거 죄송합니다, 공연히."

조각은 놀란 티를 내면서 모자챙을 깊이 눌러쓴다. 좀 더 참견하기 좋아하는 수다쟁이라면 여기서 '어쩌다 젊은 나이에!'라고, 상대를 전혀 알지 못함에도 당연히 젊은 아내였으리라 간주하며 타인의 고통은 아랑곳없이 자신의 호기심을 충족하려 들겠지만, 조각은 차마 그렇게는 할 수 없다.

"아니에요, 이제 뭐 지난 일인데. 저기 어디 큰 대학병원에서 애 태어나고 제때 처치 잘못해가지고 아깝게 갔어요, 무슨 중병이 들었던 것도 아니구먼."

그러더니 주인 여자는 아직도 그때를 생각하면 속에서 밥알이 곤두선다는 듯 말을 잇는데 그리 친하지 않은, 어설프게 아는 사람보다는 오히려 생면부지인 타인에게 자신의 삶의 이력을 풀어놓으며 이걸 다 받아 적으면 소설 한 권 거뜬히 나온다고 덧붙이는 이 세대 사람들의 모습을 파고다 공원이나 전철 같은 데서 흔히 볼 수 있으므로 조각은 잠자코 듣는다.

"세상에 과는 달라도 남편이 소위 의사씩이나 되는데 어떻게 그래 허망하게 갈 수가 있어. 애가 아주 땅을 치고 몇 날을 병원 바닥에 드러누웠는데도 선후배 동기랑 교수들이랑 싹 다 외면했잖아, 오히려 애 끌어내고 입을 막았잖아, 솜뭉치로라도 갖다가 가슴팍 칠 일이지. 아 그래, 누가 보상금 내놓으래, 책임자를 처벌하재. 다 사람이 하는 일이니까 그래 될 수 있지, 누가 뭐래. 언제 그게 내가 되지 말라는 법 없는데. 근데도 미안하단 한마디 듣자고 그 지랄을 했는데 들은 척을 안 해……. 하다하다 나중 가서는 집도의인지 교수인지가 불러다 놓고 뭐라는지 알아요, '한몫 보려는 누구나 처음엔 진실한 사과를 바랐을 뿐이라고 하지.' 사람 욕을 보여도 그런 욕이 세상 어디 있담. 그러고 애가 대학병원에 학을 떼서는 결국 다른 데 안 가고 동네 병원 전전해요, 아르바이트하는 애들마냥. 그래도 딸자식이 눈에 뵈긴 뵈니까 혀 깨물고 죽을 걸 참았으니 그나마 살지요."

"그거 참 고생이 많으셨겠어요. 그래도 할머님이 가게 보시랴 손녀 보시랴 쉽지 않으실 텐데 그 정도 세월 지났으면 이제."

말하다가 조각은 자신의 무신경함을 깨닫고 입을 닫는다. 아이가 제 할머니와 대화를 나누는 손님을 올려다보며 호기심을 드러내고 있는데 그 앞에서 새엄마를 맞아야 하지 않겠느냐는 말을 꺼낼 뻔하다니, 악의는 없었다고 자신하나 오지랖도 이런 오지랖이 없다. 그러나 주인 여자는 손님이 삼킨 뒷말의 내용을 정황상 당연하다는 듯 짐작한다.

"뭐 어디 치과나 성형외과도 아니고 지지리 돈 안 되는 과로 남의집살이를 하니까 선뜻 오려는 사람이 없어요. 애도 이만큼 컸지, 우리 늙은이들은 그냥 장사꾼이지. 뭘 보고 오겠어, 요즘 젊은 아이들 얼마나 그런 데 훤한데, 이름만 좋아 의사지 순."

그때 가까운 데 간단한 배달이라도 나가려는 듯, 사과 상자를 자전거 뒷자리에 실어 끈으로 묶던 주인 남자가 핀잔을 준다.

"신세 한탄 작작하고 손님 그만 보내드려, 왜 붙잡고 섰어."

099

그때에야 주인 여자는 무안해하며 무릎에서 아이를 떨어뜨려놓고 계산대 서랍을 열어 잔돈을 센다.

"아, 나이 먹으니까 말만 많아져서…… 미안하네요."

"아니에요. 남는 게 시간이고 저도 간혹 그러는걸요."

물론 조각은 간혹 아니라 전혀, 타인에게 자신의 이야기를 풀어헤치는 법 없지만 사실과 다른 말로 주인 여자를 안심시킨다. 아직도 유치원 가방을 메고 있던 아이는 바닥에 가방을 던져놓고 손님에게 안녕히 가세요, 배꼽인사를 한다. 가방의 안쪽 레이블에 강해나라고 이름이 적혀 있다. 조각은 오밀조밀한 얼굴의 사랑스러운 아이를 내려다본다. 그러나 한눈에 봐도 강 박사의 딸이라는 걸 알겠다는 느낌이 들지 않는 것으로 보아서는 엄마를 많이 닮은 모양이다.

"공주님 몇 살?"

"여섯 살이에요."

여섯 살…… 강 박사의 딸은 여섯 살. 알면서 물었으나 굳이 아이의 목소리로 듣고 나니 '-쌀'이라는 발음에 맺힌 수분이 언제까지고 증발하지 않은 채 귓가에 맴돌 듯하다.

"할머니 할아버지 말씀 잘 듣고, 다음에 또 올게."

그녀는 아비나 조부모 중 누구의 실수인지 아이의 목뒤에 반쯤 떨어지다 만 상표 태그가 삐져나온 것을 못 본 체하며 돌아선다. 그녀는 한 달 전 3번 진료실을 나서며 느꼈던 현기증을 닮은 감각에 대해 누구에게도 말하지 않을 것이며, 이 조손을 바라보면서 그때의 감각을 굳이 상기하지 않을 것이다. 잠깐이나마 자신이 속한 세계를 이룬 살점과 핏방울과 뼛조각들을 잊고 긴장이 풀린 채 따뜻한 꿈을 꿀 뻔했던 순간을, 링거 병의 파편을 신중하게 주워 담던 손가락과, 그대의 모든 죄를 사하노라는 듯한 소독약 냄새 섞인 미소를 떠올리지 않을 것이다. 지금 마음속에 피어오른 희미한 태동 같은 것은 일시적으로 자신을 둘러싼 일상이 아닌 다른 세계에 접속했기 때문에 생겨난 작은 흥분에 불과하며, 거기 몸을 깊이 담그지 못하고 발만 살짝 적셨다가 돌아 나오는 데서 비롯한 아쉬움의 반영일 뿐이다.

조각은 걷는 동안 문득 봉지에서 백도 한 개를 꺼내 코에 대본다. 꼭지와 머리에 날염한 듯한 홍조를 띠고 분홍에서 하양까지 바림이 이루어진 얇은 껍질은 벨벳 같으며 표면의 보송보송한 솜털도 과육에서 풍겨 나오는 달콤한 향을 가리지 못하는데 그 냄새에 콧속이 자극되어 혀끝에 남아 있던 미소의 쓴맛이 조금씩 지워지기 시작한다.

그걸 마침 지하철역 주위의 순댓집 앞 기울어진 스툴에 겨우 엉덩이를 걸치고 앉아서 이쪽을 빤히 노려보는 노인에게 내민다. 노인의 차림은 좋게 말해 방랑하는 음유시인 같고, 연고가 어디 있는지는 모르나 가끔 시장에 나타나 몇몇 집에서 밥을 얻어먹곤 하는 사람이다. 집으로 가는 길을 잊었는지 예전에 이 근처에 자기 집이 있었던 것인지, 지구대 사람들과 가족인 듯한 중년 남녀가 수시로 그를 수거하듯 데려가는데, 언제 그랬나 싶게 다시 나타나 같은 자리를 배회하는 사람이다.

그저 눈이 마주쳤는데 손에 마침 그걸 들고 있었기에 그대로 다시 봉지에 넣기는 민망하여 건넸을 뿐이며, 오히려 그를 걸인 취급하는 셈이 되어 거절당할 것도 염두에 두었지만, 노인은 그녀가 내민 백도를 물끄러미 바라보다 어떤 말이나 신호가 없이 누르퉁퉁한 손으로 받아 껍질도 까지 않고 베어 문다. 군데군데 검은 구멍이 보이는 노인의 잇새로 껍질과 살이 밀려들어가며, 한 세계가 그의 입속에서 부서지는 풍경과 함께, 입가에서부터 흥건한 즙이 흘러 손목을 타 내려가는 모습을 보고 그녀는 돌아선다.

굳이 먹어보지 않아도 입안에 도는 감미, 아리도록 달콤

하며 질척거리는 넥타의 냄새야말로 심장에 가둔 비밀의 본
질이다. 우듬지 끝자락에 잘 띄지 않으나 어느새 새로 돋아
난 속잎 같은 마음의.

어린이의 리더십을 길러주고 영재성을 계발한다는 논리 논술 철학 학원에서 막 돌아온 소년이 열쇠를 꺼내는데 건너편에서 무언가 쿵, 육중한 물건이 철문에 부딪쳤다. 소리는 도어스코프 높이쯤 되는 자리에 들러붙었다가 바닥까지 둔탁하게 끌어 내려졌다.

어머니가 2주일간 해외 학술 세미나를 떠났고 지금 집에 있는 사람이라곤 단기 고용한 가사 도우미밖에 없을 테며 이사를 갈 때까지는 아직 일주일이나 남았는데 벌써 일꾼들이 들이닥쳐 이삿짐을 들어 옮기면서 거칠게 부려놓는 중인지, 그것도 하필이면 저녁나절 다 되어. 고개를 기우뚱하다 소년은 헛손질하여 열쇠 꾸러미를 떨어뜨렸고 큐빅으로 장식한 이니셜 열쇠고리가 부서졌다. 새 아파트 가서는 현관 좀 비번 키로 달자고 해야지. 몇 번을 덜그럭거린 끝에 손잡이를 당길 때 현관문 열리는 느낌이 평소보다 무겁고 거대한 산세비에리아 화분 같은 게 문 안쪽에 기대져 있는 것만 같았다.

　문이 45도 부채꼴을 바닥에 그리며 열리자 안쪽에서 흘러나오듯 쓰러진 몸뚱이가 소년의 발등에 부딪쳤다. 소년은 자기 발등을 누른 아버지의 머리를 내려다보았다. 두 눈은 뜬 채로 정수리부터 양미간 사이로 검붉은 피가 네댓 줄기 흘러내리고 있었다. 넘어지면서 방향을 잃은 핏줄기가 소년의 발과 복도 바닥을 적셔 순식간에 웅덩이가 고이기 시작하자 피 냄새가 콧속을 간질였는데, 이상한 건 지금 눈앞에 아버지의 붉게 물든 머리통이 있으니 이게 피 냄새인가 보다 싶을 뿐 소년이 느끼기에는 피바다에서 일반적으로 떠올리는 비린내나 시취가 아니라 따뜻하고 폭신한 팬케이크에 끼얹어진 메이플 시럽 냄새 같다는 데 있었다. 그러니까 아버지의 머리가 자기 발을 짓누르고 있음에도 그저 바니타스 정물화처럼 내려다볼 뿐 그 자리에서 도망칠 생각조차 못한 것은 그 아이러니한 냄새 때문이었을 텐데, 어떻게 죽음이 이토록 부드럽고 달콤한 향기를 풍길 수 있는지 모를 일이었고 그것은 지금까지 리더십을 함양하는 논리 철학 학원에서 익혀온 것과는 전혀 다른 종류의 감각이었기에 소년의 온몸에서 현실감이 각질처럼 떨어져나간 거였다.

고개를 들어 안쪽을 바라보았을 때 현관 앞에는 아무도 없고 거실로 이어지는 통로만이 죽은 이의 혀처럼 길게 뻗어 있었으며 내력벽 너머로부터 저녁바람이 불어왔다. 거실에서 베란다 창문 열리는 소리에 그거야말로 아버지를 이렇게 만든 장본인의 인기척이라는 최소한의 인과관계가 파악되자, 비로소 소년의 바지를 타고 오줌이 흘러내려 신발 속까지 데워졌다. 상대의 얼굴을 먼발치에서라도 목격해야만 나중에 경찰에게 한마디라도 도움이 되리라는 판단에 이르자 소년은 좀체 그 무게감 때문에 걷어내지 못하던 아버지의 머리통을 다급히 밀어젖히고 신발을 신은 채 거실로 뛰어들었다.

가장 먼저 보인 것은 진주색 등으로, 목뒤로 늘어뜨려진 스카프가 홈이 깊이 파인 셔츠를 걸친 등을 반쯤 가리고 있었으나 달빛에 반사되는 단단한 척추와 견갑골이 두드러져 이제 곧 거기서 날개가 돋기라도 할 것 같았다. 바깥쪽으로 돌아선 자세로 베란다 난간에 걸터앉아 있던 사람이 숨기척에 고개를 반쯤 돌려서는 태연한 표정으로 소년을 흘겨보았는데, 그것이 지난 엿새간 가사를 맡아준 도우미라는 사실을 확인하는 순간 소년은 기억에 입력해야 하는 몇 가지 사실들—추정 40대 초중반 여성, 마른 단신에 세미 롱의 직모—을 잊어버린 채 그녀의 실루엣을 따라 일어난 미풍이 창밖에 휘날리는 꽃잎들을 실어 날라 오는 것만 같다는 착각에 사로잡혔다. 아버지를 저렇게 만들어놓고 어째서 당신의 옷이나 얼굴에는 단 한 방울의 피가 튀지 않고 그토록 깨끗한가요 그것은 대체 무슨 기술인가요, 소년은 이 순간 진심으로 그것이 궁금했으며 경우에 따라서는 그녀가 범인이 아닐 수도 있겠다는 가능성을 열어놓을지도 몰랐다.

그녀가 섀시를 열고 뛰어내리기 직전 입을 열어 뭐라고 한 것 같은데, 그녀의 온몸에서 뿜어져 나오는 듯한 한기와 바람 소리 때문에 소년의 귀에는 들리지 않았다. 그녀의 모습이 사라지고 나서 얼마쯤 더 지난 뒤에야 여기 4층인데 싶어 소년은 질퍽거리는 발을 천천히 끌어 베란다로 다가가면서도, 거기 서서 아래를 내려다보는 순간 기다렸다는 듯 그녀의 손이 금방이라도 자신의 발목을 잡고 허공에 던져버릴 것만 같아 몇 번을 주저했다. 기어이 용기를 내어 베란다 밖을 내다보았을 때는 이미 시간이 상당히 지체된 다음이었고 당연한 일이지만 그곳에는 아무도 없었으며 다만 벽을 타고 내려가는 데 이용했을 노끈과 자일 자국만이 남아 있었다.

그때 마침 귀갓길이었던 맞은편 집 여자가 복도에 널브러진 피바다 속의 상반신을 보고 비명과 함께 엘리베이터 문을 서둘러 닫는 소리가 났다. 소년은 거실 바닥에 주저앉은 그대로 그녀가 남긴 입 모양이 아마도 '잊어버려'라는 말이었던 듯싶다고 생각하는 중이었으며, 그로부터 얼마 지나지 않아 다가오는 경찰차 사이렌도 듣지 못했다. 몇몇 경찰이 거실로 이어진 피 묻은 작은 발자국을 보고 숨죽여 다가가서는 꼼짝 마, 소리와 함께 들이닥쳤다가 생포해야 할 범법자 대신 문 열린 베란다 밖을 멍하니 내다보는 아이와 그 아이가 앉은 자리에 흥건한 오물 및 피를 보고는 곧 어린애 발견, 이라고 외치며 어디서 가져왔는지 모를 담요로 소년을 둘둘 말았다. 보풀투성이의 까슬까슬한 담요에서 뽀얀 먼지가 일었는데, 그 먼지가 창밖에서 들어온 하얀 꽃잎과 난분분히 뒤섞여 이끼류의 향기를 사방에 흩뿌렸다.

검찰에서는 당시 소년의 아버지가 손댄 주택 건설 사업에서 단지 계획 수립부터 승인에 이르기까지 일련의 과정을 검토하여 사업 면적상 오류 및 관계 기관과의 협의 미비를 비롯한 7건 이상의 문제점을 발견했고, 착공 당시 토지 형질 변경 허가를 무리하게 받아낸 정황을 포착했다. 기타 위법 사항과 금품 수수까지, 관련 기관 담당자들이 줄줄이 엮여 나왔고 그들의 옷을 벗기거나 철창에 보내어 검찰의 실적을 올리는 데에는 도움이 되었지만, 그가 해온 대부분의 일은 다소 시간이 걸리더라도 합법적으로 엿을 먹이는 쪽이 더 실용적이며 굳이 살해당할 이유로 보기는 힘들었다. 일부 하청업체를 상대로 일을 몰아주거나 일방적으로 계약을 해지하는 등의 횡포, 업계 관행을 빌미로 불공정거래 계약을 유지해오며 늑장 지급하거나 후려쳐지기 일쑤인 대금 등 원한 관계 추적에도 빠짐없이 들어갔다. 누군가에게는 숨 쉬는 것만큼이나 당연하고 사소한 권력이 다른 이에게는 증오를 넘어선 제거 욕망을 불러일으킬 수 있었다. 그러나 소년의 아버지가 관계한 일에서는 그가 좀 더 위의 권력자들에게 알아서 기는 비굴한 모습을 더 많이 찾아볼 수 있었을 뿐, 건설 과정에서 하청업체를 비롯한 약자들을 코너로 몰아넣은 흔적은 두드러지지 않았다.

하여 주택 건설 사업과는 별개로 그의 사생활 캐기는 당연한 수순이었는데, 유흥 주점의 하루짜리 인연 수백여 차례가 여자관계의 전부로 나타났으며 정해놓은 불륜 상대는 없는 것으로 파악되었다. 소재가 파악된 주점 여자들 중 사건 발생 앞뒤로 근접한 기간에 질병 및 약물중독 사망자가 여섯 명이었고, 이들에게서는 한 건축업자의 죽음과 관련된 정황이 드러나지 않았다. 이후 미궁 사건 취재 방송에 변조 음성으로 등장하여 익명을 요구한 한 정신과 의사는 희생자의 열세 살짜리 아들에게서 나타난 평온과 냉소와 공허를 수상하게 여기기도 했으나, 곧 피해자 자녀의 충격을 우려하는 사회적 반발에 부딪혔다.

학술 세미나를 중단하고 긴급 귀국한 모친의 증언에 따라 임시 고용한 도우미가 범인이라는 데에는 모두가 이견이 없었으나 과연 그녀는 누구이며 누가 그녀를 보냈는지 루트를 찾지는 못했다. 소년의 모친이 구인 요청 연락을 넣었던 인력 소개소는 그동안 틈틈이 이용해오던 업체로, 매일 출근도 격일 출근도 아니며 어머니가 이성을 잃을 만큼 바쁠 때만 가사를 대신할 사람을 불렀던 까닭에 매번 다른 얼굴이 나타났으므로, 이번에는 출국 날짜가 촉박하여 미처 면접을 따로 보지 않은 것이었다. 모친이 제출받은 주민등록등본과 신분증 사본은 모두 위조품이었으며 소년이 본 얼굴과 같지 않았다. 해당 인력 소개 업체의 대표가 강도 높은 구속 수사를 받았으나 피해자와의 연결 고리는 전무했고, 운영상의 치명적인 부주의와 관리 소홀로 인해 거액의 벌금을 묾과 함께 회사 문을 닫는 선에서 정리되었을 뿐, 그러는 동안 심증만 넘치며 물증이 없는 채로 피해자가 손댔던 주택 건설 사업은 줄줄이 중단되었다가 다른 사업체로 일부 넘어갔으며, 어린 소년 한 명만을 두 계절 동안 폐쇄 병동에 입원하게 만든 뒤 이 사건은 사람들 사이에서 잊혀갔다. 소년은 가끔 섬광처럼 눈앞을 스쳤다 갈 뿐인 어머니와 그 뒤로도 썩 좋은 관계를 맺지 못했고, 친척들은 유능한 대학교수인 어머니에게 외국인 생물학 박사를 소개했다.

소년이 그 뒤로 누구에게도 말하지 않은 일이 있다면, 도우미와는 아침저녁으로 스쳐 지나갔을 뿐이라 인상착의를 특정하는 데 자신이 없음을 전제로 하고 몽타주 작성에 협력했으나, 실은 몇 번이고 가까이서 그녀 얼굴을 마주 들여다본 적이 있다는 사실이었다. 그녀는 당시 모친이 남겨둔 메모에 따라, 만성 알레르기 증상을 보인 소년의 약을 챙겨 주었다. 3종의 약은 복용량과 시간, 간격 및 횟수가 각기 다른 데다 메모에는 '아이가 알약을 삼키지 못하니 가루로 빻아주셔야 함, 찬장에 손절구 있음'이라고 적혀 있어서 간병 전문이 아닌 사람에겐 까다로운 일이었을 텐데 그녀는 매번 정확하게 구분해서 말없이 약을 내밀었다. 소년은 섬세하게 가루를 낸 약을 받아 들다가 그녀의 얼굴을 꽤 오랜 시간 올려다보곤 했으며, 항상 반드럽게 세팅된 어머니의 대외 학술제용 머리와는 다른 일상의 부드럽고 찰랑거리는 머리카락에 때론 손을 뻗어보고 싶은 충동마저 들곤 했기에, 어떤 충격을 받았든 그녀의 외양을 잊을 리 없었다. 신분증이 위조였고 인력업체 담당자가 진술한 인상착의와도 일치하지 않았으므로 그녀 얼굴을 아는 사람은 사망한 아버지와 자기 자신뿐이었다.

아버지가 어떤 원한으로 그렇게 됐으며 누가 원흉인지 소년은 그 뒤로도 알지 못했으나, 최소한 원흉이 아닌 그 대리인의 정체를 안 지는 꽤 오래되었다.

가문을 잘 타고난 편이 아니라 입지전적 인물로 업적을 차곡차곡 쌓아서 높은 자리까지 올라간 데다 내심 정치에도 뜻이 있어서 은밀히 연줄을 대고 다닌 아버지를 노릴 만한 사람들은 없지 않았을 테고, 대리인인 가사 도우미는 주어진 임무를 수행했을 뿐 뿌리도 사정도, 어느 때는 누가 머리인지 발가락인지도 묻지 않고 지엽적인 일처리만 한다는 걸 지금은 잘 알기 때문에 이제 와 새삼스럽게 그녀에게 왜 그랬냐고 물어본들 그녀 자신도 모를 것이며, 설령 당시 예외적으로 전후 관계를 세세히 전달받고 명확한 근거를 토대로 사주를 받았더라도 20년이나 지난 지금은 기억하지 못할 테니 무의미한 일이다……. 도대체가 그녀의 손톱이 한두 명을 할퀴었어야 말이지.

그리고 서른세 살이 된 소년은—남자는 '제거' 대신에 '방역'이라는 말을 쓴다.

평소 같으면 인편이나 택배로 온 어떤 선물이라도 데스크에서 받아 수석 비서가 내용물을 검토한 뒤 회장실로 갖고 들어갔을 것이다. 보통 그런 선물들을 개봉하면 그 안에 입구를 봉한 편지나 서류가 들어 있고, 봉투를 집었을 때 요철이 없다면 봉투만은 뜯지 않고 선물과 함께 들여보내지만—물론 현금의 경우 쩨쩨하게 봉투로 오가는 법은 잘 없으며 기본이 사과 상자 정도는 되거나 좀 더 정성을 기울이고 구색을 갖춘다면 샘소나이트 트렁크쯤은 되어야 한다—봉투 속에 서류나 지폐 이상으로 두툼하고 단단한 게 만져진다면 먼저 열어보는 게 원칙이다. USB 같은 경우 데스크에서 비서의 개인 노트북에 한번 꽂아봐서 정상 작동이 되며 그대로 폭발하지는 않는지 10분간 지켜본 다음 회장에게 전하며, 그동안은 바이러스 체크를 위해 모니터를 들여다봐서 자연히 수석 비서는 내용물의 세부를 모두 알게 되니, 필히 입 무거운 친인척이 회장의 수석 비서를 맡았다.

그렇게 들어간 물건들 가운데 현찰이나 증서 등을 제외한 사소한 것들은 다음 날 비서실에 돌아오는데, 사원들끼리 나눠 쓰든지 먹든지 하라는 뜻으로 이들 중에는 이미 회장에게 차고 넘쳐 필요 없는 명품도 간혹 있어서 비서들은 이때를 즐거워하는 편이다.

"J제약 이 회장님이 보내신 분이 와 있습니다."

"들여보내."

그러나 오늘같이 인터폰 너머에서 회장이 '두고 가라고 해'가 아닌 '들여보내'라고 지시한 경우는 물건과 그것을 들고 온 사람을 함께 들어가도록 안내한다. 제약회사의 심부름꾼이 들고 온 것은 큰 과일 바구니에 불과하지만 겉으로 드러난 부분에 과일을 얹어두었을 뿐 충전재가 쌓인 밑바닥에는 현금이나 약이 깔려 있을지 모르며 그 내용물이나 그들 사이에 오가는 거래 내역에 밴 어둠의 농도 같은 건 비서실의 관할 밖으로, 심지어는 지금 나타난 사람이 상대방 회사의 안면 있는 비서가 아닌 처음 보는 심부름꾼이라고 해도 끼어들 권리가 없다.

그럼에도 견고한 형식과 절차에 따라 수석 비서는 들어온 사람의 양팔을 들어 올리게 한 뒤 드레스 셔츠와 바지 주머니 등을 짚어 내려가고, 이미 1층 로비에서 게이트를 통과하며 거쳤을 과정의 동일한 반복인 줄 알면서도 그의 겨드랑이부터 무릎까지, 갖고 온 과일 바구니 또한 금속 탐지기로 훑고 나서야 목례를 보낸다.

"실례했습니다."

그게 당신 일이니 이해한다는 듯한 느긋하고 태연한 미소를 보내며 심부름꾼은 고개를 끄덕인다. 그는 함부로 몸수색을 한 게 미안해질 만큼 우아하고 신중한 자태로 막내 비서의 안내를 받아 회장실로 걸음을 옮긴다. 그전 몇 차례 회장 수행 자리에서 보았던 J제약의 수석 비서보다 오히려 인상이 좋고 훤칠하기까지 한 데다 폴스미스 뿔테 안경에 휴고보스 정장 차림으로 이런 전달 업무에 익숙한 듯 어리바리하게 주위를 두리번거리지 않으며 가슴을 편 자세와 단정한 걸음걸이를 보아서는 길에서 아무나 막 주워 보낸 사람은 아닐 테고, 뭔가 꺼림칙하거나 뒤가 구린 물건을 주고받을 때 가능한 한 외부에 꼬리가 밟히지 않도록 임직원 이외의 낯선 사람을 임시 고용한대도 크게 이상한 일은 아니다.

회장은 탁자에 올려진 과일 바구니를 한번 흘끔 보고는 검토하던 서류의 마지막 몇 줄을 읽어 내려가며 책상에서 고개를 들지 않은 채로 말한다.

"거기 잠깐 앉아 계시오. 내 지금 보던 게 있어서……."

들어온 사람이 소파에 앉아 가죽 커버가 부드럽게 출렁이는 소리를 들으며 회장은 말을 잇는다.

"예정보다 10분을 일찍 오셨네. 내가 분초 단위로 움직이는 사람이라고 이 회장이 사전에 교육했을 텐데. 지난번 룸에서 만났을 적에는 이렇게 경우 없는 분이라곤 미처 생각……."

말하며 고개를 들었는데 분명 소파에 앉아 있어야 할 사람이 보이지 않는다. 텅 빈 소파를 보고 회장이 눈 한 번 깜박이며 멍해진 순간은 1초를 채 넘기지 않았으나 어느새 상대는 자신이 앉은 암체어 뒤쪽에 와 있고, 그 사실을 인지하기 전에 갑상연골이 눌리는 감각과 호흡곤란이 먼저 찾아온다. 회장은 본능적으로 목에 손을 가져가지만 그럴수록 팽팽한 와이어가 살을 파고든다. 회장이 책상 상판 밑에 부착된 비상벨을 향해 떨리는 손을 뻗는 순간을 놓치지 않고 상대방은 발로 그 손을 밟아 팔걸이에 고정시킨다. 손등 뼈가 부러지는 듯한 소리가 났으나 목이 눌린 회장의 입 밖으로는 비명도 통로를 잃고 깊이 삼켜진다. 회장은 자기 목을 감은 와이어를 붙들어보려고 하지만 가느다란 와이어와 목살 사이에는 손톱 한 개 걸릴 틈도 없다. 나머지 한 손을 휘저어보지만 와이어가 길어 뒤쪽에 선 상대방의 옷자락에도 닿지 않는다. 몸부림을 가능한 한 크게 쳐서 상대가 틈을 보이기를 유도해보지만 뒤에 선 사람은 양손으로 갈라 잡은 줄 한 개만으로 회장의 몸무게를 버티고 있다. 몸부림에 따라 암체어가 옆으로 끌려가고, 마구발방으로 발길질하는 회장의 구두 굽은 책상을 쳐서 텅 소리를 울리지 못하고 허공에 헛발질만 해대며, 의자 밖으로 몸을 굴리거나 의자와 함께 넘어져보려 해도 결박당해 벗어날 수 없다. 구두 굽은 부드러운 카펫에 연방 밀릴 뿐이라, 육중한 원목의 문 너머 비서실에서는 안쪽의 상황을 알지 못한다. 그러나 최소한 막내 비서는 차를 내오라는 회장의 인터폰이 없음을 의아하게 여기고 1분 내로 문을 두드릴 가능성이 있는데 그때까지 시간을 끌 이유는 없다. 심부름꾼이 와이어를 감은 두 손에 힘을 주어 돌리자 회장의 목 안에서 무언가 끊어지는 소리가 나고 회장은 암체어에 앉은 자세 그대로 고개를 떨어뜨린다. 회장의 코 가까이 손가락을 가져가서 호흡을 확인해본 다음 심부름꾼은 와이어를 회수하고 과일 바구니를 집어 올리며, 마지막으로 카펫 바깥에 벗어두었던 구두에 발을 꿴다.

인터폰에 불빛이 깜박인다. 수신 버튼을 누르면 건너편에서는 시키실 일은 없으십니까, 차를 내올까요, 물어볼 것이다. 수신이 지체되면 누군가 들어와보리라. 심부름꾼은 회장실 안쪽에 따로 있는 엘리베이터에 오르고, 밖에서 회장실 문 두드리는 소리를 들으며 닫힘 버튼을 누른다. 층마다 비활성화 상태로 1층과 지하 주차장까지 직통이다. 비서의 비명이 엘리베이터 철제 상자를 타고 울려오는 소리를 들으며 그는 빈 구두끈 자리에 와이어를 다시 끼워나간다.

지하 주차장에 내렸을 때 그는 회장의 리무진에 윤을 내고 있는 관리인의 뒷모습을 발견한다. 회장 비서의 사전 인터폰도 없이 전용 엘리베이터 문이 열리는 소리를 듣고 관리인이 의아한 표정과 함께 고개를 막 돌려보는 순간, 심부름꾼은 손가락으로 그의 관자놀이와 쇄골을 연속으로 때린다. 관리인이 그 자리에 널브러졌을 때 부스에서 벨이 울린다. 비서실의 호출일 것이다. 심부름꾼은 회장의 차가 나가야 할 자동문의 버튼을 팔꿈치로 누르고 곧바로 큰길에 섞여든다. 경찰차가 도착한 것은 그로부터 15분가량 뒤로, 그때는 이미 그가 한 블록 지나 택시를 잡아탄 다음이며, 기업 내부에서는 사회적으로 영향력 있는 인사의 사건인 만큼 기자들을 차단한 채 조용하게 초동수사가 시작된다.

대부분의 방역은 이런 식이다. 누가 왜 이것을 원하는지 묻지 않는다. 누가 왜 누군가의 안에서 구제(驅除)해야 할 해충이나 소탕해야 할 쥐새끼가 되었는지 설명하지 않는다. 사람이 오랜 시간에 걸쳐 서서히, 또는 어느 날 갑자기 벌레가 된 데 대해 카프카적 해석을 필요로 하지 않는다. 의뢰인이 고위직이나 요인일수록, 방역 대상도 마찬가지로 사회적 입장을 가진 자일수록 '왜'는 언제나 누락된 채 업자에게 전달된다. 보통은 대리인을 통해 지시를 하달하므로 의뢰인이 누구인지 모를 때도 많다. 방역 대상이 구제됨으로써 누가 무슨 이득을 취하는지, 그의 죽음이 창출하는 이윤을 방역업자는 계산하지 않는다. 다만 누군가의 죽음과 함께 요동치는 주가라든가 사회 경제 문화의 크고 작은 변화를 목격하면서 비로소 의뢰인이 어떤 부류의 사람이며 무슨 이유로 그런 의뢰를 했으리라 역순으로 짐작하고 대부분의 음모론이 그 과정에서 비롯하지만, 그조차도 까마귀 날자 배 떨어지지 않았단 법도 없으니 짐작 이상의 촉을 가동하지 않는다.

오랜 옛날 그의 아버지에게 일어난 일도 그랬다.

결혼정보회사와 마찬가지로 의뢰인(또는 대리인)과 방역 대상 양쪽에 그들의 사회적 위치와 영향력 및 직무 수행 위험도에 따른 등급표가 고깃간처럼 매겨져 있고 그들의 함수 관계에 따라 수임료가 책정되는데, 의뢰인이 하위 등급에 속할수록 업자가 직접 수차례 미팅할 수 있고 의뢰인과 함께 방역 방식을 토의할 수도 있으며 방역 과정에서 일어나는 크고 작은 문제에 관해 의견을 교환할 수 있다. 각각의 장

단점이 있지만 이 경우는 치정이나 원한이 주를 이루어 업자가 의뢰인의 하소연을 들어주어야 할 때도 있다. 단도직입으로 핵심에 다가가지 않고 빙빙 돌리며 자신의 정당성을 피력하려는 의뢰인은 대개 보수를 완불할 능력이 시원찮은 이들로, 사진 한 장 휙 던져주곤 처리해, 한마디만 내뱉는 부류들과는 풍기는 분위기부터 다르다. 업자들은 대체로 보수가 높은 일을 선호하지만 그에 못지않게 간단한 일을 찾는 경향도 있어서, 비통한 울음으로 시작하는 의뢰인의 한풀이를 접수하고 판에 박힌 공감을 해주는 감정 노동을 마다하지 않는다. 처음 몇 년간은 사소한 일에 목숨 거는 사람들의 기이한 집착과 회한과 분노를 응시하는 일이 조금쯤 흥미로운 오락 같기도 했지만, 그들의 사연마저 갈수록 천편일률적이고 진부해져서 들어본들 무감각하며 시간 낭비에 감정 낭비 같아서 최근 투우는 오늘과 같은 문답무용의 일을 중심으로 하고 있다.

시절의 수상함과 무관하게 누군가를 제거하고 싶어 하는 사람은 늘 차고 넘치지만 난립하는 각종 심부름 대행업체가 아닌 방역만을 수행하는 업체는 이 에이전시를 비롯한 극소수인 반면 업자들의 수는 점점 늘어나고 있어서, 소속 업자들 가운데 고정적으로 일감을 얻지 못하는 일부는 프리랜서로 뛰며 주요 고객을 빼돌려서 에이전시의 뒤통수를 치기도 한다. 3년 전부터 에이전시에서는 중하위 등급의 의뢰인을 꾸준히 유치하며 프리랜서들을 끌어모으는 방편으로 중급 이하의 의뢰를 입찰 방식으로 업자들에게 나눠주기 시작했다. 의뢰인의 신상 일부와 방역해야 할 대상과 함께, 때로는 그를 왜 구제해야 하는지도 비교적 자세히 공개되며 별표로 일의 중요도 내지는 난이도가 매겨져 있다. 여기에 가능하면 손쉬운 상대를 찾고 급전을 필요로 하는 업자들이 입찰하여 최저가에 낙찰받는다. 그렇다고 의뢰인이 지불하는 금액에 큰 변동이 생기지는 않으며 결과적으로 에이전시에서 가져가는 수수료가 불어나는 셈이니, 입찰 방식은 방역 업무의 질적 하락을 가져온다는 위험성을 고스란히 안고 있다. 그럼에도 일거리나 연줄이 마땅찮은 업자들은 하급 방역에 경쟁적으로 입찰하는 추세다.

이대로 계속하다간 어중이떠중이가 경솔한 짓을 하여 사고를 치기도 시간문제로, 긴장과 비밀로 구축해온 방역 환경에 천공이 나는 동안 에이전시의 정체가 드러날 테고— 사실 정체야 지하경제 세계를 중심으로 공공연히 알려져 있다 쳐도 수면 위로 대놓고 떠오르는 건 분명 문제가 있다—
일에서 실수가 잦아질수록 에이전시 자체가 문을 닫을지도
모르는 일인데 손 실장이란 사람의 질 떨어지는 수완 하나
는 알아줘야 하며, 그러든지 말든지 알 바 아니라고 투우는
실소한다. 이런 식으로 인적자원을 실컷 탕진하여 선대 실
장이 꾸려놓은 일을 다 망친 다음, 언제고 변두리 심부름센
터에 흡수 합병이나 당해버리라지.

에이전시의 메인 컴퓨터 하드 드라이브에는 과거 15년간
의 방역 관련 데이터가 들어 있었다.

업무 처리가 끝난 자료를 흔적도 없이 파기한다는 원칙
은 어디까지나 의뢰를 따내기 위한 대외용 멘트일 뿐, 실은
크고 작은 의뢰인이 언제 뒤통수를 칠지 모르니 녹취 음성
과 동영상을 비롯해서 대부분 빠짐없이 문제가 생길 경우의
협박용으로 챙겨두고 있었다. 낱낱의 자료들은 공소시효가
지난 것도 많고 법률적 의미를 상실했더라도 그것들을 묶
어 방송사 같은 데다 투척한다고 치면 사안은 결코 작지 않
으며 지나간 사건이 새로운 생명력을 얻을 가능성마저 있기
에, 의뢰인의 발목과 동시에 에이전시의 발목도 잡을 수 있

는 양날의 검과 같은 데이터였다. 파멸할 때는 사이좋게 손 잡고 지옥으로 떨어져야지 아무렴. 소파에서 잠든 해우의 뒷모습을 이따금 바라보면서 이중 삼중으로 걸린 폴더 암호를 천천히 풀고 내용물을 하나하나 까뒤집던 어느 날 밤, 그는 마음속으로 중얼거렸더랬다.

손 실장은 하드를 손금고에 넣어 그 금고를 또 어딘가의 산간 별장에 고이 모셔두는 걸 좋지 않은 방식이라고 생각했다. 원래 진짜가 있어야 할 장소는 그렇게 요란 법석을 떨어가며 외부와의 통로를 두절하겠다는 투철한 의지로 불타오르는 안가가 아니라, 너무 뻔해서 아무도 주의 깊게 살피지 않을 만한 곳이어야 한다고 믿었다. 여차하여 유난히 정의 넘치는 검찰 같은 부류가 들이닥쳐서 자료를 떼어가려하면 바로 눈앞에 있는 하드만 뽑아 부숴버리면 그만이며, 먼 곳에 보안 경보 장치 및 두어 명의 경호원과 함께 떨어뜨려놓은 자료는 위급할 때 파손하기가 오히려 어렵다는 논리였다. 손 실장이 그렇게 믿은 결과 투우는 코감기와 모세기관지염으로 쓰러져가는 해우에게 생강차에 탄 약을 먹여 재운 뒤 여유롭게 자료를 뒤질 수 있었다. 10분만 눈 붙일 테니 깨워달라던 해우는 무려 세 시간을 일어나지 못했으며,

나중에 눈을 떠서는 오랫동안 사무실에 체류하며 곁을 지켜준 투우에게 미안해하기까지 했다.

15년보다 더 거슬러 올라가는 일들은 전산 자료로 나오지 않았다. 수작업으로 진행된 일들은 너무나 뻔하게도 캐비닛 안에 들어 있을 터였다. 그는 해우가 벗어둔 아우터의 안주머니에서 열쇠 꾸러미를 집어 캐비닛에 하나씩 넣어보고, 일곱 개의 열쇠 가운데 맞는 것이 없자 그중 작은 열쇠 네 개를 차례대로 사무용 철제 책상 서랍에 꽂아보았다. 그중 하나로 두 번째 서랍이 열려서 휴지나 스테이플러 같은 잡동사니를 치우고 두드려보니 역시 합판 아래 다른 공간이 있었고, 면도날이 간신히 들어갈 만한 틈을 쑤셔서 합판을 들어내자 또 다른 열쇠 꾸러미가 나왔는데 이번에는 주렁주렁 매달린 열쇠가 마흔 개는 넘었다. 그중 스무 개 남짓한 열쇠에 라벨이 붙어 있긴 했는데 이미 폐차한 차량의 시동 키에다 옛날 사무실 열쇠까지, 정리가 하나도 되어 있지 않았다. 이 인간이 월급 받으면서 이런 거 안 버리고 뭐 해. 투우는 해우의 뒷모습을 흘겨보며 혀를 한 번 찼으나 손 실장의 성격을 떠올리곤 곧 생각을 바꿔 라벨이 붙은 것들부터 집어서 캐비닛 열쇠 구멍에 쑤셔보기 시작했으며, 마침내는 누구 부인인지도 모르겠지만 '사모님 옷장'이라고 적힌 엉뚱한 열쇠로 열었다.

이건 누구 입으라는 옷이야그래.

캐비닛 안은 가관이었다. 그 안에 옛날 서류가 들어 있긴 했지만 연도별 또는 가나다순으로 정리가 잘되어 있는 게 아니라, 신경은 쓰이나 어떻게 처리해야 할지 엄두가 안 나는 물건들을 마구잡이로 쟁여둔 상태였다. 그래도 시대 구분 정도는 10년 단위로 되어 있는 듯해서 그는 해우가 부스럭거리는 소리를 들으며 안의 자료를 끄집어 먼지를 털었다.

과거 16년에서 25년 사이의 자료는 286 또는 386컴퓨터에서 원시 버전의 소프트웨어로 작성되긴 했으나 이제는 시스템 사양도 환경도 맞지 않아 플로피디스크를 읽기 힘들고 다만 도트프린터나 잉크젯프린터 초기 모델로 출력된 두툼한 문건으로만 확인할 수 있었다. 25년보다 더 넘게 거슬러 올라가면 갱지에 수동 타자기로 찍어낸 것에다 수기로 쓴 것도 있고 에이전시 초기에는 무려 오른쪽부터 세로쓰기한 자료도 남아 있으며 더 심하게는 토씨만 빼고 한자나 일본어로 작성된 것도 나왔다. 자귀를 짚어나가듯 찬찬히 살핀 끝에 투우는 누렇게 변색된 잉크젯 출력물 속에서 아버지와 관련된 서류를 찾아냈다.

이제 내가 당신을 어떻게 해야 할까.

투우는 문득 바특하게 다듬었으나 다양하고 과격하며 오랜 육체 활동으로 거칠어지고 으스러진 데다 군데군데 이나간 그릇처럼 깨진 그녀의 손톱을 떠올린다.

하나하나 뽑아서 손가락 끝마다 꽃잎이 피어나면 좀 더 예뻐지겠지. 화려해지겠지. 핏빛보다 고운 빨강, 세상에 다시없으니. 비록 공기에 닿자 거무칙칙해지더라도, 더러워지기에 오히려 깊고 잔혹한 빨강.

그는 아버지의 정수리에 구멍을 낸 여자를 찾아 보복하겠다는 삼류 무협지 풍의 전개를 꿈꿔본 일은 없었다. 메마른 56평형 집, 한 방울 윤기도 돌지 않는 가족이었지만 그래도 분명 거기가 터전이었고, 그날의 일로 일상이 뒤흔들렸음을 전제하더라도, 그가 이 일에 흘러 들어온 건 순전히 자신의 의지였고 선택이었다. 의지나 선택이라는 말은 왠지 거창한 계획의 일부라도 되는 것만 같고 정확하게는 어쩌다 보니, 였다. 그가 한 모든 일 가운데 필연적인 것은 많지 않았

다. 짊어진 업을 또 다른 업으로 해소하듯이 꼭 이 일을 해야
만 내가 살겠다는, 신열을 앓는 새끼무당 같은 절박한 마음
이 든 것도 아니었고 불특정 다수의 인간들을 제거하는 일
에 각별한 애정을 가진 것도 아니었는데, 그렇다고 해서 자
신의 아비를 죽인 여자와 같은 짓을 할 수는 없다는 보편적
인 도덕심이 강하지도 않았던 까닭에 그야말로 어쩌다 보니
이 일을 시작하게 됐다. 일어나는 대부분의 일은 아무것도
아닌 것들의 조형과 부착으로 이루어진 콜라주였고 지금의
삶은 모든 어쩌다 보니의 총합과 그 변용이었다.

그렇게 만사 대수로울 일 없었으니 누가 왜 그날의 방역
을 지시했는지, 눈에 불을 켜고 찾아다닌 건 아니지만 일하
다 보면 언젠가 실마리를 찾을 수 있을지도 모른다고 그저
막연하게 기대도 바람도 아닌 희미한 예상 정도는 하고 있
었는데, 그러면서도 진주색 등을 보이며 뛰어내린 여자에
대해서는 궁금해하지 않기로 했던 까닭이라면, 도무지 그
작고 나이 든 여자가 이날까지 살아 있으리라고는 볼 수 없
었기 때문이었다. 살아 있다 한들 환갑이 넘었을 터였고 지
금 와서 노부인의 주름을 마주하게 된다면 오히려 더 큰 조
각 하나가 내부에서 떨어져나갈 것 같았다. 바닥이 좁다 한

들 세상에 업자는 많고 여자 한 명의 소식을 아는 사람이 나올 리 만무했으며, 공연히 그녀의 소재를 적극적으로 찾다가 임무 실패로 죽었다더라는 후일담을 전해 듣고 싶지 않았다.

그러나 막상 아버지에 대한 서류의 일부가 파기된 걸 확인하곤 맥 빠지는 느낌이었고 일을 꾸민 머리에 대해 잊는 데엔 오랜 시간이 걸리지 않았다. 그 머리의 이름을 구글에 검색하면 동명이인만 3천 명이 넘게 나왔고 연관 검색어를 조금만 구체적으로 조합하면 그날의 사건과 유사한 결과가 나오는 게 없는 걸로 보아 머리의 머리도 따로 있을 터였으며, 최소한 정재계쯤 연루되는 줄 알았던 아버지의 죽음은 하청업체의 하청업체의 하청업체에서 일어난 말썽 수준으로 떨어져 처리된 느낌이었다. 진짜 위에 몇 겹인지 모를 맥락이 덧씌워져 페이스트리처럼 구워진, 그 겹을 벗겨내면 내용물이랄 게 따로 없는 사건이었다. 처음부터 없었는지, 있다가 없어졌는지도 지금으로선 확인이 어려운. 그 서류에서 단 하나 건진 게 있다면 그녀가 아직 살아 있으며 무려 현역으로 활동 중이라는 사실이었다.

그날부터 투우는 업무 수령 및 전달 방식을 바꿔 사무실에 자주 출근하기 시작했다.

　이제 내가 당신에게 뭐라고 하면 좋을까.

　마주친 첫 순간 투우는 그녀의 버들눈썹과 옴쏙한 두 뺨이며 강퍅해 보이는 입술을 바로 알아보았고 물론 상대편에서는 소 닭 보듯 멀뚱히 건너다보며 이쪽에서 선배에게 건네는 인사를 거절했다. 우리는 서로 모르고 지내도 되네. 팀워크로 하는 일도 아니고, 내가 알고 지내서 이익 될 만한 사람도 아닐세. 당연한 일이겠지만 그녀가 자신을 기억하지 못함이 확실해지자 그의 몸 한 귀퉁이에서 약봉지가 바스락거리는 소리가 났다. 한 시절과, 그것을 이루거나 부순 몇몇 장면들이 요동하며 그의 눈꺼풀 속으로 밀려들어왔다.

　이제 내가 당신을 어떻게 하면 좋을까.

　당신은 이미 늙었고 완고하며 현명함과는 거리가 멀지. 그렇게 무심히 고개 돌리는 순간 언제라도 내 손가락 다섯 개를 펼쳐 당신의 머리를 쥐어 터뜨릴 수 있지. 당신은 방심할까. 당신은 막거나 피할 수 있을까. 아마 쉽지 않겠지. 시선의 속도와 마음의 움직임을 몸이 따라잡지 못하리라는 걸

스스로도 잘 알겠지.

그러나 그렇다고 다른 시시껄렁한 놈들처럼 최저가 입찰이나 클릭하고 앉았다면 그건 그거대로 실망스럽겠지.

어떻게, 한때 내 아비의 대갈통을 박살 냈던 여자가, 고작 그런 일을. 그것만은 있어선 안 되는 일.

그녀의 뒷모습을 향해 자기도 모르게 뻗은 손을 슬그머니 거둬들여 입 맞추며 그는 다만 바라보았다. 끌어당겨 손가락에 감아보고 싶었던 머리카락 대신, 거기엔 푸석하고 건조하며 구불거리는 잿빛 머리카락이 손 닿지 않는 선반 위의 해묵은 먼지처럼 뭉쳐 있었다. 그것은 기억과 호환되지 않는 현재였고 상상에 호응하지 않는 실재였으며, 영원히 괄호나 부재로 남겨두어야만 하는 감촉이었다.

투우는 택시에서 내려 걸어가다 환절기의 지독한 일교차에 신경이 곤두서서 재킷을 벗는다. 문득 이유 모르게, 스스로도 당황스러울 만큼 갑작스레 몸이 당분을 필요로 하고 있다는 느낌이 드는데, 그건 허기로 인한 내장 근육의 요동과는 조금 다르며 반드시 혀끝부터 단것이어야만 한다는 말단 부위의 강박 내지는 초조감이다. 바지 주머니를 뒤지자 빈 초콜릿 껍질만 나오고, 그는 그대로 손가락을 비벼 바닥에 껍질을 흘릴 듯하다가 바로 옆에서 낙엽을 쓰는 환경미화원의 연두색 제복을 보고 다시 주머니에 밀어 넣는다.

얼마쯤 더 걷다가도 편의점이나 구멍가게 하나 눈에 띄지 않자 그는 재킷으로 덮은 과일 바구니에서 무심코 흰 수밀도를 한 개 끄집어내어 입에 댄다. 보드라운 잔털이 입술을 간질이더니 한 입 베어 물고 얼마 지나지 않아 입가에 붉은 두드러기가 돋는다. 수밀도의 풍부한 과즙이 턱을 타고 떨어져 내려선 손금을 따라 흐르더니 손목에 찬 롤렉스 시곗줄에 잠깐 고였다가 팔에 질척한 선을 그어 내려가선 팔꿈치까지 걷은 드레스 셔츠 소매를 적신다. 혀끝을 내밀어 입술에 묻은 단맛을 슬쩍 핥고서 팽진에 소양감이 점점 더 심해지자 투우는 고작 한 입 먹었을 뿐인 과일을 무심코 흘리거나 가로수 쓰레기통에 넣는 게 아니라 바닥에 패대기친다. 터진 과일의 파편이 길고양이의 털에 튀자 고양이는 몸을 움츠리고 멀찍이 떨어져 앉아서는 제 털에 묻은 과일 조각을 핥는다.

그런데 그 뒤로도 그는 가끔 궁금했던 게 있다. 그녀는 왜 굳이 정성 들여 제대로 된 약을 챙겨주었을까. 맘만 먹으면 얼마든지 약을 바꾸거나 조작하여 어린애 먼저 처리할 수 있는 상황이었음에도. 다만 방역 대상이 아닌 자를 건드리지 않는다는 원칙을 고수하기 위해서일까. 그러기엔 품이 드는 일, 그야말로 아무거나 주워 빻아다가 밀가루랑 섞어서 약이라고 갖다 안겨도 모를 일이었는데.

"아…… 덥다."

그 혼잣말에는 짜증이나 나른함 대신 흥건한 물기와 작고 가벼운 흥분이 배어 있다.

두어 달에 한 번쯤 일이 생겨서 준비를 마친 뒤 이윽고 결전의 날 아침이면 그녀는 경건한 의식을 수행하는 사람처럼 무용을 무릎 가까이 끌어다 놓는다.

밥이나 목욕을 종종 잊어버리는 데다 특히 산책이 부족한 편이지만 무용은 이 생활에 크게 불만이 없는 것 같고 주인을 따르는 정도 역시 보통의 개들과 다르지 않다. 둘 다 이미 나이 든 상태에서 만난 관계로 서로에게 별반 애착을 보이지 않으며, 무용은 현관에 뛰어나와 돌아온 주인을 향해 꼬리를 예의 바르게 흔들기는 하지만 뛰어올라 몸에 달라붙으려고 들거나 코를 비벼대지 않는다. 마치 그마저도 안 하면 동거자로서 최소한의 자세가 아니라는 듯 간결하고 건조한 인사를 한 끝에, 주인에게서 나는 화약이나 화학약품 냄새…… 무엇보다 피 냄새를 맡고 킁킁대기도 한다. 약품 냄새가 달콤하거나 구수하지 않으니 혼란스러워하며 맴돌거나 짖을 법한데도 무용은 무념무상, 달관의 포즈로 주인에게서 돌아선다. 무심하기 때문에 오히려 자신에게 가장 잘 어울리는 녀석이라는 생각을, 그녀는 종종 한다. 그러나 무용이라는 이름은 아무래도 잘못 지어졌지 싶은 게, 다가와야 할 때와 물러나야 할 때를 알고 주인의 심리를 파악하여 최선의 거리를 유지하는 이 아이는 아마 다른 주인이 주워 갔다면 거기서 더 유용한 반려견이 되었을 것이다.

의식은 무용의 머리를 몇 번 쓸어주고 나서 녀석을 무릎에 올려 앉힌 다음 동쪽으로 돌아앉는 것으로 시작한다.

"잘 봐라. 문 열어놨다."

무용은 그녀가 가리키는 쪽으로 고개를 든다. 싱크대 앞 프로젝트 창이 바깥으로 열려 있고 그 틈은 한껏 밀었을 때 무용이 웬만큼 몸을 비벼 빠져나갈 수 있을 정도다. 그 창문도 무용을 키우게 되면서부터 그녀가 인테리어 업자를 불러다 개조한 것으로, 가볍게 밀어서도 열 수 있게 해놓았으며 잠금장치는 걸지 않는다. 그전까지 그녀는 청소 내지는 환기할 때나 잠깐 창문을 열어놓는 정도로, 그 외에는 문을 열지도 않고 잠금장치도 잊지 않았다. 이제 와서 누군가가, 그것도 단물 다 빠지고 일급 방역업자도 아닌 자신의 집에 들어와 뭔가를 수색하거나 트랩을 설치하리라고는 생각지 않지만, 외근이 잦고 한 장소에서 길게 머물지 않으며 그 어떤 때라도 바늘 한 개 꽂을 틈 없이 문단속하던 오랜 습관에서였다.

그랬던 그녀가, 무용과 함께 지내고 얼마 뒤부터는 이렇게 노상 창문을 열어둔다. 폭우와 한파가 통과하는 시기에 잠시 닫더라도 잠금장치만은 질러놓지 않는다. 아침마다 창문을 여는 행위를 잊지 않기 위해 냉장고에 써 붙여두었으며 이제는 이미 다짐을 넘어 자동 반사처럼 그렇게 한다. 창문을 밀어젖히는 모습은 몇 번이고 무용에게 보여주며 확인시킨 바 있다.

"잊으면 안 돼. 반복되는 늙은이 잔소리로밖에 안 들리겠지만. 언젠가 분명히 그날이 오니까 말해두는 거다."

그러거나 말거나 무용은 포옹에 익숙지 않은 주인이 무릎에 앉혀주니 일단 그녀의 품을 파고들고 본다.

"언젠가 내가 돌아오지 않으면, 너는 저리로 나가야 해.

톡 대기만 해도 열리는 거 봤지? 오지 않을 주인을 기다리다 서서히 굶어 죽는 건 딱 질색이다. 돌봐줄 사람을 찾든 쓰레기통을 뒤지든, 너는 나가서 어떻게든 살아야 해. 단 개장수들한테는 잡히지 말고."

무용은 그녀의 말뜻을 이해했는지, 다만 음성의 높낮이로 미루어 짐작할 뿐인지 그녀 품에서 고개를 들고 물끄러미 올려다보기만 한다.

"그리고 어쩌면 돌아오지 않는 것보단 이편이 더 알기 쉬울지도 모르겠는데, 어느 날 아침 네가 눈을 떴을 때 내가 누운 채 움직이지 않는다면, 네가 발로 치고 짖어대도 내가 일어나지 않는다면, 그때도 너는 저리로 나가야 해. 누군가 도와줄 사람을 구해오라는 게 아니야. 그때 나는 이미 살아 있지 않을 테니까. 그래도 너는 살아야지. 만일 저 문을 열지 못하면 너는 배고픔에 지쳐 결국 내 시체를 뜯어먹을 거다. 그래도 나는 별로 상관없다. 그걸로 너한테 잠깐이나마 도움이 된다면. 하지만 언젠가는 시취가 밖으로 새어 나갈 테고, 배수관을 타고 벌레들이 들끓어 사람들이 들이닥치겠지. 그들이 너를 보면 안락사를 시킬 거란다. 이유는 여러 가지가 있는데 주인의 시체를 먹은 개는 더 이상 온전한 정신

137

으로 살아갈 수 없으리라는 판단도 그렇고, 변질된 고기를 먹었으니 사람들에게 세균이나 질병을 옮긴다는 우려…… 하지만 무엇보다…… 네가 너무 늙어서 누구도 너를 맡으려 하지 않을 테니까."

평소와 대동소이한 읊조림에 리듬이 실리고 한때의 평온함이 몸속에 번져나가는 것을 느끼며 그녀는 무용의 등을 쓸어내린다. 무용은 촉촉한 코를 그녀의 턱에 비비는 것으로 대답을 대신한다.

"꼭 개라서가 아니다. 사람한테라고 다를 바 없지. 늙은이는 온전한 정신으로 여생을 살 수 없을 거라는…… 늙은이는 질병에 잘 옮고 또 잘 옮기고 다닌다는…… 누구도 그의 무게를 대신 감당해주지 않는다는. 다 사람한테 하듯이 그러는 거야. 너를 잘 돌봐주진 못했어도 네가 그런 지경에 놓이는 건 별로 상상하고 싶지 않다. 죽어서도 마음이 불편하겠지. 그러니 언젠가 필요한 때가 되면 너는 저리로 나가. 그리고 어디로든 가. 알겠니. 살아 있는데, 처치 곤란의 폐기물로 분류되기 전에."

그녀는 자신이 무용을 데려와 이름을 지어줬던 때가 언제인지 정확히 알지 못하면서도, 처음 만났을 때부터 누구나 선뜻 내켜 데려가고 싶어 할 만큼 작거나 귀엽지 않았다는 기억만은 남아 있다. 아니, 기억보다는 지금의 외모로 보아 그때라고 썩 다르지 않았으리라는 소급에서 비롯된 사고로, 어쩌면 아무도 데려갈 것처럼 생기지 않았으므로 자신이 집어왔을 것인데, 당시 정황의 세부를 되살리지는 못하나 자신이 살아 있는 걸 주워왔다는 데 대한 당혹감, 살아 있는 것에 마음이 움직여 충동만으로 예정에 없던 행동을 한 데 대한 낭패감만은 선명하다.

무용에게 수시로 일깨우나, 그 두 가지 경우 모두 비교적 높은 확률로 가능성이 있음에도 실제로 발생하기 전까지 그녀는 변함없이 같은 인사를 할 것이다. 다녀왔다. 잘 잤니. 다녀오마. 하루에 열 마디도 채 건네지 않고 대부분 그저 응시할 따름이지만 역시 이렇게도 말할 것이다. 아무 데나 싸지 말고 욕실에. 먹으렴. 마셔라. 산책 갔다 올까. 짖지 마라. 수상한 사람 아니다. 가스 검침이다. 택배 기사야. 네 밥 배달 온 거라고. 그녀가 무용에게 건네는 말들은 대개 이렇게 십여 종류 안팎으로 한정되어 있다. 집 안에 자신 말고도 살아 있는 누군가가 존재해서 그것에게 인사를 하게 될 줄은, 집에서 무언가가 자신을 기다리고 있다는 생각에 발걸음을

재촉하거나 또는 집으로 영영 돌아가지 못할까 봐 초조해질
줄은, 자기 인생에서 그런 날이 다시 올 줄은, 무용을 데려오
기 전에는 몰랐다.

　다녀오겠습니다.
　그런 말, 하지 말라고 했던 사람이 있었다. 이쪽으로 등을
돌려댄 채로.
　그것이 돌아오지 말라는 뜻인지 아니면 당연히 돌아올 것
을 유난스럽게 굴지 말라는 건지 알 수 없었지만 차마 물어
볼 용기는 나지 않았다. 다녀-오지 못한다는 건 결국 일이
실패했음을 의미하니 그쪽이 더 바람직하지 않다고 생각했
는데 한편으론 다녀-오지 못할 각오로 일하라는 뜻도 되겠
으나 그 사람 생각이 어떻든 간에 그녀로선 다녀-반드시-
오겠다는 말이야말로 성공적으로 일을 마치고 돌아올 수 있
다는 확신을 가지는 데 도움됐으므로 그 인사를 포기할 수
없었고, 나중에는 등을 바라보면서 소리를 죽이고 입 모양
으로만 말했다. 다녀……오겠습니다. 그러면 분명 소리를
내지 않았는데도 신기하게 그는 여전히 이쪽을 보지 않은
채로 다시 한번 손사래를 쳤다.

그 판자촌은 열다섯 살 소녀에게 세 번째 인생이 시작된 곳이었다.

첫 번째는 낳아준 부모의 집으로, 소녀가 열두 살 때 그곳을 떠나왔을 적에는 이미 위로 언니 하나와 아래로 네 명의 동생이 있었는데 세 명은 여동생, 막내가 남동생이었다. 일곱 평짜리 집에서 어머니가 구슬을 꿰고 봉투를 붙이는 동안 맏언니가 동생들을 돌봤다. 아버지는 고대하던 아들이 태어났으니 이제는 투전이 아니라 멀쩡한 일로 돈을 벌겠다며 직업을 소개받으러 나간 뒤로 돌아오지 않았다. 살림을 도맡아하는 큰언니 대신, 너무 작고 어린 동생들 대신 힘도 적당히 쓰고 머리도 굵고 눈치도 있는 둘째가 비교적 넉넉히 사는 당숙네로 입양되어 간 것은 자연스러운 결론이었다. 말이 입양일 뿐 당시 딸린 식구가 많은 집에서 먹을 입을 하나 덜기 위해 친척네로 자식을 보내는 일은 흔했고, 소녀는 자기가 식모로 더부살이하러 갔다는 사실을 잘 알고 있었다.

당숙과 당숙모는 친절하다고는 할 수 없었지만 통속적인 구박이나 학대와는 거리가 있는 이들로서 때로 악의 없이 조카의 처지를 조롱하는 발언을 일삼기도 했으나—저 애

아버지가 어디서 자빠져 죽었는지 또는 정신을 아직도 못 차리고 헤매는지 모르겠다는 식의—어쨌거나 남들 눈에 보이는 범위에서 대체로 경우 바른 사람들이었다.

당숙은 뭘 만드는지는 알 수 없으나 무슨 공장 사장이라고 그랬고, 어디를 가든 치마저고리 대신 서양식 양장을 입고 구슬 장식 촘촘한 손가방을 끼고 다니는 당숙모한테서는 동동구리무와 코티분의 향긋한 냄새가 났다. 부부에게는 깔끔하게 아들 하나 딸 하나 있었는데 소녀보다 각각 다섯 살과 세 살 위였고, 소녀는 그들을 뭐라고 불러야 하는지 촌수를 따지기 힘들어서 그냥 오빠 언니라고 했다. 언니는 명문여고의 규정대로 교복 칼라에 닿는 생머리를 두 갈래로 묶었으나 머리끈만은 붉은색으로 매고 싶어서 용을 썼으며, 학교에서 돌아오면 그걸 누가 본다고 집에서 언제나 반짝반짝 빛나는 민자 은가락지를 끼고 있었는데, 가끔은 이야기책 속에서나 볼 수 있을 법한 갓 구운 흰 빵 같은 손으로 패물함 안에서 검게 변색된 은 장신구를 골라 소녀에게 건네기도 했다. 중학생인 오빠는 말수 적고 심약해 보였으며 신경질적이었지만 소녀가 때마다 정해진 간식 쟁반을 내밀면 고맙다는 인사를 잊지 않았고 양갱이 두 조각 놓인 접시에

서 꼭 한 개를 남기곤 했다. 소녀는 남은 양갱을 꼭꼭 씹으며
색이 변한 은반지를 치약으로 문질러 닦았다. 이 집에는 소
금이나 넘버원 가루치약 대신 튜브를 짜서 쓰는 럭키치약이
있었고 소녀는 태어나 처음 보는 형태의 치약을 신기해하며
낭비하지 않도록 조심조심 콩알만큼 짜내어 칫솔 위에 얹
었다. 힘들여 문지른 끝에 얼추 원래 색깔과 비슷해진 반지
를 손가락에 껴보니 언니 넷째 손가락에 들어갔던 게 자기
둘째 손가락에도 헐거웠지만 욕실 백열전구 아래 손을 들어
보며 잠깐 황홀해지기도 했는데, 어쩌면 그 황홀경은 자기
에게는 무의미한 반지보다는 욕실 안을 가득 채운 럭키치약
과 코티비누의 냄새 때문인지도 몰랐다.

　단둘이라니, 아들과 딸, 이 무한한 단순성과 합리성을 겸
비한 한 쌍이라니. 간결 속의 풍요를 응시하고 그것에 익숙
해질수록 소녀는 자기가 떠나온 곳이 돼지우리 같다고 생각
했는데, 그건 어린 몸집에도 끼어 잘 데가 마땅치 않아 모로
누워 칼잠을 자고 막내 아기까지 같은 자세로 누나들의 가
슴과 등 사이에 끼여 자다가 질식할 뻔했을 만큼 비좁고 더
러워서만은 아니었으며, 치열한 아귀다툼과 함께 먹을 입만
남은 곳에서 공간과 곳간에 비례해 감당이 되지 않을 정도

로 애새끼들을 싸질러놓은 친부모의 행위가 흘레만 붙여놓
으면 꿀꿀거리며 새끼를 까는 돼지 같았다는 생각이, 당숙
네를 보고서야 비로소 든 것이었다. 아이들이 한 무더기로
뒤엉켜 자는 일곱 평 집 안에서 부모는 대체 그 짓을 어디서
어떻게 하고 막내까지 뽑았는지 알 수 없는 노릇이었던 데
다, 누구나 그렇게 아이를 놓고 살아야만 하는 줄로 알고 이
유 불문 아이란 아들이 나올 때까지―그 아들을 어디다 써
먹을 건지는 나중에 생각하고―계속해서 낳는 게 당연한
줄로 알고, 그러다 집안이 더 심하게 기울어져서 당장 손 붙
잡고 굶어 죽게 생겼으면 비로소 새끼들 가운데 누군가 제
일 덜떨어지거나 얼굴이 못났거나 많이 처먹어대는 녀석을
골라 다른 데다 보내버리면 그만인, 근대화가 덜 된 무식쟁
이들이 돼지 말고 다른 것으로는 도저히 생각되지 않았다.

　당숙네 2층 양옥집에는 피아노와 전화기와 심지어 텔레
비전까지 있었다. 소녀로선 손대기 어려운 낯선 영역의 신
문물이었으나 그저 흘끔거리기만 해도 좋았다. 한편 주방에
는 오빠보다 두 살 위인 식모가 있었는데 소녀는 자기의 역
할이 그녀를 보조하는 것임을, 누가 알려주지 않아도 이 집
에 온 첫날부터 온몸과 마음을 다해 파악하고 있었다.

요리 같은 어려운 일은 식모가 하고 소녀는 적어준 대로 장을 봐오거나 받아둔 쌀뜨물로 설거지를 했다. 이틀에 한 번꼴로 장을 봐오는데도 여섯 식구 먹을 음식 재료가 담긴 장바구니는 결코 가볍지 않았고 하루치 쌀뜨물을 모아두는 일은 번거로웠으며 가끔 기름기가 많은 그릇을 닦고 나면 쌀뜨물이 금세 바닥나버리곤 해서 식모에게 타박을 들었다. 공장 거래 손님이 외국에서 들여왔다는 주방 세제는 마법의 한 방울 같은 비장의 무기여서 아무 때나 쓸 수 없었다. 힘이 많이 들고 악력이 필요한 빨래는 처음에 함께 했지만 소녀가 일에 익숙해지면서 손발에 힘이 붙자 커다란 이불을 둘이서 밟았을 뿐 나머지 옷가지 빨래는 모두 소녀의 몫으로 넘어왔다. 그 밖에 2층 양옥의 곳곳을 매일 쓸고 닦으며 정원에 구름처럼 풍성히 자라는 나무들마다 물을 주고 웃자란 가지들을 잘라내는 한편 늦은 밤이면 내일 당숙이 입고 나갈 옷과 언니의 교복 등속을 인두로 다렸는데 그것들을 모두 마치는 데에 하루가 빠듯했다.

초저녁에는 언니가 피아노 치는 소리를, 저녁 식사 뒤부터 소등 전까지는 텔레비전 드라마 소리를 주워들으면서 소녀로서는 그 모든 소리를 귀동냥하는 것만으로도 충분히 우아한 생활이었다. 이 집 사람들은 악다구니를 쓰지 않았고 낮은 목소리로 다정하게 대화를 나눴으며, 언제나 가득 차서 신경 쓸 일이나 초조해할 일 없는 곳간이야말로 사람의 목소리를 그토록 조용하고 부드럽게 만든다는 게 어렴풋이 짐작되었다.

식모와 함께 쓰는 부엌방은 모로 누울 필요 없이 두 사람 다 대자로 뻗어도 넉넉해서 소녀는 그 낯선 광활함에 자꾸만 몸을 뒤척였고 습관적으로 구석에 붙어 칼잠을 잤는데, 당숙과 당숙모가 두런두런 얘기를 나누는 소리가 간혹 벽을 타고 들려오곤 했다. 그 내용은 주로 의무교육과 관련된 것으로, 저 애를 학교에 보내서 한글에 가감승제라도 떼게 할 것이냐 말 것이냐 하는 문제였는데 계집애를 뭐 유난스럽게 학교까지 보내냐와 그래도 친척인데, 사이에서 결론이 쉽게 나지 않는 듯했다.

그대로 가만히 있었으면 최소한 먹고 입을 걱정은 없었던 당숙네 집을 소녀가 떠나온 날은, 겉보기에 일제강점기의 폐병 걸린 시인 같기만 하던 오빠를 자기도 모르게 업어치기로 방바닥에 때려눕히고 사흘째 되던 날이었다.

그 무렵 언니는 어떤 은행 간부와 혼담을 거의 마무리 짓고 예물이 오가던 때로, 신혼집에 이고 갈 자기 짐을 챙기며 버릴 것은 버리고 정리하느라 방이 거의 창고가 되어 있었는데, 언니 시집만 보내고 나면 그 방도 너한테 주고 그다음 봄부터 학교도 보내주겠다는 당숙의 말에 소녀는 확실히 평소완 달리 들떠 있었다. 쓰레기 정리를 도와달라는 언니 방으로 들어갔을 때, 언니는 작아지거나 지겨워진 옷들을 분류하면서 일일이 소녀의 어깨에 대어보았으며 당숙 부부는 딸이 그러는 대로 내버려두었다. 소녀는 공연히 몸을 뒤로 빼며 이 옷은 부엌 언니에게 더 어울릴 것 같다고 사양하기도 했지만 실은 자신이 부엌 언니보다는 당숙네와 좀 더 가족에 가깝다는 은근한 자부심이 생겨났으며, 무엇보다도 언니에게 작은 것은 식모에게도 작다는 걸 알고 있었다. 방을 혼자 쓴다. 학교도 간다. 갑자기 새로 생긴 한 무더기의 옷과 장신구. 그전까지 두 명이 쓰던 부엌방도 운동장이었는데 생활수준이 올라가니 이제는 바라는 범위가 한 뼘 더 늘어나고 자신이 친척으로서 이 정도 대우는 받아도 괜찮지 않느냐는 은밀한 신분 상승의 감각, 돼지우리에서 벗어난 자신의 물리적 도약을 감사하며 그 이상은 바라지 않는다고 생각했음에도 막상 눈앞에 각도가 다른 현실이 펼쳐지자 자신의 겸양이 그저 기대하지 않는 척이었을 뿐임을 새삼스럽게 깨달았다……. 말하자면 소녀는 긴장이 풀렸다.

그런 상태로 저녁 설거지를 일찍 마친 뒤 가족이 거실에 둘러앉아 텔레비전을 보고 있을 때 소녀는 다시 한번 그 충만한 기쁨을 성급히 누리고자 언니의·방에 몰래 발을 들여놓았으며, 어서 이 방이 비어버렸으면, 이곳이 완전히 내 것이 되었으면, 맘속으로 중얼거리다 결국 흥에 겨워 화장대 구석에 고이 모셔져 있던 언니의 반지와 목걸이를 착용해본 것이었다. 그것은 신랑 측에서 보내온 예물은 아니었지만 당숙모가 시집갈 때 갖고 가라고 한 보따리 싸놓은 패물이었는데, 소녀는 그 많은 것들 가운데 하나쯤 자기가 걸어보고 거울에 비춰보면서 잠깐 늑골을 간질이는 행복에 젖어든 대서 문제 될 건 없다고 믿었다. 그러나 이제 곧 다가올 행복의 일부를 미리 느껴보기도 전 식모가 날카롭게 부르며 찾는 목소리에 소녀는 빨리 이 방에서 나가야 한다는 생각만으로 당황한 나머지 귀금속들을 원래 상자가 아닌 자기 주머니에 쓸어 넣어버렸고, 이튿날 집안이 발칵 뒤집히기 전에 기회 보아 그것을 제자리에 돌려놓거나 최소한 주인에게 먼저 돌려주면서 사과했다면 얘기는 달라졌을지도 모르는데, 일이 벌어진 다음에는 더 무서워져서 오히려 깊이 숨겨버렸다.

당숙 부부는 부엌방을 작은 서랍 안 손수건 한 장까지 펼쳐보며 뒤졌지만 귀금속들은 나오지 않았고, 식모는 의심받은 것이 분해 울기 시작했으며 소녀는 태연한 척하고 있었다. 식모는 안 그래도 소녀의 신분 상승에 불공평함을 느끼고 있었지만 꼴사나운 질투로 비칠까 입 다물고 있었는데, 자신의 무고함이 밝혀지는 대로 그달 치 급료를 정산받아 떠날 거라며 발을 굴렀다. 그러든지 말든지 당숙모는 부엌방 두 사람이 입은 옷 주머니와 각각 신은 양말 속을 뒤졌지만 역시 나오지 않았으며, 언니는 속옷까지 남기지 말고 벗겨서 알몸을 털어야 한다고 했으나 교양 있는 당숙모는 딸을 야단쳤다. 입은 속옷까지 벗기라니, 아무럼 집에서 몇 년을 한솥밥 먹고 산 식구들한테 예의가 아니다. 방에서 안 나왔으면 없는 것이고 이 아이들은 이미 여기까지 의심받은 것만으로도 충분하다. 소녀는 언니의 의심스러운 시선을 피하며 가슴을 쓸어내렸다. 물론 그 앞에서 옷을 벗었더라도 당숙모가 예리한 사람이 아니라면 찾기는 쉽지 않을 터였는데, 문제의 귀금속은 소녀가 착용한 가슴 가리개 속에 있었다. 몇 달 전, 사모님이 외국 어디서 얻어다 주신 게 작아졌다며 식모가 끈 달린 손수건을 내밀었는데 그 말을 듣기 전까지 소녀는 자신의 몸이 변하고 있다는 사실을 인식하지 못하고 있었다. 사달이 났을 때는 급한 대로 가슴 가리개의 시접을 뜯어 겹겹의 천 사이에 귀금속을 쑤셔 넣었는데, 보통 사람을 벗겨놓고 알몸 수색을 할 적에는 벗어놓은 속옷을 일일이 만져보기보다는 몸 자체를 보게 마련이었다.

이튿날 그 언니가 당숙모를 끼고 신랑 될 사람과 함께 신혼집에 들일 장롱을 맞추러 나가고, 소녀는 장을 봐왔을 때 식모가 은행에 가느라 자리를 비운 것을 알았다. 지금이 기회였다.

소녀는 몰래 귀금속을 제자리에 놔두기 위해 언니의 방으로 갔으나 이번에는 문이 잠겨 있었다. 굳게 닫힌 그 문은 틀림없이 며칠 새 그 방을 들락거린 친척 동생을 의심함이었으며 그것만으로도 소녀는 행복의 절정에서 밀쳐져 절벽 아래로 곤두박질했고, 그 혼란은 곧 불안이나 수치심보다는 분노로 바뀌어 소녀는 자신이 원인 제공을 했다는 사실조차 잊고 있었다. 당신들이 뭔데, 나를. 그때 마침 집에 돌아온 오빠가 소녀의 뒷덜미를 잡아채고, 도둑은 제 발이 저려 현장에 나타나는 법이라느니 하면서 욕지거리를 해대며 멱살을 쥐고 흔들자 소녀는 쥐고 있던 귀금속을 떨어뜨렸고, 이제 오빠는 소녀의 구제 불능인 아버지부터 시작하여 잘못된 혈통, 거지, 투전꾼, 사기꾼, 도둑고양이 등 생각나는 모든 말들을 퍼붓기 시작했으며, 몸에 더 감춘 게 있을지 모른다고 소녀의 윗도리를 잡아 뜯기 시작했다. 다음 순간 오빠의 몸은 허공에 떠서 발이 복도 천장에 매달린 전등을 쳤고, 그때 가구업자와의 약속이 어긋나 돌아온 당숙모와 언니 앞에 소녀는 혼수상태로 널브러진 오빠와 그의 배 위로 떨어진 전등을 고스란히 보일 수밖에 없었다. 그들의 아연실색한 표정을 오래도록 올려다보고서야 소녀는 자기가 무엇을 했는지 뒤늦게 깨달았다.

오빠는 어깨에 금이 간 것은 물론 전등을 걷어찬 발이 다쳐서 깁스를 하게 되었을뿐더러 몸 곳곳의 파편을 빼내고 염증을 돌보기 위해 병원에서 며칠을 돌아오지 않았다. 오빠가 돌아오기 전에 서로 얼굴 다시 안 보고 떠나는 게 좋을 거라며 당숙모가 1만 환을 건넨 것 외에는 어떤 책임 소재도 묻지 않았다는 것이 그나마 마지막 은혜였다.

예상 못했던 일은 아니었지만 소녀가 돌아갔을 때 옛날 집은 사람이 살지 않은 지 적어도 반년은 지난 것처럼 보였고 가족이 어디로 떠났는지 혹은 차례로 강물에 몸을 던지기라도 했는지 그 행방이나 소식을 아는 이웃은 없었다.

텅 빈 집 앞에서 망연히 주저앉아 있다가 가까스로 든 생각이라고 해봤자 다시 당숙모에게로 돌아가 용서를 구할 수밖에 없다는 선택지였고, 그들의 2층 양옥으로 돌아갈 경우 자기를 기다리는 현실이 무엇일지 충분히 짐작됐으나 더 이상 거기 연연하지 않겠다고 생각할 만큼 소녀에게 남은 자존심은 없었다.

그러나 이미 버스가 끊긴 시각이라 어느 인가에서든 하룻밤 몸 붙이기를 부탁할 맘으로 걷다가 소녀가 다다른 곳은 판잣집과 천막이 마주 보고 길게 늘어선 마켓촌이었다.

1만 환이라는 큰돈을 품고 있는 게 겁이 나서 앞섶을 꼭 끌어 여미고 있었는데 사람이 많이 다니는 번화가에 오니 조금 무섬증이 덜해졌다. 이런 곳에서라면 소매치기만 조심하면 인적 없는 데보단 오히려 다니기 나을 것 같았고 서로 모르는 사람들만 각자 갈 길로 바삐 흐르고 있으니 누군가가 자신을 꼭 집어서 해코지할 리 없고, 설령 그런대도 저렇게 사람이 많이들 오가니까 유사시에는 누군가가, 하다못해 말이 통하지 않는 미군이라도 도와줄지 모른다는 순진한 생각이 들었다. 자신에게 친절하지 않은 세계의 본색을 이미 충분히 확인하고 떠나온 길인데도, 아직도 그 이면은 한 점 온기를 품었을지 모른다는 기대.

네댓 집 건너 한 집은 미용실 아니면 옷가게였고 세 집 건너 한 집은 무슨 잡화를 파는지 칼이나 모자, 조끼 등 뭔가 주렁거리는 물건들을 잔뜩 팔면서 문 앞에 레이션 박스를 쌓아두었으며 두 집 건너 한 집은 술을 파는지 외국말로 된 음악과 함께 원색 조명이 안쪽에서부터 새어 나오고 있었다. 소녀는 본능과 직감으로 그곳들만은 피해 다니는 게 낫다는 걸 알았지만 어디를 둘러봐도 판박이로 찍어놓은 듯 마찬가지 그림이어서 발을 어느 쪽으로 옮겨야 할지 알 수 없었다.

아무리 봐도 어린 소녀가 있을 만한 곳이 아니어서 그랬는지, 술집들 틈바구니에 얄팍한 종잇장처럼 끼어 있는지 없는지도 모를 뻔했던 만물상에서 한 남자가 나오더니 소녀에게 손짓했다. 그 남자는 얼마 전에 소녀가 집어던진 오빠보다 대여섯 살쯤 위로 보였고, 소녀는 낯선 이가 무서워서 선뜻 가게 안으로 들어갈 마음이 나지 않았다. 여차하면 오빠를 메다꽂은 것처럼 하면 되겠지만 소녀는 그전까지 자기한테 그런 괴력이나 기술이 있으리라곤 생각도 못 했고, 그저 무거운 빨래를 하며 힘이 붙은 참에 순간적으로 놀라 자기도 모르게 휘두른 거라 믿어서 다시 한번 그런 경우와 맞닥뜨리면 같은 일을 할 자신이 없었는데 남자의 등 뒤에서 그의 아내인 듯한 여인이 고개를 내미는 걸 보고 비로소 긴장을 풀었다.

남자는 류, 여자는 조라고 했다. 소녀는 만물상 구석 쪽방에서 조가 차려주는 밥을 얻어먹었다.

소녀의 사정을 듣고 류가 자기 아는 클럽에서 부엌 시중 좀 들 테냐고 물었다. 클럽, 이라는 말에 소녀는 그것이 무엇을 의미하는지도 잘 모르면서 젓가락질을 하다 본능적으로 움찔했고 조는 눈썹을 찡그렸다. 미군들이 따라주는 술을 마시면서 그들과 함께 춤을 추라는 게 아니야. 부엌일 좀 해봤다며?

부엌일이라는 익숙한 말에 소녀는 귀가 반짝 띄었다. 그런 정도라면 내일 당숙 부부 앞에 석고대죄를 하는 것보다는 이쪽이 백번 나을 것 같았고, 거기에 배가 든든해진 덕으로 이성을 찾고 생각해보니 2층 양옥 앞에 머리를 풀어헤치고 맨발로 엎드려 가족이 모두 사라졌음을 고하며 자비를 베풀어달라 한들 그들이 자기를 어여삐 여겨 받아들여줄 것 같지도 않았다. 일할 곳을 주겠다는 사람이 나타나자 그전까지 자취를 감춘 줄로만 알았던 자존심이 스멀거리며 솟아올랐다. 미쳤다고 거기를, 왜 돌아가?

소녀는 류의 가게에서 얻은, 무슨 욕인지 모를 영어가 앞뒤로 적힌 커다란 박스 티셔츠와 긴 면바지를 입고 술병이 담긴 상자를 메어 날랐다. 티셔츠는 어깨선이 거의 팔꿈치까지 내려왔고 끝단은 무릎을 덮어서 소녀는 부대를 뒤집어쓴 것처럼 보였다. 작은 아이가 힘을 곧잘 쓰고 일도 바지런히 잘하니 소개받은 클럽 지배인은 그녀의 어린 나이 외에는 아무런 불만을 표하지 않았다.

클럽 뒷문 건너편의 한방에 숙식하던 이모들 가운데 하나가 얼굴 꼴을 볼만하게 만드는 것도 손님들에 대한 예의라며 자기 분첩을 빌려주기도 했으나, 소녀는 어차피 부엌과 시장만 오갈 자신이 어느 손님에게도 잘 보일 까닭은 없다고 사양했다. 이모는 싫음 관두렴, 내뱉더니 곧 경대를 마주하곤 두툼하고 보송보송한 퍼프로 얼굴을 두드렸다. 그러다 거울 속에 비친 소녀가 옷을 갈아입는 모습을 보고서 이모는 말했다. 돈 벌 길이 따로 있긴 한데 지배인이 뭐라고 해도 그냥 귓등으로 듣고 넘겨라. 류 선생이 소개한 아이니 함부로는 못 하겠지만.

40대 후반의 클럽 지배인은 장난기가 많고 능글거리는 데가 있었으며 공연히 가만있는 사람의 등이나 어깨 혹은 엉덩이를 툭툭 치기 일쑤였지만 기본적으로 나쁜 사람은 아닌 것 같았고 소녀는 얼마 지나지 않아 그 정도 시비 거는 데에는 면역까지 생겼다. 밥버러지라고 불리는 무보수 곁방살이 식모에서 작게나마 노동의 대가를 받는 일꾼이 되었으므로 그 불쾌감마저 노동의 일부로 받아들일 만큼은 현실에 눈을 떴고, 자기 뒤에는 류가 보증서처럼 붙어 있으며 어디까지나 특별 취급을 받고 있다는 걸 느꼈다.

그럼에도 숙식을 제공받으면서 하는 일이란 으레 정해진 범위를 가볍게 초과하게 마련으로, 뒷문을 들락거리며 주류를 박스 단위로 거뜬히 나르고 음식을 데우며 설거지와 청소를 했던 소녀는 손님이 많아지고 음악이 더 흥건해질 때면 종종 바깥 바로 불려 나와 서빙을 했는데 이즈음에는 서

빙에도 그리 거부감이 없었던 까닭이라면, 바에는 보통 류가 앉아 있었으니 안심이 되어서였다. 류는 만물상을 조에게 맡겨두고 무슨 알지 못할 인맥이라도 확장하러 다니는 중인지 새로운 사업이라도 구상 중인지, 바에서 이모들을 끼지 않은 미군들 옆에 나란히 앉아 맥주잔을 나누며 짧지 않은 시간을 보내곤 했는데 그가 알 수 없는 나라의 말로 미군들과 익숙한 듯 대화를 나누는 모습이 어쩐지 그럴듯했고 속한 세계가 자신과 다른 이처럼 보였다. 그는 가끔 소녀를 보면 눈인사를 건넸는데 눈인사는 나중에 손인사가 되었고, 당황한 소녀가 모른 척 지나치기라도 하면 말까지 붙여서 그럴 때면 옆에 있던 미군들의 시선이 자연히 함께 따라와서는 저게 누구냐는 듯한 몸짓으로 그의 어깨를 두드리거나 손가락질했기 때문에 소녀는 얼굴을 붉혔다.

새벽이면 소녀는 류의 나지막한 목소리와 눈웃음을 떠올리며 이불 속에서 둥글게 부푼 가슴을 쓸어내렸고, 옆 이불에서 이모가 더듬더듬 읽는 영어 회화를 듣다가 잠들었다. 꿈의 갈피를 뒤적였을 때 거기서는 왜인지 몰라도 조가 눈살을 찌푸리곤 했는데, 그러고 나면 아침에는 깨고 나서도 이유 모르게 온몸이 찌뿌듯이 저려왔다.

그날 밤은 종종 들르던 미군들이 단체로 휴가라도 떠났는지 한산했고, 류는 기다리는 사람이 있는 듯 바에서 혼자 맥주를 홀짝거리고 있었다. 소녀는 손님이 적어 오늘은 부엌만 돌보면 되겠거니 싶어지자 늘 긴장으로 뭉쳐 있던 어깨를 뻗어 기지개를 켰다. 그때 지배인이 평소 하던 대로 등을 슬슬 어루만지며 핀잔을 주었다. 한가한가 보다? 팔자 좋다너? 이쪽은 주세가 올라서 미쳐죽겠구먼. 소녀는 곧 몸을 바로 하고 더 건드릴 것도 없는 그릇을 집어다 헝겊으로 공연히 윤을 내고 앉았다.

지배인이 그저 그렇게 스쳐 지나갔으면 평소와 다르지 않은 날이었을 테지만 소녀는 무심코 지배인이 나간 쪽 문을 돌아보았고, 문밖에 대각선으로 보이는 자리에서 지배인과 한 미군이 얘기를 나누는 모습이며 얘기 도중 지배인이 엄지손가락을 뒤로하여 분명 소녀가 있는 문 안쪽을 가리키고 미군이 안을 기웃거리는 모습을 보았다. 소녀는 사각으로 몸을 감추려다 문득 자기가 뭔가 실수했는지 모르니 일단 가만히 있어보았는데 힐끔거리는 눈길은 갈수록 더해지는 듯했다. 그들과 무관한 위치에 앉아 있지만 어쨌든 그 방향으로 함께 엿보이던 류를 향해 소녀는 입 모양으로 물었다.

도대체 뭐라고들 하는 거예요? 그러나 류는 조와 다투기라도 했는지 무언가 딴생각이라도 하는 듯 대답하지 않고 말없이 소녀에게서 시선을 돌리며 맥주만 홀짝거렸다.

오늘은 일찍 들어가 쉬라는 명을 받고 소녀는 지배인에게 인사한 뒤 물러났다. 바를 내다보았을 때 류는 바람이라도 맞았는지 아니면 찾던 손님과 만나 나갔는지 이미 눈에 띄지 않았다. 이렇게 퇴근하라는 마당에 아까 무슨 얘기를 나누었는지 지배인에게 물어본다면 너무 유난을 떠는 것 같았고, 세상에는 자신이 참견하지 말아야 할 일이 많이 있는 법이라 생각하며 소녀는 뒷문으로 빠져나왔다. 다만 아쉬운 점이 있다면 류가 평소와는 달리 자기의 시선을 외면했다는 것인데, 그전에는 소녀가 류를 못 본 체하며 일하는 데 집중을 하느라 얼굴을 외로 꼬았다면 오늘은 일부러 신호까지 보냈음에도 그가 무시하지 않았나. 류는 조와 함께 그저 고마운 대상이었으며 은혜를 갚아야 한다는 명분만이 남은 관계이니 그가 기분 내키는 대로 또는 상황 따라 보이는 반응에 일희일비할 까닭이 없었지만 그것이 꿈속에 나타난 조의 불쾌한 표정과 겹쳐서 자신이 뭔가를 잘못했는지 되짚어보게 되는 것이었다. 부부가 혹시 싸웠을지도 모른다. 그녀는 내가 류를 어떤 눈으로 보고 있는지 짐작했을 수도 있다. 말도 안 돼. 요즘 들어서는 일이 바빠지고 자신의 생활이라는 감각도 알게 되어서 그 집에 식사하러 들르는 일도 거의 없어졌는걸. 그러나 어쩌면 류가 나의 시선의 의미를 알아차리고 부인에게 웃음거리 삼아 말해버렸는지도. 그러다 오해가 생겨 다투었다거나.

이모가 있는 숙소까지는 열 걸음도 되지 않았다. 두 발짝 채 전진하기 전에 소녀는 뒤에서 엄습해오는 성인 남성 특유의 열기와 그림자를 느꼈다. 소녀가 뒤를 돌아보거나 적절한 반응을 보이기도 전에 커다란 손이 입을 틀어막았다. 귀리 냄새가 나는 손은 소녀의 얼굴을 모두 덮을 만큼 컸다. 이어서 팽팽하고 두꺼운 팔이 소녀의 허리를 감더니 이모의 숙소와는 반대편에 있는 판잣집 쪽방 안으로 떠메고 들어갔다.

누구의 거처인지 알 수 없으나 빈방에 들어오자마자 차가운 장판 바닥에 내동댕이쳐진 소녀는 어둠 속에서 상황을 직감했고, 나갈 곳이라곤 지금 막 들어와서 남자가 커다란 몸으로 가로막은 그 문 하나뿐임을 알았다. 곧이어 남자가 팔을 붙잡자 소녀는 빠져나가려 발버둥질하다 방이 비좁아 벽에 머리를 부딪쳤다. 소녀가 외마디 비명을 지르고 한 손으로 머리를 싸안는데 상대가 사뭇 달래는 듯도 하면서 본질적으론 위협하는 듯한 어조로 뜻 모를 말을 했다. 파입 다운, 이지 걸, 아 올레디 페이드 휘 유. 귀에 퍼부어지는 외국어에 한순간 멍해진 소녀가 저항을 멈추자 상대는 한숨을 쉬며 말을 이었다. 아 가라 겟 마 머니즈 워쓰. 딜 이즈 썰드. 오케이? 이 중에서 소녀가 알아들을 수 있었던 말은 '머니' 와 '오케이'밖에 없었으나 그것만으로도 일의 전후 관계를 어렴풋이 짐작하는 데에는 충분했다.

실루엣으로 판단한 남자의 몸은 당숙네 오빠 같은 건 손 가락 한마디로도 짜부라뜨릴 듯 거대하고, 가슴 아래로 실 린 무게로 가늠하건대 이런 남자를 자기 힘으로 엎어 넘기 기는커녕 버티는 것만으로도 갈빗대가 나갈 지경이었다. 현 실을 파악하고 인정하기 전에 몸에서 힘이 스르르 빠져나가 자연스레 포기가 되기까지는 오래 걸리지 않았으나, 상의가 찢겨나갈 때 머릿속에 떠오른 얼굴은 하나뿐이었다. 양 손 목이 모두 머리 위로 붙들려 묶이기 전, 소녀는 이 거구를 자 기 힘으로 엎어 넘길 수는 없었지만 최소한 그의 손가락 하 나를 잡아채어 뒤로 완전히 꺾어버릴 만큼의 순발력은 있었다. 남자가 다른 쪽 손으로 소녀의 뺨을 코가 돌아가게 갈기고는 역시 뭐라는 건지 알 수 없으나 어조로 보아 욕설임에 분명한 짧은 말을 내뱉으며 깔아뭉개고 있던 상반신을 조금 일으켰다. 손가락이 갑자기 젖혀져 근육통이 있을 뿐 뼈가 나가지는 않은 것을 확인하고 작은 한숨을 내쉬는 짧은 순간 남자에게는 빈틈이 생겼고 그때 소녀의 손에는 방바닥을 더듬었을 때 손에 집힌 작대기가 있었다. 입자가 거친 가루가 만져지고 녹 냄새가 끼치는 걸로 보아 어느 깡통이나 경첩 같은 데에서 떨어져 나온 쇠붙이인 듯했고 이쑤시개보다는 길며 젓가락보다는 짧은, 안줏거리를 꿸 때 쓰는 꼬치만 했다. 소녀는 그걸 어디다 쓸지 생각은 안 해봤지만 거의 본능적으로 그것을 긴소매 속으로 밀어 넣은 상태로, 그 어느 때보다도 침착하게 심호흡했다. 남자는 어린애의 반격에 갑자기 승부욕이라도 생긴 듯 이를 드러내곤 언제 어디서 꺼냈는지 모를 칼로 상의의 남은 부분을 마저 찢기 시작했고 그다음은 홧김이든 취향이든 틀림없이 그걸로 자신을 난도질할 것 같다는 예감이 들어 소녀는 몸을 옆으로 굴렸다. 허벅지 아래로는 남자의 다리에 깔려 있어서 더 이상 몸을 틀 수 없었지만 그 예상은 틀리지 않은 듯, 소녀가 머리를 피하자마자 원래 머리가 있던 자리에 칼이 꽂혔고 머리카락 일부가 잘려나갔다. 다음 공격은 피할 수 없을 것이다. 남자가 더욱 다양한 종류의 욕지거리를 하면서 장판에 꽂힌 칼을 잡아 뽑았을 때 소녀는 한 손을 털어 소매 속에서 꼬챙이를 끄집어냈고, 두 번째로 칼날이 떨어지기 직전 그것을 남자의 얼굴에 꽂았다. 꽂힌 곳은 공교롭게도 남자의 벌어진 입속 어딘가였는데, 그것이 목구멍을 찌른 모양으로 남자는 비명을 지르기는커녕 더 이상 욕 한마디도 하지 못하면서 그대로 칼을 떨어뜨리곤 목을 부여잡은 채 눈에 흰자위를 드러내더니 옆으로 무너져 내렸다. 두어 번에 걸쳐 손을 뻗어 작살을 뽑으려는 몸짓을 했으나 그것은 근육이나 뼈 어딘가에 걸려 쉽게 빠지지 않는 듯했고 애당초 의식을 잃어가는 사람의 힘으로 간단히 뽑을 수 있을 만큼 얕게 박히지도 않았다. 그러나 완전히 목숨이 끊긴 것은 아니어서 그는 눈을 부릅뜬 채 떨고 있었는데 순간 소녀는 망설임이 생겼다. 저 꽂힌 작살을 뽑는 순간 온 방 안에 피가 튈 뿐만 아니라 자기 자신도 피를 뒤집어쓸 터였다. 고통과 공포에 결박된 남자는 이제 꿈틀거리는 이상으로는 움직이지 못할 것임이 분명한데, 이럴 때 누군가를 불러 도움을 청하고 남자를 어떻게든 구해낸 다음—그것이 가능해 보이지는 않았다—
자신의 정당방위를 주장할 것인가, 아니면.

이대로 도망친다.

상대는 우리나라를 지켜주는 국가의 병사였다. 목에 달려
쩔렁거리는 도그태그가 없더라도 이 구역을 오가는 외국인
남자는 다 그와 같은 은혜로운 사람들이었고, 소녀는 어떤
선택을 한들 자신이 그렇게밖에 할 수 없었음을 누구도 알
아주지 않으리라는 걸 알았다.

그러나 류는.

어쨌거나 류만은.

지금이라도 뛰어나가, 내가 죽일 뻔한 사람을 살려달라고
류한테 도움을 청하면 그는 외면하지 않을 것이다. 그의 만
물상은 그리 멀리 떨어져 있지 않다.

류한테만은 착한 아이가 되고 싶었는데.

인연이라곤 주워진 것뿐이라 해도.

어디로든 멀리 도망가 다시 류를 만날 수 없게 되는 편이,
싸늘한 눈으로 오해를 받기보다 나을까.

소녀는 남자가 꿈틀거리며 자기 쪽으로 뻗어오는 손을 떨
치고 네모진 방 안에서 도망 다녔다. 그가 숨을 거둘 때까지

기다리는 것이었다. 자신이 도망간 다음 뒤늦게 살아나기라 도 하면 낭패였다. 남자는 이제 소녀를 붙드는 건 포기했고 다만 바닥에 붙은 무거운 몸을 끌어다가 방문을 열려 했으 나 굳게 닫힌 방문은 안쪽에서 당겨야 열리는 구조로 되어 있었으며 그 이전에 몸을 일으켜 가로질린 잠금 쇠부터 들 어 올려야 했다. 남자가 온몸에 남은 마지막 힘을 끌어모아 상반신을 일으키더니 잠금 쇠까지 손을 뻗었다. 그것이 열 리는 순간 소녀는 남자의 옆구리를 걷어찼고, 곰 가죽처럼 허물어진 남자는 눈을 뜬 채 다시는 움직이지 못했다.

그리고 스르르 열린 문 앞에는 류가 서 있었다.

류를 보자 온몸의 피가 머리로 쏠렸다. 남자한테 죽을 뻔 했다는 사실은 지금 이 순간에 비하면 절망이라고 할 수도 없었으나, 어째선지 울음은 터지지 않았다.

류가 무엇을 어디부터 듣고 언제 이 앞으로 왔으며 그렇 다면 왜 자신을 도와주지 않았는지 따져 물을 경황도 없이 소녀는 아우성치기 시작했다.

─그러려고 한 게 아니에요, 이 사람이 먼저, 나는.

류가 소녀의 입을 한 손으로 막고 다른 쪽 손가락은 자기 입술에 가져가 보이더니 발아래 나자빠진 남자와 그의 열린 입에 꽂힌 작살을 비롯하여 그 입에서 흘러나오는 핏줄기를 살핀 다음 방 안을 전체적으로 둘러보곤 혼잣말처럼 중얼거렸다.

　—이거 소질 있네.

순간 소녀는 자기가 잘못 들은 게 아닌가 싶어서 류를 올려다보았는데, 류는 지금을 무마하기 위한 판에 박힌 위로가 아니라 진심으로 그녀를 칭찬이라도 할 것처럼 감탄의 미소를 띠고 있었다.

　—화려하게 난장판을 만들어놨다면 죽을 때까지 때려줬을 텐데. 이모네 숙소에 짐이 얼마나 돼?

소녀는 정신없이 고개를 저었다. 옷은 두어 벌만 가지고 돌려 입었고 나중에 조에게 줄 생각으로 월급을 받아 모은 게 베개 밑에 있었지만 그것 말고는 몸뿐이었다. 정말이지 단순 명료함을 넘어 처절하도록 생존 본위에다 매일 단위로 살아 어떤 소중한 기억붙이도 두 손에 쥐고 있지 않았으며, 만약 자신에게 그런 게 생긴다면 앞으로 거기엔 항상 류와 그의 가족이 포함되어 있으리라고 막연히 생각해왔을 따름이다.

　—그럼 일단 가게로 가. 가서 우리 마누라가 시키는 대로

움직여. 이건 나한테 맡기고, 어서!

류가 어깨를 떠밀자 소녀는 어디서부터가 우연이고 어디까지가 류의 계획인지 생각할 겨를 없이 머릿속이 만신창이가 된 채로 달렸다. 지금 터지면 그 자리에 주저앉게 될 것이고 그러면 다시 일어날 수 없으리라는 확신에, 딸꾹질과 함께 목울대를 타고 넘어오는 울음을 늘키면서. 그러는 동안 머리꼭지를 데웠던 피는 어느새 제자리를 찾아가더니 바닷속을 유영하는 멸치 떼처럼 몸속을 떠다녔다.

이 소녀는 가게를 정리한 류와 조 일행과 함께 도시를 떠나고서도 그로부터 한 달이 지난 뒤에야 알게 될 터였다, 류의 진짜 직업을. 또한 소녀가 목구멍을 뚫어버린 남자는 군부대 내의 물품을 마켓촌에 꾸준히 빼돌리다 도리어 그것을 구실로 삼아 몇몇 클럽과 점포를 협박해온 눈엣가시임을 알게 될 터였고, 류는 딱히 소녀를 모종의 시험에 들게 하려던 작정은 아니었으나 마침 남자의 개인적인 성 취향을 알아내곤, 가능한 한 어린 소녀를 찾으면서 지배인을 성가시게 해온 남자가 목적을 달성한 순간 방심하는 틈을 노릴 계획이었던 사실까지는 부정하지 않을 터였다. 그러나 류의 원래 예정은 남자를 혼내주려던 데까지였을 뿐 일이 정도 이상으로 과격하게 틀어진 것은 순전히 소녀가 초래한 일이고, 소녀는 류가 그 남자와 그곳의 흔적들 그리고 남은 문제들을 어떻게 처리했는지 결코 묻지 않을 터였다. 듣는 순간 그 경이로움과 신묘함이 사라지리라는 것을, 그 뒤로 생긴 다른 일들을 통해 어렴풋이 짐작하게 될 터였다.

겉으로 봐서는 골프채가 들어 있을 법한 긴 가방을 어깨에 메고 현관문을 여는데 뒤에서 무용이 낮은 소리로 가볍게 짖는다. 조각은 문을 나서기 전에 한 번 더 무용을 돌아본다. 무용은 한번 짖기는 했으나 주인이 어딘가로 위험한 일을 하러 가는 것을 막을 생각은 없는 듯 현관 안쪽에 가만히 앉아 그녀를 응시하고 있다. 개인주의적 생활에 최적화된 반려견이다.

무언가를 하기로 생각하고 있다면, 설령 그것이 가벼운 인사일지라도, 언제나 지금이 아니면 안 된다. 요즘 같아서는 더욱 그렇다. 돌아서면 곧바로 자기가 무엇을 하려 했는지 잊고 마는 일상이니까. 그녀는 무용의 머리를 서너 번 쓸어내리며 한 음절씩 확고하게 말한다.

"다녀, 온다."

숨이 붙어 있는 한은 다녀-올 것이다. 손발이 움직이는 한은, 언젠가 이 녀석이 기억에서 지워지거나 그 존재를 인식조차 할 수 없게 되기 전까지는. 그녀는 현관문을 닫는다.

사무실에 들렀을 때 조각의 눈에는 활짝 열려 양의 창자와도 같은 내용물을 드러낸 채 응접탁자에 놓인 아타셰케이스를 사이에 두고 두 사람이 마주 앉아 있는 장면이 들어온다. 아타셰케이스에 담긴 양장은 물론 5만 원권 지폐 더미이며, 팔짱을 끼고 다리를 꼰 50대 중반 의뢰인과 그녀의 찻잔에서 식어가는 커피를 번갈아 보는 해우의 얼굴은 일반적인 고뇌와 번민을 넘어 금방이라도 내용물을 끄집어다 의뢰인의 머리에 뿌리고 싶은 충동을 참는 것처럼 보인다. 해우는 조각에게 가볍게 목례만 건넸을 뿐 신경은 온통 치감고 내리감은 중년 여성에게로 향해 있다.

"손 실장 말 믿고 왔는데 이거 안 되겠네. 그래서 맡아줄 거야, 말 거야."

　의뢰인의 불평은 고압적으로 느껴지기보다 그 떨리는 목소리에 절박감과 초조가 묻어나서, 당당하게 짜증스러워하는 얼굴 표정과는 어딘지 어울리지 않았는데 해우도 그것을 알아차렸음인지, 이미 그녀가 이곳 말고 다른 데 갈 만한 곳들을 한 바퀴 돌다 왔음을 짐작해서인지 단호하게 정리한다.

　"실장님이 그렇게 말씀하셨다면야 저희는 당연히 맡아야죠. 그래도 한 번만 더 보고 검토를 확실히 거치고 연락드리는 게 좋을 것 같습니다. 내부에서 합의된 사항이 아니어서요."

　"그럼 이건 두고 갈 테니 오늘 중으로 연락 줘요."

　의뢰인은 선글라스를 끼고 일어서서 차 키를 쩔렁거리다가 문득 대상을, 특히 부동산을 견적 낼 때 보일 법한 자세를 취하며 사무 책상 가에 멈춰 선 조각을 위아래로 훑어본다. 조각은 한순간 의뢰인과 시선이 마주쳤다고 느끼는데, 어두운 색 선글라스 너머임에도 의뢰인의 눈은 의아한 빛을 감추지 못한다. 어째서 상류층 고객을 중심으로 상대한다는 이런 방역 에이전시에, 척 봐서 의뢰인도 업자도 아니게 생긴 노부인이 있는 건지 모르겠다는 듯 고개를 살짝 기울이면서. 10년 전만 해도 조각은 의뢰인이 그런 불신의 눈빛과 고갯짓을 노골적으로 드러낸다면 꼭 자기가 맡은 일이 아니어도 그 자리에서 철컹거리는 소리를 내며 폴더형 칼을 접었다 펼쳤다 하고 그 칼이 한 몸처럼 손안에서 돌아가는 기술을 기선 제압용으로 선보였을지 모른다. 그러나 얼마쯤 지나자 그 짓도 만고에 쓸데없다는 생각이 들었는데, 젊었을 적에는 여자였기 때문에 꼭 그와 같은 눈길을 받은 것이 떠올라서였다. 성별에서 나이로, 백안시하는 이유가 추가된 데 불과하다.

의뢰인의 힐 소리가 계단 아래로 멀어지는 소리를 들으며 해우는 돈 트렁크를 닫아건다.

"돈이면 다 되는 줄 아는 것들이 세상에서 두 번째로 싫어. 물론 첫 번째는 이 짓 시키면서 돈도 없는 것들이지만. 쳐들어오자마자 문답무용으로 떡하니 가방 고리부터 따고, 실장님이랑 사전에 통화하고 얘기가 다 됐다는 걸 제일 늦게 알려주면 어쩌냐 말이죠. 꼴에 자기가 제일 센 금액 갖고 온 줄 알고 자랑스러운가 봐요. 우리가 어떤 사람들한테서 얼마나 받는지도 모르는 주제에."

해우가 구시렁거리는 소리에 조각은 실소한다.

"하는 품이 좀 질 떨어져 보이기는 하지만 그런 손님이 어디 하나둘이던가."

"딱 봐도 얼굴에 나 복부인이에요, 씌어 있지 않아요? 이 것저것 번쩍거리는 거 손가락에 끼고 목에 휘감고. 아무리 빛나는 거 저따위로 모아봤자 하나도 안 어울리는데."

"그래, 손 실장이 요즘 어르신들과 관계가 시원찮은가 보 네. 저런 건 어디서 주워 왔대?"

"제가 아나요, 어느 바에서 만났는지 알 게 뭐람. 하지만 대모님도 아시다시피 손 실장님 수완이 나빠서 어르신들이 뜸하게 찾는 건 아니에요. 시대가 달라져서 그렇지…… 사 람들 머리가 좋고 눈치는 빠르고 SNS 수사대가 넘쳐나니, 옛날 방역 방식이 안 통할 거라고 지레짐작하시는 점도 있 고요, 어제 써먹은 카드 오늘 안 꺼내고 찢어버리거나 접어 버리는 게 안전하다 여기겠지."

의뢰인이 요구한 방역 대상은 자신의 딸을 4년간 등쳐먹 어 왔다는 29세의 접대부였다. 거기까지만 들었을 때 조각 은 사소한 일로 뭘 그리 아무렇지도 않게 휴지로 코 풀듯 사 람을 없애버릴 것까지야 있나, 그저 보통의 심부름센터에 맡 겨도 흙 속에 머리만 내놓고 묻어버리면 눈물 콧물 빼고 실 금하다 까무러치다 한 끝에 알아서 떨어져나갈 텐데 싶다.

"귀하신 따님이 식음 전폐라도 하나 보네. 남의 손 더럽히는 일이니 마냥 먼지같이 가벼운 줄 알겠지, 저런 부류들은. 그 가방 안에 들어 있는 착수금이 얼만지는 몰라도 집안일은 집안에서 법대로 해결하라고 그래. 손이야 뭐 어차피 더러운 거 한 번 더 뒤집어쓴다고 별일 있겠냐만, 하바리면 내가 떨어내줄 수도 있는데 복부인의 돈지랄이 같잖아서 나도 못 하겠다."

"아, 대모님이 해주시면 고맙긴 한데 막상 그렇게까지 하바리는 아니에요."

표면적인 사실은 복부인의 딸이 접대부에게 빠져 헤어나오지 못했다는 데까지고, 이미 딸의 약물중독이 상당히 진행된 상태에서 복부인이 그 접대부를 싸다듬이해주라고 몇몇 심부름센터에 의뢰한 바 있는데, 알고 보니 그 접대부가 현재 주로 엔터테인먼트와 호텔 산업에 종사하는 비교적 규모 있는 조직에서 맨 밑 똘마니보다는 하나 윗선에 해당하는 사람이고 접대부란 것도 시늉일 뿐 무슨 용도 모를 부서의 팀장 명함을 판 오사리잡놈인데, 조직에 속한 사람을 함부로 건드리기는 주저된다는 이유로 연속 세 군데서 거절당했다는 것이다. 인맥을 더 뚫고 발품을 더 팔면 조직과 내밀하면서도 견제 관계를 유지하는 또 다른 업체를 만날 수도 있었겠지만, 그러는 사이 딸은 병원에 감금되어 금단증상을 겪다 병원에서 투여한 약물이 쇼크를 일으켜 숨졌고, 외동딸을 잃은 여인의 인생에 남은 목표라곤 처음에 약을 제공한 남자에게 보복하는 일뿐이라는 것이며, 그 뒤로도 세 차례를 돌고 돌던 끝에 해당 조직과 인연이 좀 있다고 내세우는 손 실장과 만났다는 것이다.

언제나처럼 묻지도 따지지도 않고 처리하면 그만인 것을, 조각은 문득 커다란 선글라스의 밀도 높은 어둠으로 가려진 눈을 떠올리고, 부자연스러운 자존심을 부리며 있는 사람 행세를 하던 그 여인의 눈에 혹 서려 있었을지 모를 체념과 충동을 상상한다.

그러다 문득 손 실장의 장담에 실소가 터져 나온다. 인연이 있기는 개뿔이, 발라맞추는 데에도 정도가 있지, 자기가 쌓아둔 것이라곤 하나도 없이 아버지가 갖춰놓은 것 앉은자리에서 날름 삼킨 주제에.

"그럼 손 실장한테 말해. 내 기억이 맞는지 잘 모르겠지만 내가 아는 한, 거기 엔터테인먼트 쪽 중간 보스가 소싯적에 손 실장네 아버지 도움 받은 사람일 거야. 방법은 우리가 알아서 할 테니, 옛날 은혜 생각해서 다리 하나만 잘라내는 거 눈감아달라고, 연락 넣어두라고. 은혜고 나발이고 입 씻고 나오면 당분간 약 구경하기 힘들 거라고 그래. 거래상 두 군데쯤 막아버린다고."

"오, 이럴 때는 연식 있는 분이 우리 사무실에 있으니까 좋네요. 그럼 손 실장님하고 거기 자리 만들 때 대모님도 같이하실래요?"

해우의 살았다는 듯한 표정을 보니 처음부터 누구더러 다리를 놔달라고 할 작정이었는지 훤히 들여다보인다.

"나를 봐. 이 얼굴에 이 몸에, 뭘 빼입고 나간들 역효과야. 내가 한때 믿음을 사고 호황을 누린 건 그런 자리에 잘 안 나타났기 때문이지. 때로는 보지 않는 게 나을 때도 있어. 그 정도는 손 실장더러 알아서 하라고 하게. 일일이 똥을 닦아 줘야 아나."

"예, 알았어요. 그런데 왜 갑자기 생각이 바뀌셨어요?"

조각은 대답 대신 의뢰인이 가방과 함께 남기고 간 서류를 들어 팔랑거린다.

"얘기 다 되면 전화해. 이쪽도 준비할 테니까. 이런 일을 설마 그…… 그 녀석이 할 리는 없을 테고, 나한테 딱이네."

밑도 끝도 없는 그 녀석이라는 말에 해우는 잠깐 의아한 표정을 짓다가 곧 고개를 끄덕인다.

"그건 그러네요. 걔 요즘 바빠요. 한 달짜리 장기 플랜 중이라."

"안 물어봤네."

조각은 일 나가기 전에 한 번 더 의뢰인과 개인적으로 만남을 가져볼까 잠깐 고민하나 곧 그만둔다. 이미 섣부른 일견으로 조각에 대해 견적을 낸 복부인에게 찾아가 방역에 관해 의논하면 사무실의 신뢰가 추락할 터다. 조각은 알맹이와 무관하게 겉으로는 더 이상 유능한 방역업자로 보이지 않았고, 얼굴에 피어난 저승꽃이나 부질없이 세월에 저항하기를 그만둔 눈가와 이마의 깊은 그늘 들을 업무용 변장으로 속이는 일도 쉽지 않을 것이며, 복부인은 이런 모지랑이 같은 노부인이 과연 어떤 재주로 한창때의 젊은 남자를 제거할 수 있겠는지 의구심을 숨기지 않을 터였는데 의뢰인에게 굳이 헛돈 쓴 것 같다는 불안감을 안겨줄 필요는 없다.

단 하나, 조각은 일을 무사히 마치고 나면 의뢰인이 스스로 세상을 떠날 것만 같다는 예감에서 벗어나지 못한다. 정확하게는 그 의뢰인이 한때 갖고 있었던 가족, 그것을 불의의 방식으로 잃었을 때 한 사람의 정신이 얼마만 한 손상을 입는지, 과육에서 떨어져 나온 사과껍질 같은 생의 잔여를 가까이서 들여다본 것이다. 비록 두꺼운 선글라스 너머에 자리한 슬픔의 심연에 불과했지만 그녀는 그 자리에 있어야 할 동공 대신 지지대를 잃은 반연식물의 정처 없음을 포착한 것만 같다. 그녀는 45년간 수많은 업무를 처리해왔고 방역 대상의 대부분이 가족 있는 사람들이었음에도 남은 가족에 대해 그 어떤 느낌도 가져본 적 없었고 그럴 필요도 없었다. 길지 않은 나날, 류와 조 두 사람 사이에 끼어 기이한 형태의 가족을 이뤄보기도 했고 어느 시절에는 류하고 둘이서만 지내기도 했지만 그중 어떤 것도 일반적인 가족에 해당하지 않았으며 류에게 의지하고 류가 세상의 전부였다 해도 그에게 느낀 감정은 집착과 애정의 착종에 다름 아니었다. 혈연 문제라고 할 것 같으면 아홉 달 반을 배 속에서 키운 아이는 탯줄이 떨어지기도 전에 해외 입양 브로커의 손에 넘어갔고 그녀는 젖몸살을 앓으며 오로가 그치기도 전에 또 다른 누군가의 목을 조르러 가기 위해 한밤의 운전대를 잡았을 만큼, 누군가와 자신의 삶을—삶이라고 부르기에 다소 어폐가 있는 생의 작동 원리를 공유하거나 그로써 사소한 희로애락을 누리는 일상을 그려보지 못했다. 신생아의 사진은 그 얼굴 형태를 전혀 알아볼 수 없게 변색되고 훼손됐을 즈음 난로에 넣었는데, 까맣게 오그라지는 사진을 바라보며 그녀는 이 장면에 자신이 어떤 회한도 느끼고 있지 않을뿐더러 아기 사진을 종종 들여다보고 만지작거렸던 행위가 그저 하나의 생물학적 어미라면 마땅히 죄의식이나 슬픔 또는 그리움을 느껴야 한다는 당위의 발로에 불과했는지도 모른다는 걸 알았다.

그랬는데 이제 와서 타인의 눈 속에 둥지를 튼 공허를 발견하고 생겨나는 연민이라니, 살과 뼈에 대한 새삼스러운 이해라니. 노화와 쇠잔의 표지가 아니고서야 이런 일관성 없음이라니.

문제의 팀장이라는 사람은 행동대장과 행동대원 사이에 있는 행동책 같은 이로 적어도 자기 숙소가 빌라에 따로 있는 걸 보면 아주 아랫것은 아니다. 거기서 운영하는 관광호텔 나이트는 시간이 시간인 만큼 정적에 잠겨 있고 그로부터 100미터 떨어진 곳에 간판 없는 사무실 건물이 하나 있으며 행동대원들은 전원 이곳에서 거주한다. 행동책의 빌라는 그로부터 또 1킬로미터가량 떨어진 곳에 있고, 행동대장부터는 어디서 거주하는지 파악되지 않았으나 부하들과 가까이 있으리라는 생각은 들지 않았다.

조각은 빌라 건너편 편의점에서 다 식은 꿀차가 담긴 종이컵을 쥐고 그곳을 계속 주시한다. 일에 들어간 지 사흘째인데도 아직 팀장의 일과나 동선의 평균값이 제대로 나오지 않아 초조한 상태로, 벌레를 밟은 흔적을 가능한 한 남기지 않으려면 놈이 출근하기 전에 움직여야겠는데 당사자는 장기 출장이라도 나갔는지 빌라 근처에서 모습을 볼 수가 없었다. 놈의 동거인 두 명은 늦둥이 동생들이라고 들었다. 중간 간부는 처음엔 자기들 내규대로 조치를 취하겠으니 관여 말라며 고압적으로 나오다가, 손 실장이 아버지 세대의 카드를 꺼내자 고민 끝에 그 동생들 있는 데서만은 하지 말아달라는 조건을 걸었다. 나머지 직원들은 이 사실을 모르고 협조 또한 안 할 것이니 제반 사항은 알아서 하라는 통보가 뒤를 이었는데, 팀장의 일터에는 그의 편이 될 만한 사람이 너무 많았고, 중간 간부는 자기네 업소의 값을 떨어뜨리는 짓을 대놓고 했다가는 역으로 보복할 것이라 경고했다. 팀장의 집에는 어린 동생들이 상주했다. 방법은 잠복뿐. 고작 2차선 도로를 사이에 둔 거리여서 잠복 위치를 매번 바꿔가며 빌라에 드나드는 이를 살피고 있었는데 놈은 넌지시 언질이라도 받았는지 모습을 드러내지 않았다. 사흘째 접어든 지금은 슬슬 진행 상황을 캐묻는 복부인의 전화가 사무실로 걸려오고 있다며, 영 수틀리면 배달원으로 꾸미고 어린 동생들이 있는 데서 해야 할지도 모르는 일이다.

카운터와 등지고 전면창 밖을 응시하는 할머니가 꿀차 한 잔으로 시간을 조지고 있으면 필히 아르바이트생이 몇 번은 더 힐끔거릴 것이다. 진열대마다 CCTV는 있지만 그것이 음수대까지 세심하게 비추지는 못하는데 설마 슬쩍하는 물건이 없나, 뭘 저리 오래 머물러 있지, 같은 시선 한 번 더 받고 얼굴 익히게 해놓아봤자 좋을 일 없다.

그러다 문득 고개를 들었을 때 빌라 쪽 골목에서 20대 중후반의 남자가 나오는 모습이 보인다.

저놈이다.

조각은 종이컵을 든 채로 편의점 문을 열고 나선다. 머리에는 아무것도 바르지 않아 앞머리가 축 처졌고 평범한 트레이닝복 차림이지만 저놈 맞다. 조각은 한 손에는 종이컵을 쥐었고 나머지 한 손으론 필드 재킷 안주머니 속의 벅나 이프를 만지작거리며 그와의 거리를 천천히 좁혀나간다. 놈이 이쪽으로 건너온다. 아, 담배 사러 나왔구나. 편의점에서 충분히 멀어지지 않았으므로 조각은 그가 어깨를 스치고 가도록 내버려둔다. 외출하는 차림이 아니니 담배를 사면 다시 빌라 안으로 들어갈 것이다. 가능한 한 인적 드문 빌라 안에서 해결할 것이다. 놈이 거주하는 3층까지 올라가기 전에, 층계참에서 신속하게 끝낸다. 조각은 남아 있는 꿀차를 한 방울까지 털어 마시고 종이컵은 그대로 구겨 다른 쪽 주머니에 넣는다.

　담배 두어 갑과 에너지 음료 몇 캔을 봉지에 담아 나온 팀장은 손목에 봉지를 건 채 트레이닝복 주머니에 양손을 찌르고 전날 밤 과음한 듯한 모양새로 흐느적거리며 걷는다. 조각은 적당한 거리를 두고 그를 따라간다. 팀장은 차가 별로 다니지 않는 2차선 도로를 양옆으로 한 번씩 훑는 둥 마는 둥 하더니 그대로 길을 건너고, 조각은 한 박자 지나서 그 뒤를 따라 건너려 하나 갑자기 어디서 튀어나왔는지 거대한 폐지 쌓인 리어카를 끌던 노인이 팀장을 툭 치는 바람에 두 사람의 사이는 그대로 벌어진다. 정확하게는 리어카도 사람도 아니라 이제 곧 무너질 듯한 상자 무더기의 일부가 그의 어깨를 건드린 것인데, 그는 아 씨바, 감탄사에 가까운 욕지거리를 하면서 반사적으로 팔을 떨쳐낸다.

그 바람에 폐지를 에멜무지로 지탱하고 있던 낡은 고무줄이 끊어지고, 안 그래도 위태위태하게 흔들리던 상자와 스티로폼 들이 쏟아져 바닥을 구른다. 팀장은 거기서 더 이상 노인에게 시비를 걸지 않고 등을 돌려 걸어갔지만, 노인은 폐지가 쓰러지면서 도미노처럼 리어카까지 넘어지는 것을 미처 막지 못하고 결국 반쯤 기울어진 리어카를 일으켜서 쏟아진 것들을 담아야 했는데, 어느새 2차선 도로에 차들이 멈추어서 클랙슨을 울리고 있다. 리어카는 폐지 무더기와 함께 2차선 도로를 반씩 다 점령한 상태로, 푸조를 몰던 남자가 차창을 내리고 욕을 하기 시작하고, 반대편 도로에서 급히 브레이크를 밟은 벤틀리 운전석의 여자는 상황이 정리될 때까지 묵묵히 기다리긴 했지만 곧 터질 듯 얼굴을 가득 채운 짜증을 감추지는 않는다.

노인은 도로 한가운데에서 불의의 봉변을 당하고 운전자들의 손가락질을 받는 데에 익숙한 듯, 그들이 소리를 치거나 클랙슨을 누르거나 태연한 표정으로 서두르는 기색도 없이 쏟아진 넝마들을 차곡차곡 싣기 시작하는데, 한번 자리를 잡아 묶었던 것이 제멋대로 풀린 무더기라 얹어놓기만으로는 충분치 않아서 몇 번을 다시 쌓아도 줄줄 흘러내리며, 그 반복은 거의 운전자들의 분노를 자극하려고 작정한 듯하고 따라서 반드시 돕지 않아도 그 스스로 이 난국을 헤쳐나갈 수 있을 것처럼 보이지만, 조각은 다음 순간 신속하게 상자들을 거둬들이고 그것을 인도 쪽으로 옮긴다. 대여섯 번은 오가야 할 양이다.

"아저씨, 리어카만 끌고 이리로 오세요, 얼른."

그제야 노인은 어쩔 수 없다는 듯 수레를 끌기 시작하고, 마주 오던 차들은 도로에 남은 폐지를 그대로 밟아버릴 것처럼 슬금슬금 브레이크를 풀며 들이대지만 곧바로 조각이 도로에 뛰어들어 나머지 폐지를 거두는 바람에 그마저도 뜻대로 하지 못한다.

이윽고 마지막 신문지 한 장까지 모두 줍고 나서야 차들은 조각의 허리를 아슬아슬하게 스쳐 속력을 내고, 막혀 있던 2차선 도로는 줄을 서서 기다리던 차들이 모두 지나가자 다시금 차량이 드문 한적한 도로가 된다.

"아이고, 이거 고맙습니다, 아주머니."

"이제 여기서 차근차근 올리세요. 차들 그러고 서 있는데 도로를 다 막고 있으면…….."

사람들이 싫어하는 게 당연하지요. 조각은 뒷말을 삼킨다. 한쪽 다리가 불편해 보이는 노인이 취미나 용돈벌이로 하는 일은 아닐 것이다. 그가 폐지를 쌓아 올리는 것을 말없이 도우며 조각은 고개를 젓는다. 안 그래도 좁은 인도를 폐지 더미가 가로막고 있자 편의점에서 알바생이 나와 문을 열어둔 채로 흘끔거리며 눈치를 주고, 인도를 걷던 행인들은 콧잔등을 찡그리며 피해 가거나 별생각 없이 상자 무더기를 밟고 지나가는데 그러다가 막 뻗은 조각의 손을 밟을 뻔하기도 한다. 단출하게 걷던 사람들은 그런대로 알아서 피해 가기도 하고, 지나가다 발로 슬그머니 상자를 밀어 건네는 시늉도 하며, 탱크 같은 거대 바퀴가 달린 유모차를 몰고 오던 이는 껌 씹는 소리를 차지게 내며 상자가 다 치워져서 길을 낼 때까지 기다린다.

마지막 상자 한 개까지 치워지고 나서야 유모차는 조각의 등을 살짝 치고 지나간다. 멀어지는 아이 보호자의 등을 바라보며 조각은 중얼거린다.

"좀 거들어주면 더 빨리 갈 수 있는 것을."

그러자 끊어진 줄을 어찌어찌 엮어서 폐지를 고정시키며
노인은 대꾸한다.

　"무슨, 말도 마세요. 저 정도면 양반이에요. 아무 소리 안
하고 기다렸잖아요. 이 동네 사람들이 어떤데. 욕만 안 해도
고마운걸."

　다시 거대한 산봉우리가 리어카 위로 솟았는데, 조각은
노인이 고물상에 도착할 때까지 그것이 토사(土沙)처럼 쏟아
져 내리지 않고 제 형태를 유지할지 염려된다.

　"고맙습니다, 아주머니."

　"리어카도 더 버티지 못할 것 같은데 이렇게 해서 갖다주
면 얼마나 나와요?"

　"아주머니도 해보시게요? 그럴 것처럼은 안 보이시는
데."

　"아…… 아들네 부부한테 짐 되기 싫어서요, 내 풀칠이나
알아서 해볼까 하고."

　조각은 농담조로 말하며 웃는다.

　"요즘 폐지값이 똥값 돼서 이렇게…… 한 50키로 되나, 가
면 한 3천 원 나오나 그래요. 1키로에 육칠십 원 나온다고
보시면 돼. 세끼 밥 먹고살 만하면 안 하시는 게 나을걸."

"아이고, 아저씨 구역 안 건드려요. 나 이 동네 사람도 아니고."

조각은 노인이 리어카 손잡이를 허리에 거는 걸 도와주고 어깨를 두어 번 두드린다.

"조심히 가세요."

"예, 아주머니도 좋은 하루 보내고요."

노인이 시야에서 사라지자 조각은 그전까지 입에 물고 있던 웃음기를 거둔다. 몸이 불편한 노인을 거드는 바람에 눈앞에서 방역 대상을 놓쳤을 뿐만 아니라 고작 지나가는 이와 일상적인 대화까지 나누고 얼굴까지 노출시켰다. 이 거리와 편의점 앞에서 꽤 오랜 시간을 지체했으므로 내일도 연이어 이 자리를 지키고 감시할 수는 없을 것이며 접근 루트를 바꿔야만 하게 생겼다. 노인이 폐지를 쏟든 다리를 절든 심지어는 차에 슬쩍 받히든 그냥 내버려두고 목표 대상을 따라갔다면 지금쯤 이미 일은 끝나고 이 자리를 떠날 수 있었을 텐데 하루를 공으로 날려버린 셈이다. 분초를 다투는 의뢰는 아니나 자신의 의도가 아닌 외부 요인의 난입으로 일을 미루게 되었으니 옛날 자신의 기준대로라면 이 일은 이미 실패에 해당했다.

어째서 이런 중요한 순간에 목표물을 놓치고 타인을 도와버렸을까. 단지 몸이 불편한 노인이라서, 자신과 비슷한 연령대의 사람이 위험한 도로에서 신문지 한 장까지 포기 못 하는 장면을 바라볼 때 자연히 생겨날 법한 동조와 연민의 감정이라고 한다면, 그녀는 지금까지 그런 것 없이도 잘 살아왔을 뿐만 아니라 오히려 그 본능이나 자연스러운 공감 능력이 다소간 떨어졌기에 살아남을 수 있었던 거나 다름없다. 그러나 지금은 지나치게 자연스럽지 않은가. 넘어진 사람을 일으키고 보따리까지 챙겨주는 소모적인 일이 너무나, 사람이라면 으레 그럴 법한 모습 아닌가…….

팀장이 영겁의 세월을 빌라에서 두문불출하지는 않을 테고 며칠 내로 만회하면 그만이라고 생각하면서도 조각은 자신의 행동과 순간마다의 판단이 보통 사람들의 것과 같은 차원에서 자꾸만 맴돌려 함을 감지하며 초조한 마음에 저도 모르게 혀를 찬다.

쯧.

순간 혀 차는 소리가 입속에서가 아닌 자신의 몸 바깥에서 들리는 것만 같아서 조각은 움찔하고 주위를 둘러보는데, 편의점 알바생은 이미 닫힌 유리문 너머의 카운터에서

제 볼일을 보고 있으며, 다른 행인은 그곳에 없다. 청력이 예전만 못한 상태에서 비명도 음악도 아닌 단발의 설타음이 바로 귓구멍에 침을 뱉듯이 들려올 정도면 아마도 환청이나 착각이겠으나 그렇게만 간주하기에는 거기 선명한 혐오와 경멸이 담겨 있는 것만 같아서 그녀는 걸음을 빨리하고, 바로 조금 전까지 그림자가 드리워져 있는 듯했던 건물과 건물 사이 좁은 길에 뛰어들었을 때, 골목 끝에서 사라지는 잿빛 옷자락 끄트머리를 본다. 그곳에 희미하게 감도는 푸제르의 잔향에 그녀는 고개를 기우뚱한다.

그 아이가 어째서?

며칠 내 특이 사항 없이 일터와 빌라만 오가는 것으로 동선이 확인된 이 대상을 제거할 때, 인적이 많지 않은 2차선 도로 한가운데에서 시간을 보내는 바람에 그 주위 상인들에게 얼굴이 노출된 위험을 감수할지, 아니면 햇병아리 주먹들이나마 적어도 두 명 이상의 동료가 상시 대기 중인 일터로 자리를 옮겨서 놈의 나와바리를 확보해주는 위험을 감수할지 고민하다가, 그녀는 전자를 택했다. 몸이 따라주는 시절이었다면 망설임 이전에 생각을 따로 할 시간조차 두지 않고 후자를 택하기는 물론 당일치기로 실행에 옮겼을 테지만 지금은 사정이 다르다.

그래봤자 의뢰인을 기다리게 한 책임을 지지 않을 수는 없겠다고 생각하면서 조각이 이틀 뒤 다시 놈의 빌라 주위를 거닐 때, 이번에는 건너편 중국집이고 편의점이고 간에 근처 상인들이 다 쏟아져 나와 왁자하게 지껄이는 모습을 보고 그녀는 발길을 멈춘다. 그녀 자신은 전날과는 다른 옷차림에 모자를 쓰고 있으며 편의점 카운터의 얼굴도 그저께의 알바생과는 달리 교대 근무자 내지는 점장인 모양이니 그녀를 알아볼 수 없을 테지만, 그들이 둘러싼 옆으로 빈 리어카가 눈에 띄자 그녀의 가슴은 기묘한 불안으로 뛰기 시작한다.

편의점 남자가 사복형사인 듯한 사람에게 하는 말을 주워듣자니, 그 노인은 평소 이 동네를 아주 맡아놓고 오가는 사람인데 자신이 문득 전면창 밖을 내다보았을 때 노인이 비틀거리며 빈 수레를 끌고 걷는 모습이 보였다 하며, 마침 가게에서 나온 빈 음료수 상자들을 내놓기 위해 문을 열었을 때 노인이 그 자리에 쓰러져 뒹굴었다는 것으로, 자신은 곧바로 구급차를 불렀으나 구급대원들이 도착했을 때는 이미 숨을 거둔 뒤라는 진술이었다.

"그러니까 보자마자 연락했거든요. 사람이 어떤 상태인지 모르는데 제가 거기서 티브이로밖에 못 본 심폐소생술이라도 시도하고 있었어야 한다는 겁니까? 그러다 늑골 나가면 내 책임 되는데? 그보다 시신이 지금 병원에 있다면서 왜여기 와갖고 캐묻냐고요. 가뜩이나 장사도 안 되어서 점포 내놓으려는데 코앞에서 이런 일까지 생겼으니 이거 누가 업어가겠어."

거침없는 말투에 가득 담긴 불만, 아무래도 알바생 아닌 점장인 모양이다. 어차피 구경꾼들이 몰려 있는 곳에 한두 명 더 멈춰 선다고 하여 눈에 띄지 않으므로 조각은 다른 이들과 함께 그 언저리에서 맴돌지만, 빈 리어카를 똑바로 바라볼 수 없어서 곁눈질한다. 세상의 모든 리어카가 비슷하게 생겼다고 해도 그녀가 그저께 붙들고 일으켜준 리어카는 단 한 대다. 그녀는 그전에 수많은 사람의 죽음을 마주해왔고 그중에는 어제 웃으며 만난 사람을 오늘 영정으로 맞대기도 부지기수며 그런 사람들의 대부분은 그녀가 자신의 손으로 보내버린 이들이었다. 그러나 전혀 사심 없이, 최소한의 인과관계도 없이 일상의 범주 안에서 접촉했던 사람을 다음 날 허름하고 커다란 유류품으로 대면한 경우는 드물다. 그녀의 나이만 놓고 보자면 이런 상황에 앞으로 좀 더 자주 맞닥뜨릴 법하지만, 그럴 만한 만남 자체를 생활 속에서 자제해왔으므로.

"짜증 내지 마시고요. 그러니까 저희들 이미 병원 다녀왔거든요. 사장님이 말씀하신 내용 저희도 다 알아요. 그런데 살펴보니까 이 노인 돌아가신 게 그냥 심장마비가 아닌 것 같더라는 거죠. 해서 근처에 다른 누구 보신 적 있느냐는 거고."

"있긴 누가 있어요, 혼자서 터덜터덜이었다니까. 넘어져서도 피 한 방울 안 쏟아서 그냥 기운 없어 그런 줄만 알았는데…… 그냥 심장마비가 아니면 뭐 외상이라도 따로 있단건지, 그런 걸 일반인이 알 리가 없잖아요."

그녀는 외상을 거의 남기지 않고 심장을 멎게 하는 방법을 알고 있다. 그녀 자신에게 있어서는 이미 먼 옛날 한창때나 가능했던 일이고 지금 하라면 엄두도 안 나며 보통 사람이 아무 때나 쓸 수 있는 방법은 아니지만 경혈을 가격하면 아주 불가능한 일은 아니다. 편의점 주인이 투덜댔으나 사복은 민간인에게 더 이상 수사 내용을 밝혀서는 안 되기 때문인지 아니면 일 때문이 아니라 개인적으로 관심 가지는 문제여서인지 대강 협조에 감사한다는 인사를 던진 뒤 자리를 뜰 기세였으며, 주인은 가게 앞에 버려진 리어카를 손가락질하며 소리치기를,

"아, 진짜! 이거 어떻게 할 거야, 이거! 안 그래도 재수 없는데."

"다른 팀이 와서 수거해 갈 겁니다. 그때까지 손대지 말고 가만 두세요."

"이거 뭐 또 사건 현장이랍시고 막 가게 앞에다 테이프 두르고 그럴 거잖아요?"

"피살이나 교통사고 현장이었으면 그랬을 텐데 걸어오다 스스로 쓰러진 거…… 그 자리에서 뭐 증거를 줍거나 정황을 밝히기엔 너무 늦었죠. 당시엔 사장님 아니라 누가 봐도 그냥 환자였을 테니까요. 우리도 심증이 그런 거지 확실하게 사건이라고 박은 거 아니에요. 사장님은 신경 안 쓰고 장사하시던 거나 하면 됩니다."

형사가 심상하게 자리를 뜨자 상인들은 여기가 사건 현장도 아닌 그저 사람이 쓰러진 자리일 뿐이라 특별히 불안해할 만한 일은 없지만 이미 가게에 안 좋은 이미지는 피해 갈 수 없으니 왜 하필 이 자리까지 와서 나자빠지는 민폐를

저질렀을까 얘기들을 나누며, 거기에 더해 사건일 법하다가 꼭 그렇지만도 않다고 얼버무리는 형사의 태도에 흥미를 잃은 듯 각자의 가게로 흩어진다.

조각은 보이지 않는 손이 이제 막 머리채를 휘감아 땅에 패대기칠 것만 같은 현기증을 참으며 다른 행인들과 보조를 맞춰 최대한 자연스러운 자세와 속도로 그 자리를 피한다. 사복이 나와 탐문한다는 것은 노인의 한쪽 다리가 불편한 정도로는 자연사나 사고사가 아니라는 뜻이다. 그는 살해당했다. 누구에게? 엊그제 그 버르장머리 없던 팀장에게? 추가로 시비가 붙은 게 아니라면 가능성은 없는데, 그럴 것 같았으면 엊그제 놈은 외제차들이 경적을 울리거나 말거나 도로 한복판에서 노인의 멱살을 틀어쥐었을 것이다.

그녀의 걸음은 점점 빨라진다. 어디로 가야 한다는 생각은 없었으나 우선 남들 눈에 띄지 않는 곳이면 어디든 좋다. 과호흡이 오는 게 느껴지고 그녀는 주머니를 찔러 비닐봉지를 찾느라 뒤적인다. 만일 이것이 사건이라고 경찰이 판단한다면, 또한 그 자리에 만약 알바생이 있어서 그 전날 리어카 끌던 노인과 상당 시간 얘기를 주고받은 노부인의 존재에 대해 언급한다면, 주위 CCTV를 돌려보는 건 시간문제일 터다. 도로변 CCTV 정도야 그녀가 업무를 완수했을 때라면 어떻게든 누군가가 돌려보게 되어 있지만 그건 어디까지나 뒷모습 내지 인상착의 정도밖에 드러나지 않을 것이었는데, 노인과 함께한 자리에서 그녀는 오랜 시간 얼굴을 다 드러내고 있었을 것이다.

눈앞이 흐릿해져 그녀는 더 이상 걷기를 멈추고 한 원룸 건물의 지하로 내려가 비닐봉지에 숨을 천천히 불어 넣는다. 지하는 호프집이어서 낮 시간인 지금은 문을 열지 않았고 건물은 전체적으로 어두컴컴하다.

호흡을 조절하며 그녀는 공수도 4단에 아마도 특공무술을 익혔을 투우를 떠올린다. 그와 함께 골목 끝자락에서 사라진 푸제르 향이 콧속을 아직까지 간질이는 듯하다. 무엇을 노리고 그 아이가, 본인의 일로도 바쁠 터에, 그저 맘에 안 들고 하루빨리 은퇴했으면 좋겠는 늙은이를 훼방 놓을 심산이라면 다른 여러 가지 방법이 있을 텐데, 어째서 이런 식으로.

그녀의 머릿속을 흩어놓고 업무를 내려놓게 만들 작정이었다면 그 계획은 훌륭하게 성공한 모양이다. 그 녀석에게 있어서는 심심풀이의 바스락장난에 불과할지 모르나 그녀는 갑자기 녀석이 난입했다는 추측만으로도 불쾌감 이상의 망연함에 사로잡히며, 의도를 짐작하다 포기하기를 반복한 끝에 며칠 안팎으로 자신의 실책을 마무른다는 의지가 뜨물처럼 부예지는 걸 느낀다.

—대모님 왜 그러세요? 이제 와서 이걸 다른 누구한테 맡기라는 말씀이세요. 접촉 실패는 둘째 치고, 여기저기 얼굴 다 깠다고 생각하시는 건 과민 반응일 가능성이 조금도 없나요? 아니 진짜, 뭐 무서운 거라도 봤다고 헐떡거리시는 건데요, 답지 않으시게. 협심증에라도 걸리셨어요? 한마디 언질도 없으셔서 상태 괜찮으신 줄 알았는데…… 혹시 진짜 치매라도 온 거면 솔직하게 말씀해주세요. 칼 들고 나갈 현장에 숟가락이나 포크를 갖고 갔다든지, 속 시원하게 말씀해 보시라고요. 애당초 실수로 티스푼이나 이쑤시개를 넣어 갔다 쳐도 그 상황에 맞게 칼 대신 알아서 쓰실 분인 걸 제가 빤히 아는데 이러시기예요? ……아, 그건 됐고요, 알았어요. 루트는 뚫렸겠다, 암묵의 동의는 받아냈겠다, 어떻게든 다른 사람 찾아볼 테니까 대모님은 병원에나 다녀오세요. 이번엔 허투루 하지 마시고요, 대체 몸이 어느 정도고 일상생

활 정도나 간당간당한지, 아님 이 일 계속하실 수 있을 만큼 최적화된 몸인지, 진단서 떼서 갖다 달라고요. ……예, 이런 정도 일이면 제 선에서 해결 못 하죠, 실장님 모르게 못 넘어가죠. 진단서 갖다 주시고 비밀 유지 서약서 써주시는 대로 페이 정산해 드릴게요. 대모님 쌓인 게 많아서 한 번에는 다 못 드리고 분기별로 나눠 드려야 할 것 같은데…… 아, 그거야 제 소관 아니죠. 예, 그럼 조만간 오세요. 이런 말씀 드리기는 죄송하지만 정신 오락가락하시게 되면 옆에서 돌봐줄 사람 필요해질 거잖아요. 돈이라도 갖고 계셔야…… 돌이킬 수 없을 정도로 일 생기기 전에, 오세요.

그전에도 해우는 에이전시 내에서 최고참이자 초기 결성 멤버에 대한 예의를 갖춘답시고 필요 이상으로 굽실거리는 타입은 아니었으며 격의 없기가 때로 예의 없기까지 했지만 조각은 자기 딸도 아니니 모르는 척해왔는데, 이번에 조각이 업무도 중단하고 그것을 재개하지도 수습하지도 못하겠다고 선언해버리자 해우의 말투는 눈에 띄게 불친절해졌다. 갓 방역에 입문하여 첫 번째 업무를 보기 좋게 실패하고 징징 짜며 내뺀, 귀밑 솜털이 보드라운 초짜를 잡아들여 채를 썰거나 기름을 짤 때도 이보다는 좀 더 말을 고를 터였다.

정신이 오락가락한다든지, 페이를 네 번에 나눠 지급하겠다든지, 대놓고 그리 말해도 되는 입장은 아니었다. 대화의 앞부분은 그나마 그만큼 신경질적인 반응을 보일 정도로 업무 실패 자체에 대한 실망이 크다는 점을 암시했지만, 얘기가 길어지고 뒤로 갈수록 귀찮은 노인네를 치워버리고 그가 머물던 방에 탈취제를 뿌릴 때가 됐다는 확신이 자리하는 듯했다.

해우가 그렇게 나와도 조각은 할 말이 없었을 뿐만 아니라 그런 반응에 흰 눈을 뜰 만큼의 정신적 여력도 없으며 지금도 머릿속은 온통 한 지점에만 꽂혀 있다.

그 녀석은 뭘 하고 싶은 걸까.

그전에는 방해하면 따라가 죽이겠다고 말한 바 있지만 그저 던지는 말이었을 뿐 실제로 방해받는 상황이 올 줄은 몰랐고, 그보다 더 등골이 서늘해짐은 만약 놈이 무고한 사람을 죽이는 일로 이런 혼선을 주지 않고 어떤 훼방도 놓지 않았다고 가정했을 경우 그때도 자신이 전날 놓친 대상을 따라가 완벽히 제거할 수 있었을까 싶은 의문 때문이며 그걸 생각하니 투우가 정말 원하는 게 무엇인지 더욱 알 수 없어져서다. 할망구 날 무시했지 나 이 정도의 사람인데, 라고 시사하는 방식으론 치졸하기 이를 데 없었고, 그럴 것 같았으면 일반인이 아니라 목표 대상을 가로채 먼저 처리해버리는 쪽이 정신적 압박을 가하는 데에 더 효과적일 터였다. 게다가 그녀가 전에 없는 실태(失態)로 공황 상태에 빠지고 내면이 무너진 끝에 초라하게 물러난들 투우가 별달리 얻는 게 있을 리 없다. 애당초 한창때의 아이가 이런 다되어가는 노인을 상대로 승리감에 도취해봤자 무슨 이익 볼 게 있다고, 제 얼굴에 침 뱉기지.

그러나 투우가 반드시 그런 짓을 했다고 확정된 바도 아니며 고작 뭘 바라느냐고 묻기 위해 녀석에게 접촉하고 싶은 마음도 없고—그것은 단순히 한 사람과의 접촉을 피하기보다는 그의 입에서 나올 말들, 그의 머리 뚜껑 안에서 나올 의중들을 알고 싶지 않다는 불길함과 두려움에 가깝다—지금 조각의 눈앞에 당장 닥친 일이라곤 해우가 시키는 대로 병원에 다녀오는 것뿐인데, 비록 화급을 다투는 일은 아니지만 그대로 집에 처박혀 무용을 상대로 중얼거리다 정신이 나가기보단 장 박사에게 업무 수행 불가능 상태가 된 자신의 현재를 실토하고 진단서를 끊는 게 차라리 건설적이라는 생각이 들어서다.

칼을 쥔 손에 힘이 풀려 몇 번을 떨어뜨리는 한편 목표물에 밀착 접근하는 일 자체가 두려워지고, 자주는 아니지만 장소와 대상에 관한 가벼운 망실에 사로잡혀 일을 그르칠 뻔한 때도 있다는, 말하자면 자신의 현재 상태보다 좀 더 부풀린 진술로써 가능한 한 이인증(離人症)을 포함한 극적인 내용의 진단서를 뽑아가기가 원래 예정이었는데, 조각이 이곳에 온 목적을 상실하고 그저 감기 기운과 복통이나 들먹이게 된 것은 지금 장 박사 아닌 강 박사 앞에 앉아 있기 때문만은 아니다.

　강 박사는 물론 이 노부인을 첫눈에 보자마자 기억해냈다. '물론이죠, 여기엔 아무도 오지 않았고 저는 아무도 못

보았습니다.' 아무리 고의적 인지 부조화를 약속했어도 새벽의 진료실에서 수액 병을 깨고 난동을 부린 노부인과 그녀의 옷에서 나온 연장들이 인상에 남지 않기가 더 힘들 터였다. 그러나 그는 눈을 잠깐 크게 뜰 뻔하더니 곧 자연스레 시침 떼는 미소와 함께 고개만 까딱해 보였을 뿐이고, 그 모습을 보았을 때 조각은 이 사람이라면 자신의 직업까지는 모르더라도 진짜 모습 극히 일부를 아는 만큼, 사정을 설명하지 않아도 유용한 진단서를 써줄지 모른다는 생각이 들었다.

그러나 그녀는 다만 침 삼킬 때마다 목이 좀 아픈 것 같다고 운을 떼었고, 목록까지 꼽아두었던 상세 증세는 밝히지 않았다. 설령 그 증세들이 모두 사실이라고 해도 이 사람에게는 알리고 싶지 않았다. 무엇을 어떻게 말해도 그것은 노년의 증거가 되었으며 자신이 예순다섯의 노인이라고 새삼 확인 사살하고 싶지 않았다, 이 사람 앞에서는.

조각이 접수대에서 진료 대기 명단에 이름을 적을 때 박 간호사가 말하기를, 오늘 장 선생님께서 사정이 있으셔서 출근하지 못했는데 다른 선생님께라도 진료 보기를 원하시는지, 했다. 그녀는 이 할머니에게 무슨 사연이 있는지는 몰라도 장 박사가 있을 때만 온다는 사실을 익히 알고 있는, 근무 5년 차 간호사였다.

"이런 적이 없는데, 장 선생님께 무슨 일이라도……."

만약 장 박사가 내과학회 세미나를 갔다면 다른 날을 잡아 오면 될 일이고, 세미나 또는 출장이었을 적에는 간호사들도 '사정상'이라 에두르지 않고 또박또박 분명한 목소리로 자랑스럽게 말하곤 하는데, 조각은 사정이라는 말에서 풍기는 그녀들의 고뇌와 혼란을 감지했다. 박 간호사는 대기 의자에 앉은 다른 손님들이 벽걸이 티브이의 HD 화면이 송출하는 재연 드라마에 사로잡혀 있는 모습을 확인하고 목소리를 낮추었다.

"조금 편찮으세요."

당연히 의사도 사람이고 몸이 아플 수 있지만 담당 환자 앞에서 대놓고 질병을 실토하지는 않는다. 기묘하지만 그것이 신뢰 문제와 직결되는 불합리한 고정관념이다.

"조금, 이 아닌가 보네요."

조금이라면 목소리를 굳이 낮출 것까지야, 싶어서 조각이 중얼거리자, 박 간호사는 이 할머니가 장 박사와 내연 관계에 있다고 믿는 무리 가운데 하나이므로 노부인을 위로하는 차원에서 직무상 비밀 준수 의무를 어기고 안타깝다는 듯한 얼굴로 자기 관자놀이를 두어 번 짚어 보였다. 그 동작으로 조각은 뇌혈관계 질환임을 알아차리며, 바로 어제까지 해우에게서도 아무런 말이 없었던 걸로 보아 장 박사는 단순 질환 치료 차원이 아니라 예고 없이 갑작스럽게 실려갔을 것이고 그렇다면 뇌출혈의 가능성도 있음을 짐작했다. 그가 며칠 내로 다시 출근할 수 있으리라는 기대는 접어두는 편이 좋았고, 조각은 이 상황에서 장 박사가 없다고 돌아가버린다면 그야말로 간호사들에게 더 풍족한 얘깃거리만 제공하는 셈이 될 것 같아 그대로 접수를 마치고 대기 의자에 앉았다. 이때 조각의 마음속 시선은 몇 갈래로 분산되어 있었지만 그녀는 순차적으로가 아니라 동시에 그 모든 것을 떠올릴 만큼 머릿속의 신호등이 아직 쓸 만한 것 같았다. 그중 하나는 지금껏 골몰해온 대로 늑골을 다 열어 심장을 꺼내보기 전에는 그 심리를 알지 못할 투우—일지도 모르는 사람—의 기묘한 방해 공작에 대해서였고, 다른 하나는 조금 편찮은 정도라고는 도무지 생각되지 않는 장 박사에 대한 안쓰러움 비슷한 감정이었는데, 그 느낌은 리어카 노인을 거들었을 때와 크게 다르지 않은 궤적을 그렸으며, 서로가 소멸의 한 지점을 향해 부지런히 허물어지고 있다는 데에서 비롯되는 서글픔을 포함하고 있었다. 마지막 하나는 선택 특진제도 아닌 다음에야 의사를 골라 진료실에 들어갈 수 없는 만큼 남은 두 명의 내과의 가운데 강 박사를 마주칠 절반의 확률에 대해서였는데, 이때 그녀는 자포자기인지 일종의 기대감인지 모를 것이 폐에 차올라 세찬 맥놀이와 함께 간섭음이 증폭되는 것을 느꼈다.

그리고 그녀는 절반의 확률 안에 포섭되었다.

청진 후 양쪽 귀와 구개수를 들여다보고 나서 강 박사는 고개를 약간 갸웃한다.

"심장 뛰는 게 좀 빠르긴 합니다. 마치 이제 막 운동 마치고 오신 것처럼 쿵쿵쿵…… 간격이 밭은데요. 근데 정확하게는 심전도를 찍어봐야 알겠지만 제 기준에선 부정맥을 의심할 만큼 불규칙하지는 않으세요. 복부에서 특이한 소리는 잡히지 않고 목이 붓지도 않으셨고요. 그런데 복통에 몸살 기운이 있으시다는 거죠. 심장박동이 빠르면 갑상선 문제일 수도 있지만…… 혹시 전보다 땀 많이 흘리거나 체중이 줄어든 느낌 없으세요? 어머님께서 혈액검사 해보고 싶으시면 결과 나오는 데 이삼 일 걸리긴 하는데요."

그에게서만은 가장 듣고 싶지 않은 한마디였으나 나는 당신 어머니가 아냐, 라고 그녀는 토를 달지 않는다.

"아, 아니에요. 그 뭐 하나 알아보는 데 그렇게 복잡해서야…… 땀 별로 안 나요, 덥지도 않고, 체중도 먹는 것도 그전과 다르지 않아요."

조각이 질겁하여 손을 내젓자 강 박사는 가볍게 웃음을 터뜨린다.

"예, 굳이 안 하셔도 돼요. 일단 몸살이 있으시다니까 진통제 처방은 해드릴게요. 복통이 더 급하시면 현탁액 처방 나가는 걸로 우선 드시고요, 발열이 없으니 항생제는 안 넣겠습니다. 통증이 줄지 않거나, 지금 이상으로 심장 뛰는 소리나 감각이 몸 바깥으로 느껴지실 정도가 되면 큰 병원 가보시는 게 좋을 것 같은데…… 소견서 써드릴까요? 아니면 아쉬운 대로 심전도라도 좀 찍어보실까요."

조각은 고개를 저었다.

"괜찮아요. 신경성일지 모르니까 일단 두고 볼게요."

"예. 제가 봐도 큰 문제는 아닌 것 같습니다."

강 박사가 처방전을 입력하기 위해 모니터 쪽으로 몸을 돌리기가 무섭게 옆에 서서 대기하고 있던 간호사는 다음 환자를 호명하기 위해 문밖으로 나선다.

"그러면 밖에서 대기해주시고요."

"복숭아가……"

"예?"

"복숭아가, 달고 맛있더군요, 저쪽 시장에서 어르신들 파시는 게."

조각은 이미 시작한 말을 도중에 멈추지 못한 채, 다만 자기의 말들이 조악한 질감과 형태가 있어서 밖으로 나오는 순간 그대로 과자처럼 바스러졌으면 좋겠다고 생각한다. 첫 어절을 떼면서는 뭔가 의도를 담고 한 말이 아니었지만 말을 하는 동안 왠지 거기에 모종의 위협이 담긴 것처럼 상대방이 받아들일 여지가 있겠다는 생각이 든다. 그녀가 이렇게 말했을 적에는, 당신 부모님이 파시는 과일의 품질과 맛이 좋으며 그런 물건을 파는 부모님 또한 좋은 분들인 것 같다는 그 이상의 뜻을 나타내려던 게 아니었는데, 맥락과 개연성에 따라서는 전혀 다르게 들릴 수도 있다. '나는 당신 부모님 이미 찍어놨고 얼굴 다 알아.' 후환이 두렵다면, 부모님이 안전하길 바란다면 그날의 일에 대해 누구에게든 술자리 안주로라도 입 벙긋하지 말라는 새삼스러운 재확인. 여기다 한층 더 이완된 얼굴 표정을 지어 보이며 순면 같은 두 뺨에 분홍빛 바림이 든 딸아이의 귓가에 돋은 온디콩 같은 점에 대해서까지 언급하면 쐐기를 박는 셈.

그러나 강 박사는 눈앞의 노부인에게서 위악의 기미를 알아차리지 못하거나 모른 척하고, 다만 웃으며 동의한다.

"아, 거기 들러보셨어요? 그렇죠, 얼마나 달고 좋은 놈들로만 골라다가 그마저도 햇것으로 업어 오시는지, 저는 남이 사준 과일 먹기 전에는 과일이 떫을 수도 있다는 사실을 몰랐습니다."

대놓고 허위 과장이지만 조각은 인사치레로 고개를 끄덕이며 마주 웃다가 곧 긴장을 되찾고 풀어진 입 근육을 끌어모은다.

"가서 병원 손님이라고 한마디 하시면 할인 쿠폰은 안 나와도 덤 몇 개는 더 얹어주실걸요."

"무슨 말씀을. 파는 물건을 그럴 수는 없지요."

그러는 동안 조각은 자리에서 일어설 타이밍을 놓쳤다는 것을, 그보다는 좀 더 명확한 감정으로 사실은 선뜻 일어서고 싶지 않았다는 자신의 속내를, 이 자리에 앉아서 듣고 싶었던 건 과일의 당도에 대해서가 아니라 그저 그의 목소리였음을 깨닫는다. 그가 유연하게 받아넘기지 않고 설령 그녀의 의중을 잘못 접수하여 내 부모는 건드리지 마, 라고 내뱉었던들 그녀는 소중하게 그 음성을 들었을 것이며 듣기를 넘어 자기 안에 모셨을 터다. 어쩌면 당신은, 그늘받이에 속한 인간의 상처를 목격하고서도 기꺼이 꿰매었을 뿐만 아니라 이토록 침착하기까지 하며 초조와 분노 한 점 보이지 않고 다만 이처럼 평범하고도 동등하게 한 명의 환자를 돌보듯 할까. 어쩌면 태연한 척하고 있을 뿐일지도, 실은 마음속으로 떨고 있을지도, 아니면 조그만 노인쯤 위험해봤자 얼마나 위험하겠어 싶어 대수롭지 않게 웃어넘겼을지도. 오너이자 무언가 질 안 좋은 인간들과 관계를 맺고 있는 것으로 추측되는 장 박사의 병원을 그가 아직까지 퇴직하지 않은 까닭은, 월급쟁이란 으레 상사의 암흑의 루트 같은 건 모른 척해도 된다고 생각할 만큼 대담하기 때문일까, 아니면 딸과 부모를 생각했을 적에 철새처럼 옮겨 다니기도 벅차거나 귀찮아서인가.

그 모든 의문과 호기심을 응축시켜 그녀는 다만 이렇게

묻는다.

"나한테 하고 싶은 말은 없나요?"

비록 특별히 당부하지 않아도 그의 부모와 딸에게 해코지하지 않을 것이며 원한다면 시장 쪽으론 발걸음도 하지 않을 테지만, 그녀는 그런 내용보다는 다만 목소리 자체를 듣기 위해 부추겼고 그 순간 비로소 강 박사의 표정에 변화가 생기는데, 그것은 오늘 처음 만난 걸로 되어 있는 암묵의 약속을 어째서 노부인이 먼저 깨는지 의아해서인 듯하다. 이어서 다음 환자가 이미 문을 열고 간호사와 대기 중이기에 조각은 그의 대답을 들을 수 없을 것 같아 일어선다.

"어, 그러니까 그게…… 있네요."

문을 나서던 조각이 고개만 살짝 돌려봤을 때 그는 혼란스럽고 실뚱머룩한 얼굴로 덧붙인다.

"처방 나가는 현탁액하고 진통제는 귀찮다고 동시 복용하시면 안 됩니다."

그림을 그리던 손녀 옆에서 주인 여자는 몸을 일으키며 오랜만에 오셨네, 말한다. 이곳에 겨우 두 번째 방문인 조각은 그녀가 장사꾼의 눈썰미대로 한번 본 손님이라면 무조건 입력되는 특화된 기억력이 있는지, 아니면 기억나지 않으니 자주 오는 손님이 아니라 짐작하며 일단 지르고 보는 것인지 알 수 없다. 조각도 한때는 한번 본 사람의 얼굴은 잊지 않았던 시절이 있다. 힐끔 일별했을 뿐이라도, 때로는 옷깃만 스쳤더라도 그 순간의 공기나 냄새 같은 것으로 다음번에 다시 대상을 마주쳤을 때 기억을 상기할 수 있었다. 그래야만 살아가고 그러지 않고선 일을 할 수 없는 날들이 있었다. 그러나 언젠가부터 그 소질은 천천히 사라졌는데, 그건 단지 나이 들어 후각을 비롯한 감각이 떨어져서가 아닐 것이다. 수많은 죽음이 쌓이고 겹쳐 그전의 얼굴을 새로운 얼굴이 덮어버린 것이다. 그것을 거듭하다 모든 얼굴이 까맣게 덧칠된 느낌…… 총천연색으로 빼곡히 그린 스케치북을 송곳으로 긁어낼 준비를 위해 까망으로 뒤덮는 저 아이처럼.

"제가 언제 들렀는지 아세요?"

"며칠까지는 정확히 모르고, 우리 바깥양반이 손님의 가방을 쳤죠……. 귤 좋은 거 들어왔어요. 드셔보지."

그녀는 시식용 접시에 놓여 있던 반 자른 귤을 내민다. 크기는 작고 껍질이 얇다.

"귤은 됐어요. 신 거 질색이고."

"그래요? 이거 귤인지 꿀인지도 모르게 단데."

"그럼 한번."

조각은 주인 여자가 내민 손을 부끄럽게 하지 않기 위해 귤을 받아 껍질을 벗긴다. 말랑말랑한 감촉으로 봐서 그리 시지 않을 줄이야 알았지만 입에 넣으니 주인 여자의 말 이상이다. 혀에 감긴 귤 알맹이가 부서지자 입안이 달콤하면서도 청량한 감각으로 채워지고, 세로토닌이 한껏 상승한 상태에서 조모와 손녀를 바라보니 그들이 진정으로 사랑스럽다. 나름의 아픔이 있지만 정신적 사회적으로 양지바른 곳의 사람들, 이끼류 같은 건 돋아날 드팀새도 없이 확고부동한 햇발 아래 뿌리내린 사람들을 응시하는 행위가 좋다. 오래도록 바라보는 것만으로 그것을 소유할 수 있다면. 언감생심이며 단 한순간이라도 그 장면에 속한 인간이 된 듯한 감각을 누릴 수 있다면.

그러면서도 그녀는 이 조손이 담긴 화폭을 바라보며 당치 않은 행복을 대체 추구하는 심리가 사실은 강 박사를 향한 모종의 열망을 인정하지 않기 위한 노력임을 어렴풋이 안다. 갓 쪄낸 떡처럼 따뜻하고 말랑한 가정을 다만 곁눈질로 부러워함으로써 자신의 자리를 거듭 확인하기 위함이다. 설령 자신이 업자가 아닌 보통의 여인이라도, 여인보다는 노부인으로 불리는 게 더 어울리는 입장인 이상, 이런 감정이 그리로 향한다는 건 있을 수 없는 일이다……. 그러고 보니 업자가 아니었다면 그를 만날 일이 없었겠다.

"아이 할아버지는 배달 나가셨나 봐요."

스케치북에 그림을 그리는 아이의 얼굴과 그 손을 보랏빛으로 물들여 순간 멍이 진 자리처럼 보이게 만든 크레파스 자국을 내려다보며 조각은 말했다.

"요즘 배달해달라는 데 많이들 없어요. 장사도 안 되고. 그이는 저기 어디 소규모 상인들 집회 나갔네요."

"아…… 집회요. 요즘 시장에서 항의 나가는 건 대부분 주변에 마트가 들어와서겠죠."

"그렇죠 뭐. 우리 상권 보호구역이 어쩌고 하더니 결국 대기업이랑 짬짜미 먹지 안 먹겠어. 그이는 거기다 협회장이라서 가운데 껴갖고 고생이 많아요. 여기저기 높으신 분들한테도 좀 불려 다니고, 은근히 협박도 있는 모양이더라고요, 모양새는 뭐 이것저것 대신 잘 챙겨주겠다는 회유인데 알맹이는 우리 말 안 들으면 재미없어, 같은 거."

"그래도 마트 부지는 여기랑 거의 1킬로미터 떨어져 있으니까 영향을 덜 받지 않을까요."

"웬걸요, 차 끌고 그리로들 가지. 주차장에 카드 되겠다, 요즘 같아서는 안에 죄다 애들 놀이터 있으니까. 마트 들어서버리면 그이랑 얘기 잘 해서 우리도 그냥 장사 접을까 싶긴 한데 이렇게 다된 가게 누가 대신 메고 가나 생각도 들고, 협회장 책임감도 있고 해서 쉽게는 안 될 것 같네요."

주인 여자의 한숨 앞에 조각은 자기가 강 박사의 어머니를—이 가족을 위해 할 수 있는 일이 과일을 사는 것 말곤 달리 없을 것 같아 귤 한 망태기를 달라고 한다. 여남은 개 들어 있는 한 망에 8천 원이면 싸지는 않지 싶으면서도 지갑을 여는 그녀 옆으로 그림자가 하나 드리워진다. 문득 지폐를 세던 그녀의 손가락이 굼떠진다. 한기가 들면서 불안감 섞인 흥분이 땀으로 맺혀 관자놀이를 타고 흐르며, 그녀는 동요하는 눈동자에 힘을 주어 옆으로 밀어본다. 그녀의 팔꿈치와 거의 붙을 듯이 서서 바구니에 담긴 단감을 한 개 들어 만지작거리는 투우의 옆모습이 거기 있다.

"홍시 있으면 좀 보여주실래요?"

투우는 조각을 짐짓 모른 척하며 주인 여자에게 말한다. 조각은 고개를 들어 그를 똑바로 바라보진 않았으나 목소리만으로도 빙글거리는 입가를 짐작할 수 있다.

"홍시는 다음 주에 들어오네요. 실내에다 며칠 놔두시면 그게 얼추 홍시 비슷하게 되지 뭐."

"그게 어떻게 같아요. 다음에 와야겠네."

투우가 망설이는 척하는 동안 조각은 뽑아낸 지폐를 주인 여자에게 건네고 봉지를 받아 든다. 또 오겠다는 인사를 속삭이듯 중얼거리고 돌아서서 걷는다.

가능한 한 뛰지 말고 남들 눈에 다급해 보이지 않을 만큼만 빨리 걷자, 놈이 쫓아오지 못하게. 그러다 문득 되짚어 생각하기를, 그 자리에 버티고 있었어야 하나? 그 가족을 놈 앞에 버려두고 온 셈이 되나? 놈은 안쪽에서 그림을 그리던 그 딸아이를 보았을까? 놈은 그저 나 하나에게 해찰을 부리고자 함일 텐데 지나친 생각인가? 그러나 방역업자의 본능으로 지나친 생각은 언제 얼마큼 해도 지나치지 않은 법이고, 가능한 한 투우가 곧바로 자신을 따라오게 함으로써 일반인을 그의 시야에 조금이라도 덜 노출시키는 쪽이 현명할 터다. 애당초 놈이 자기 일 나가는 구역도 아닌 이런 데 와서 얼쩡거리고 있다면 그녀를 찾아왔음이 분명하다.

이런 마음들이 타래를 틀며 속에 얹히는 동안 아치형 시장 출구가 눈앞에 보이고, 이제 곧 양지로 한 발을 내딛으려는 순간 그녀는 어깨를 붙들린다. 반사적으로 쥐고 있던 과일 봉지를 뒤돌아 휘두를 뻔했으나 바로 옆에서 자전거가 지나가며 울리는 경적을 듣고 정신을 가다듬는다.

"어딜 도망가, 이 할머니야."

투우는 봉지를 쥔 그녀의 손이 떨리는 모습과, 반대쪽 손이 점퍼 안쪽으로 들어가 있는 걸 보고 해맑게 웃는다.

"여기서 할래? 사람들 있는데."

조각은 내부 수리로 문을 닫은 점포 옆 좁은 골목을 향해 눈짓하고, 두 사람은 앞뒤로 서서 골목 깊이 들어간다.

또 다른 폐쇄 점포 앞을 뒹굴던 의자에 봉지를 올려놓고 조각은 숨을 고른다. '심장 소리가 몸 밖으로 느껴질 지경이 되면······.' 강 박사의 목소리를 떠올린다. 지금이 바로 그렇다. 조금 전 귤 한 조각이 들어간 내장을 비롯하여 온몸의 근육과 신경에서 파열음이 들려온다. 그러나 강 같은 평화로 흘러넘치던 강 박사의 목소리를 떠올리자, 귓구멍 밖으로 튀어나올 것 같던 심장 소리는 본래의 궤도와 리듬을 되찾는다.

"그럼 단도직입적으로 물어보자. 네가 나 방해했니?"

"거기서 손은 떼고 물어보세요, 할머니."

투우는 아무리 인적이 없다지만 시장을 코앞에 두고 싸울 의사가 없다는 듯이 바깥쪽으로 두 손바닥을 펴 보이고, 조각도 품속 칼을 만지작거리던 손을 밖으로 빼낸다.

"네가 그 노인 처리했냐고, 아무 상관도 없는 사람을, 오로지 나 엿 먹이려고."

"엿 먹이려고, 는 아니지만 내가 한 건 맞아."

"좋아, 그럼 다음 질문. 너 눈 나쁘니?"

"어? 아, 이거."

투우는 끼고 있던 오크 색 스위스플렉스 안경을 벗어 보인다.

"설마. 양쪽 다 2.0인데. 그냥 위장용 습관……."

조각의 주먹이 빠르고 묵직하며 확실하게 투우의 왼뺨을 가격한다. 보통 사람 같으면 바로 뒤편 쓰레기 더미로 나가 떨어질 만큼의 힘이 실려 있었지만 투우는 그저 자세가 조금 흐트러지고 자기도 모르게 들고 있던 안경을 떨어뜨린 정도다.

"너 이런 건 피할 수 있지 않던가?"

"할머니 속 시원해지라고. 그래 기분 풀렸어?"

"어림도 없어."

조각은 투우가 허리를 굽히고 안경을 주워 먼지를 터는 모습을 바라보며 말한다.

"만일 그 사람이 네 업무 수행과 관련해서 목격자나 참고인 내지는 증인 같은 거였다면 내가 끼어들 문제는 아니겠지. 하지만 전혀 상관없는 일반인을 아무렇지도 않게 보내버리기로는 이게 몇 번째지?"

투우는 고개를 돌려 입속에 고인 핏물을 뱉는다.

"처음은 아니죠. 그리고 상관없지 않아."

"네 일에 얽힌 사람이었냐?"

"아니. 하지만 그 양반 때문에 당신이 일할 결정적인 타이밍을 놓쳤잖아."

그 말에 어이가 나간 듯 멍하니 섰다가 얼굴이 오색무주로 변하는 조각을 즐겁게 바라보며 투우는 잇는다.

"그게 못마땅했을 뿐이야. 꼴 보기 싫었다고 해둘까. 고작 그 쓰레기 더미와 리어카 때문에 당신이 앞뒤 판단을 못했다는 게."

"너 말이다. 내가 마음에 걸린 게 리어카나 폐지가 아니라 그걸 끌던 사람이었다는 생각은 안 해봤냐?"

"그러니까 그 중요한 상황에 왜 사람을 돕는데? 인지상정? 인간에 대한 예의? 나가 죽으라고 해. 언제 그런 거 챙기고 살았는데? 같이 늙어가는 처지니까 생판 남을 봐도 거울 속 나를 들여다보는 느낌이 들었어? 당신이 이날 이때까지 해온 일과 살아온 방식을 생각하면 그거 너무 뻔뻔하지 않아?"

말투는 격앙되어 있으나 놈의 표정은 여전히 어딘가 기쁜 것 같은데, 그건 오래전에 한창 갖고 놀다 잊었던 장난감을 수년 뒤 다락방에서 뜻밖에 발굴해낸 아이의 흥분된 눈빛처럼 보인다.

"아니면 자기가 그 폐휴지 더미 가운데 가장 작고 얇은 데다 찢어져 너덜거리는 상자 한 개 같다는 생각이 들었거나."

그 어린애의 한마디 한마디가 통풍처럼 관절 마디에 스미는 걸 느끼며 그녀는 이를 악문다. 지금까지 죽은 사람이나 죽어가는 사람이라면 하루 세 번 밥상 보듯 보아왔고 새삼스레 리어카 노인에게 죄책감을 갖지 않을 것이다. 끼어들거나 도우려던 게 최악의 결과를 가져왔음을 잊을 것이다.

"그 뒤로는 내 힘으로 어떻게든 일을 되돌리고 수일 내로 업무 완료할 수 있었어. 그런데 네가 그 길을 완전히 막아버렸다는 생각은 안 들고?"

그때 투우가 희미하게 띤 조소는 그녀가 결국 그러지 못했으리라는 데에 무게를 싣는 것처럼 보인다.

"그러니까 일 실패한 건 내 탓으로 해둬. 핑곗거리가 있으면 좀 낫잖아?"

조각은 다시 안주머니의 칼을 만지작거린다. 칼 손잡이의 감촉에 조금씩 진정되기 시작하고, 문득 내버려둔 비닐봉지를 열어 칼날로 망을 뜯어낸다.

"귤 먹어."

이 장면에 귤이라니, 그야말로 점점 평범한 이웃집 노파가 되어가는 느낌을 넘어 투우가 말한 대로 뻔뻔하기 이를 데 없다고 생각하면서도 조각은 귤을 하나 꺼내 던진다. 실외 기온에 계속 내다 놓은 귤은 셔벗처럼 차갑다. 투우는 부어오른 얼굴에 귤을 갖다 대곤 말한다.

"이제 내가 뭐 좀 물어봐도 돼?"

"그래라."

"아까 맞지? 그 주인 여자랑 거기 어린 꼬마."

조각의 손에서 봉지가 떨어지고, 흘러나와 굴러가던 귤 몇 알이 투우의 구두코에 닿아 멈춘다.

"내 짐작이 틀리지 않다면 그 사람들이겠지. 당신을 이렇게 뻔뻔하게 만든 작자들이. 아니, '들'은 뺄까. 정확히 말하자면 한 명밖에 없지, 당신이 바라보고 있는 곳에는."

—보여줘야 할 사람이 있잖아?

알고 있다. 투우는 알고 있다. 내가 무엇을 보고 있으며 무얼 듣고 싶어 하는지, 오히려 나 자신보다도 더 잘 알고 있다. 거기까지 생각하자 조각은 폐기종에 걸린 것처럼 숨이 막혀온다.

"자기 스스로도 그게 얼마나 말이 안 되는 일인지는 알고 있지?"

이 순간 그녀는 자신을 사로잡고 있는 것의 본질이 두려움인지 수치심인지 모호하다.

"무슨 얘긴지 모르겠고, 뭐가 됐든 네가 참견할 일도 아니야."

"왜 아니겠어, 사람이 헤벌쭉해서 넋을 빼고 다니는데."

그녀는 투우의 상기된 눈빛을 피하지 않고 마주 올려다본다. 이 아이는 강 박사보다 두세 살 정도밖에 어리지 않을 것이다. 그런데도 강 박사를 볼 때와 같은 비중을 가진 눈으로 이 아이를 볼 수 있는가 하면 그런 일만은 있을 수 없다. 그녀는 비로소 정신이 맑아지고 그 어느 때보다도 자신의 자리를 분명히 인식한다.

"그렇더라도 그건 내 문제다. 네가 무슨 생각을 하는지는 알 바 아니지만 리어카 때랑은 달라. 그 사람들 털끝 하나라도 건드렸다간 봐라, 가만두지 않아, 절대로 살려두지 않아."

조각의 말은 뒷부분에 가서는 차라리 비명에 가깝다.

"너 진짜 목적이 뭐냐. 왜 나를 들볶지 못해서 안달이냐. 아니 차라리 불만이 있으면 나한테 시비를 걸어, 애매한 사람들 끌어넣지 말고."

"목적. 글쎄. 내 목적이 뭘까요."

투우가 앞으로 한 발 나서며 귤을 짓밟자 터진 귤 냄새가 골목 안을 흥건하게 적시고 퍼져나간다.

"사람들은 자기가 가는 곳이 어딘지도 모르면서 꼭 남더러 갈 곳을 끈질기게 묻더라. 당신 지금 자기가 뭐 하고 있는지 정말 알기나 해? 아는 건 단 하나, 목적지는 몰라도 하여튼 가고 있다는 사실뿐이지."

투우의 목소리가 점점 가까워지자 조각은 만일의 경우 언제라도 놈의 잘도 미끄러지는 혓바닥을 잘라버리기 위해 칼을 고쳐 쥔다.

"딱 하나 오해하지 말았으면 하는 게 있는데, 내가 말이 안 된다고 한 건 그 형아가 서른여섯이고 당신이 예순다섯이라서가 아냐. 참으로 아름다운 사랑이지, 무려 자식뻘하고. 남들이 알면 어울리지 않네부터 할망구가 늘그막에 정신 나가 더럽다고 손가락질할 일이지만, 늙어버린 다음엔 피차 똑같을 텐데 말야. 당신은 얼마든지 그 사람을 바라보고 생각할 자유가 있어."

투우는 조각의 어깨를 슬쩍 스쳐 지나가다 허리를 굽히곤 그녀 귓가에 대고 거의 속삭이듯이 덧붙인다.

"근데 자격은 없지."

새금한 귤 냄새가 푸제르 향을 가렸다고 생각했는데 고개를 들고 보니 투우는 어느새 그 자리를 빠져나가고 없다.

현관에 들어서자마자, 봉지 밖으로 새어 나오는 향기를 맡고 무용이 발뒤꿈치를 따른다. 그건 구미가 당겨서가 아니라 평소와 다른 냄새이기 때문이고, 그 모습을 보자 조각은 자신이 실수했음을 깨닫는데, 어차피 무용과 둘이서만 살아갈 것 같으면 무엇을 사더라도 무용과 나눌 수 있는 걸

골랐어야 한다는 생각이 든다. 귤과 같은 산성 과일을 개에게 먹이지 않는 게 원칙적으로 좋을 것이다. 지난번에도 복숭아를 산 뒤 혹시나 싶어 인터넷을 검색해보았더니 애견 카페에서 '강아지에게 복숭아 먹이지 마세요'라는 글 제목을 심심치 않게 발견했기 때문에, 이유 불문하고 주지 말라는 걸 굳이 먹일 필요 있나 싶어서 그만뒀던 기억이 난다. 그때 얼핏 포도나 귤 등도 금지 목록에 보였던 것 같다.

그러고 보니 복숭아. 그 뒤로 복숭아를 어떻게 했더라? 까맣게 잊고 있었다. 지하철역 노인에게 한 개를 무심코 건네고도 세 개가 남았을 텐데, 아니, 강 박사 어머니가 하나 덤을 얹어주었으니 고스란히 네 개가 남았을 텐데 무용에게 주지 않기로 한 뒤 그걸 언제 어느새 야금야금 다 먹었는지 기억나지 않는다.

조각은 냉장고를 연다. 혼자 살면서 식료를 쟁여둘 일이 없으니 냉장고는 300리터다. 20년 전, 샀을 당시엔 그래도 중형급 이상이었던 걸로 기억되나 지금 어지간한 세상 사람들은 최소한 500리터가 넘는 냉장고를 쓴다. 신혼부부들은 가전을 고를 적에 기본 800리터 양문형부터 돌아보며 300리터 같은 건 옆에 서브로 두는 김치냉장고 용량밖에 안 될 것이다. 냉장고는 커지고 거기 들어가 잊히는 음식들도 많아지며 결국은 버려진다. 그녀는 처음 800리터 냉장고가 출시되었을 때 일정 기간 처치 곤란한 시신을 보관하는 용도 외에 그걸 어디다 쓸 수 있을까 싶었고 물론 사지 않았다. 냉장고 안쪽에 밀어둔 밑반찬 뚜껑에 성에가 끼고 AS 기사가 몇 차례 다녀갈 때마다 어머님 이제 부품도 단종되고 바꾸실 때 됐는데 좀, 했으나 그녀는 고개를 저었다. 냉동실 얼음이 다 녹아버릴 정도라면 모를까 아직까지는 괜찮아요, 소음도 견딜 만하고.

부품도 단종되고.

고장. 단종.

이제 그만 좀 버리세요.

이거 더 이상 못 버틴다니까.

교체.

조각은 냉장고 안을 찬찬히 살핀다. 살필 것도 없이 김치와 밑반찬 몇 팩이 듬성듬성 분포되어 있다. 그 적은 식료마저 불규칙하게 일 나가는 동안 방치되어 변질된 것들이 많다. 이참에 한꺼번에 청소해야겠다고 생각하며 그녀는 하단 채소 칸을 연다.

거기 뭉크러져 죽이 되기 직전인 갈색의, 원래는 복숭아였을 것으로 추측되는 물건이 세 덩어리 보인다. 집에 와서 그녀는 꼭 한 개를 먹었을 뿐이고, 그 뒤로 잊어버린 모양이다.

달콤하고 상쾌하며 부드러운 시절을 잊은 그 갈색 덩어리를 버리기 위해 그녀는 음식물 쓰레기 봉지를 펼친다. 최고의 시절에 누군가의 입속을 가득 채웠어야 할, 그러지 못한, 지금은 시큼한 시취를 풍기는 덩어리에 손을 뻗는다. 집어 올리자마자 그것은 그녀의 손안에서 그대로 부서져 흘러내린다. 채소 칸 벽에 붙어 있던 걸 떼어내느라 살짝 악력을 높였더니 그렇다. 어쩔 수 없이 그녀는 부서진 조각들을 하나하나 건져 봉지에 담고, 그러고도 벽에 단단히 들러붙은 살점들을 떼어내기 위해 손톱으로 긁는다. 그것들은 냉장고 안에 핀 성에꽃에 미련이라도 남은 듯 붙어서 잘 떨어지지 않는다. 그녀는 문득 콧속을 파고드는 시지근한 냄새를 맡으며 눈물을 흘린다. 얼마쯤 지나 그녀 어깨가 흔들리고 신음이 새어 나오자 무용이 다가와 낮은 목소리로 웅얼거리듯 짖기 시작한다.

하얀 연기가 두 줄기 허공에서 너울거리다 서로에게 휘감기는 모양은 아이를 품에 안은 엄마의 팔을 닮았고, 그렇게 조와 아기가 손으로 만져지지 않는 어떤 복합적인 성분이 되어 사라지는 걸 올려다보는 류의 옆모습을 조각은 말없이 보고 섰다. 류의 옆얼굴에는 당장 드러내버리면 차라리 편해질지 모르는 비통이나 참담보다 더께 앉아 털어내기 힘든 미진함이나 아쉬움 같은 것이 더 많이 엿보였고, 조각은 하필이면 이러한 때 마음속으로 조와 아기의 명복을 빌기 이전에 용서를 구하고 있었다. 검은 양복을 입고 흰 띠를 팔에 감은 그의 어깨, 곧은 등과 다리를, 내내 바라봐서 미안합니다. 그 어깨에 손을 얹어보고 싶어서, 등에 뺨을 대어보고 싶어서, 아니 그 모든 것들을 하기 원한다는 열망보다는 이미 그렇게 하고 있음을 전제로 하고 감촉을 상상해보아서, 미안합니다.

류가 양복 입은 모습을 보기로는 이번이 처음은 아니었지만 대개 밝은 쥐색이나 감색이었고 그조차 좀 이름 있거나 권력자 고객을 만날 때나 있는 일이었다. 무슨 물산, 무슨 공업, 무슨 식품 등 명함을 여남은 차례 바꿔 찍을 적에도 류의 직책은 언제나 실장이었고, 소규모 가족 경영을 지향하는 구멍가게든 간판만 계속 바꿔 다는 유령 회사든 간에 양복 차림으로 명함을 내밀면 고객이 잘 붙었다. 조각의 눈에는 그게 이상한 일로 보였는데, 정작 그 고객들 가운데 이 회사가 진짜 물산이나 공업인 줄로 아는 이는 아무도 없음에도 그랬다. 힘 있고 돈 있는 사람들은 시답잖은 일로 손을 더럽히기 싫어서 류를 찾았고, 그 반대인 사람들은 절박한 심정으로 거의 전 재산과 인생을 걸고 류 앞에 엎드려 그를 알아 모셨다. 나중에 군수품을 비롯한 외국 물건을 주로 취급하는 장물아비와 본격 거래를 튼 뒤로 '방역'이라는 회사 명함을 박고 이름 석 자 아래 당구장 표시와 함께 '각종 쥐·벌레 구제'라는 상세 설명을 기입하기 전까지 물산이나 식품이 돌아가며 쓰였지만 류를 찾는 사람들은 어차피 다 알고 오는 거였다. 그가 하는 일이 무엇이며 어떤 소원을 들어주고 어떤 거추장스러운 일을 도맡아 처리해주는지를.

그리고 류가 하는 일의 절반은 그의 '소질 있네'라는 혼잣말 같은 주문에 걸려 조각이 처리하고 있었다. 처음 외국인 병사의 목구멍에 부젓가락 같은 걸 꽂고 난 뒤 4년에 걸쳐 류가 아는 모든 수상한 기술을 물려받은 뒤부터였다.

조는 그 일에 가담하지 않았다. 시도해본 적도 없었다. 그냥 여느 안사람이었다. 아이를 낳고 평범하게 키우는 것이 당연하며 그 아이를 키울 비용은 어디서 어떻게 조달되는지를 남자에게 캐묻지 않는, 인내심 많고 입이 무거운 여자였다. 류가 하는 일을 구체적으로 알려고 들지 않았으나 그 일이 깨끗하지 않기를 넘어 위험하다는 사실쯤 모르는 바 아니었으며, 그 일에 조각이 도움이 된다니까 그런 줄로 알고 남편과 남편이 주워온 아이 둘이 수시로 오래도록 밖에서 보내는 시간을 말없이 견뎠다. 그 아이가 점점 자라 더 이상 아이 아니게 되었을 때도 조는 그날 귀가하리라는 보장이 없는 두 사람을 위한 상을 차렸고, 임신한 몸으로 커다란 갈색 고무 대야 안의 빨래를 밟았으며, 물속에서 남편의 속옷과 그 아이의 양말이 뒤엉킨 것을 조금쯤 기묘한 억울함과 함께 내려다보기도 했을 테지만 태어날 아기를 위해 최소한의 미소를 잃지 않았다. 그러나 매사 어른스러울 수만은 없었고 미소를 짓는 입술 끝자락이 간혹 떨리면서 명백히 울분을 참고 있다는 걸 알았기에 조각은 류를 가능하면 오래도록 마주 보지 않으려 노력했고, 혼자서 방역을 진행해도 될 만큼 일이 손에 붙었을 때는 그들의 집에서 떠나기 위해 방을 따로 얻어달라고 청했다.

"네가 번 몫도 크고 그나마도 제때 못 챙겨줘서 미안한 김에 방 한 칸 따로 얻어주는 건 어렵지 않은데 여자 혼자 어디서 어떻게 살게? 네 나이대 여자가 혼자 살면 사람들이 다 그렇고 그런 여자로 봐서 마음대로 움직이기가 불편할 텐데. 그러니까 결국 우리 일에 손해라고. 지금도 2층 방 넓은 거 혼자 쓰면서 우리 가족이랑 지내기가 좀 그래? 하긴 애가 밤낮 빽빽 울어대니 피곤하긴 하겠네."

그게 아니라. 당신.

"저, 사모님께……."

류는 둘이 나이 차이도 다섯 살밖에 나지 않으니 조와 언니 동생 먹고 편하게 지내라 했지만 조각은 류에게로 흘러가는 마음에 방파제를 치기 위해 어디까지나 서어한 사모님이라는 호칭을 고수하고 있었다.

그건 그런 게 아니라.

"대답은 짧게, 말하다 중간에 얼버무리지 말라고 했다."

수업받던 무렵의 엄격한 음성이 귓전을 때려 조각은 움찔했다. 고개 들어보니 류의 입에 담배가 물려 있고, 그녀는 방석 옆 육각형 성냥 상자를 집어다 불을 그어댔다. 불을 붙이는 손이, 필요 이상으로 떨리지 않기를. 태연한 거짓말을 끝까지 이어 나갈 수 있기를.

"……신세 지기가…… 내내 죄송해서."

그 모든 감정을 대강 뭉쳐 신세라고 에두르는 조각의 머리에, 손에, 팔다리와 등에, 그리고 목덜미에 류와 있었던 모든 순간이 선명한 화인처럼 박혀 있었다. 인적 없이 총성만 울리던 숲의 풀 냄새와 화약 냄새, 허리 곧게 펴고, 팔 더 들어, 자세를 바로잡아주기 위해 등 뒤에 선 류의 악력이 몸 곳곳에 남아 있었다. 구두코가 내측 복사뼈를 번갈아 치며, 다리 더 벌리고, 머리 너무 숙이지 말고. 그러니까 그녀의 몸은, 모든 자세와 태도는 류의 손길이 만들어낸 거였다. 비록

일 나갈 때는 그중 소용 있는 자세가 단 하나도 없었으며 늘 허리를 굽히거나 모로 눕거나 심지어는 거꾸로 매달려서도 해야 했지만, 한번 정을 댄 바위는 언제나 제 모양을 기억하고 함부로 흐트러짐이 없었다.

그리고 끝까지 흐트러지지 않기 위해 마지막으로 해야 할 일이 있다면 이뿐이었다. 작고 담담한 거짓말.

"아, 난 또 뭐라고."

류는 손사래를 쳤다.

"차린 밥상에 숟가락 하나 더 얹어놓는 게 뭐가 어려워. 네가 누구 번거롭게 일 벌이는 애도 아니고. 넌 네 밥값의 서너 배 이상 하고 있으니까 그런 거 걱정하지 마."

아니, 밥값 문제가 아니고, 이 아저씨가. 사모님 마음을 어떻게 그리 모를까, 또는 모르는 척하나 싶어 조각은 한숨이 나오려는데 류는 말을 이었다.

"네가 없으면 이제는 내가 불편해. 그러니까 관둬."

그 정색하는 얼굴과 음성이, 한 여성을 붙잡음이 아닌 수족 같은 부하나 비서를 가리킨다는 걸 알면서도 조각은 마음 어딘가 파인 도랑에 미온수가 고였다.

"저는 일을 그만두겠다고 말씀드린 게 아닌데요."

"마찬가지야. 멀찍이 떨어져서 출퇴근이라도 할 셈이야? 이런 일을? 퍽이나. 너한테 이것저것 가르쳐준 걸 후회하게 만들지 마라."

"후회라니요. 실장님하고 사모님한테 그 은혜 입고 제가 뒤통수라도 칠까 봐서요. 회사를 따로 차리겠다는 것도 아니고, 고객을 빼돌리겠다는 것도 아니고 그냥 지금까지처럼……."

"그건 알아. 넌 그럴 만한 주제도 못 된다는 건 더더욱 잘 알지. 왜냐면 너는."

……저는?

당신 말고 다른 데 관심 있는 게 아니니까. 혹시라도 그런 엇비슷한 말이 류의 입에서 나올까 조마조마한 마음으로 상에 유리 재떨이를 올려놓았다.

"아무것도 아니야. 하지만 얘기는 이걸로 끝이야."

꽁초를 눌러 끄는 류의 손짓이 다소 신경질적이었다.

그때 10개월 된 아기를 업은 조가 다가와 그들이 마주 보고 앉은 작은 탁자에 과일 접시를 내려놓았다. 사기 접시 바닥이 상의 유리 덮개에 닿는 소리조차 나지 않을 만큼 조용한 몸짓이었으며 그 얼굴은 침착하고 다정했을 것이 틀림없

지만 조각은 고개 들어 그녀를 바라볼 수 없었고, 그러면서
도 한편으론 류가 강경하게 나왔을 때 마침 그녀가 들어선
걸 진심으로 고마워하고 있었다. 봤지, 들었지? 내 잘못 아
니야. 당신 남편이 날 잡았어. 그러니까 제발 그 눈으로, 말
없는 태도로 나를 죄인 만들지 마. 나는 언제까지나 감히 품
어서는 안 되는 꿈에 대해 말하지 않을 테니까…… 심지어
는 당신이 없더라도.

　그리고 이제 조는 돌쟁이 아기와 함께, 없다.
　모종의 출장으로 닷새간 집을 비우고 돌아왔을 때 류와
조각은 2층 방에서 아기를 품에 안은 자세로 침대에 누운 조
의 시신을 발견했다. 등과 가슴, 팔과 다리를 포함한 여섯 군
데의 자상이 드러났는데 직접적인 사인은 둔기에 후두부를
강타당했기 때문인 걸로 보였다. 그녀는 1층의 현관과 거실
을 잇는 부분에서 갑자기 공격당하고 그 과정에서 탁자 전화
기 쪽으로 달려가기보다는 먼저 급한 대로 아이부터 챙겨 안
았을 것이다. 침입자가 다가오는 방향이어서 현관으로는 도
망치지 못했을 것이고, 아이를 안은 채 피를 흘리며 2층 조각
의 방까지 도망가서 방문을 잠근 것으로 보였는데, 2층 창문

은 한쪽이 쇠붙이로 된 방범창이며 한쪽은 나일론을 팽팽하게 엮은 방충망으로 되어 있어서 아마 그녀는 방충망을 뜯고 나갈 시도를 했던 것 같다—현장 발견 당시 조각의 책상 필통에 꽂혀 있던 학생용 가위가 방충망을 반쯤 자르다 만 채로 걸려 대롱거리고 있었다. 방충망을 다 뜯기 전에 방문은 손도끼 같은 것으로 무참하게 부서져나간 듯했고, 침입자가 들어서서 공격해 오자 그녀는 본능적으로 침대에 뉘어놓았던 아이를 향해 몸을 던졌으리라. 그리고 확신과 숭고에 가득 찬 몸짓으로 이제는 틀렸음을 알면서도 아이를 끌어안았으리라. 아이의 시신은 상처 없이 상대적으로 깨끗했는데, 울음소리가 밖으로 새어 나가기 전 목이 졸린 것 같았고—손 뻗으면 닿을 만큼 인가가 밀집한 곳도 아니었으나 혹여 누군가 지나치다 울음을 들었던들 아기란 으레 먹어도 울고 싸도 울고 자다가도 우는 법이라 생각했으리라—침입자는 망자에 대한 마지막 예의인지는 몰라도 숨을 거둔 아기를 조의 시신 옆에 뉘어다 팔을 둘러놓기까지 한 모양으로, 조는 그 자세로 사후강직이 진행된 듯했다.

　내가…… 내가 그랬잖아요.

　조각은 류의 어깨를 주먹으로 몇 번이고 쳤다.

다 집어치우고 빨리 가자고, 내가 몇 번을 말했잖아요.

물론 그때 불길한 예감이 든 순간 곧바로 일을 놓고 차량으로 편도 네 시간 거리를 서둘러 돌아왔던들 두 사람을 구할 수는 없었을 것이다. 조각이 그렇게 말한 건 지방에서 업무 들어간 지 이틀째였다. 지방에 나와 있을 때면 밤마다 하던 습관대로, 류가 아이의 옹알이를 듣기 위해 집에 전화를 걸었으나 언제까지나 신호음만 되풀이되었고, 류가 고개를 갸웃거리자 조각은 집에 무슨 일이나 생긴 게 아닐지 불안해졌다. 류가 굳은 표정을 한 채 목표물의 집을 주시하는 동안, 조각은 100미터 바깥 골목 외곽의 구멍가게까지 나가 공중전화로 통화를 재차 시도했다. 다시 허탕을 치고 돌아온 그녀는 낙후된 아궁이의 연탄가스나 방범 문제까지 들먹이며 불안을 다소 과장되게 내보였는데, 조에게 뭔가 안 좋은 일이라도 생긴다면 자신이 그런 게 아님에도 꼭 자신의 미망—이루어지지 않으며 손 닿을 수 없으면서 언젠가 아내도 아이도 없이 류 옆에 자신이 유일하게 기댈 대상으로 남는 그림—탓인 것만 같아서였다. 그러므로 조에게는 아무 일도 있어서는 안 되었다. 처음 조각이 불안해했을 때 류는 여자가 아이를 돌보느라 전화를 못 받거나 전화기 자체

를 잘못 내려놓기도 흔한 일이라며 대수롭지 않게 대꾸했
고, 그로부터 한 시간 간격으로 조각이 통화를 재시도한 끝
에 돌아가자며 고집을 부리자 오히려 딴 데 정신 쏟고 자리
를 계속 비우느냐 나무라곤, 한 번만 더 집에 전화했다간 손
톱을 모두 뽑아버릴 줄 알라고 말했는데 그것은 어쩌면 류
의 마음속에서도 솟아오르는 불안감을 애써 억누르기 위한
것인지도 몰랐다. 그 업무는 높으신 분이 지시를 내린 작지
않은 정치적 사안이었고 정황상 도저히 중단할 수 없는 일
이었다는 것도, 그만두거나 실패로 돌아갈 경우 신용이나
비용 문제는 둘째로 그들의 신상에 직접적인 위협이 되는
의뢰였다는 사실도 조각은 잘 알고 있었다.

　그랬기 때문에 류에게 부르짖는 목소리는 점점 통곡으로
변해갔고 그의 어깨에 꽂는 주먹에는 힘이 들어갔다. 그렇
게 말함으로써 그녀는 그동안 겉으로 성실하고 배려 있는
가족 행세를 하면서도 차라리 무슨 일이나 확 생겨버려라,
고 생각한 자신의 은밀한 소망을 감출 수 있었다.

　류는 자신이 그전까지 해오고 규모를 점차로 크게 벌이
며 무엇보다 깊게 파고들기 시작한 사업이 언젠가는 자신의

가족에게 칼날로 돌아올지 모른다는 사실을 모르지 않았다. 손에 더 많은 피를 묻힐수록, 일을 성공리에 마치는 횟수가 거듭될수록 가족을 표적으로 삼는 불특정 다수의 사람이나 단체가 늘어나리라는 것도 예상 못 한 바 아니었다. 하여 이번 일만 마치고 또 한 번 이사를 가자거나, 다음 일만 마치면 집에 상주하는 사람을 붙여줘야겠다거나, 아내가 지나치게 노여워하거나 공포를 느끼지 않는 선에서 자기 직업의 위험성을 경고해둬야겠다는 식으로 여러 방안을 고려하고 있었다. 이번 일은 그 어느 때보다 크고 중요하며, 이번만 무사히 마치면 가족만이라도 외국으로 떠나보낼 생각도 있었다. 구체적인 계획이 잡힐 때까지는, 평범한 얼굴과 심상한 말씨로 다가오는 화장품이나 전집 외판원에게라도 함부로 문을 열어주지 말 것이며 심지어는 마을 부인회장이나 경찰이라고 해도…… 또 뭐가 있더라, 손꼽아보았지만 아무리 생각해도 애초에 아내와 아이의 존재를 누구에게도 드러내지 않는 일보다 안전한 길은 없었다. 만물상 시절부터 그랬어야만 하는 것을 류는 당시 거기까지는 생각지 않았고 자기 일이 이렇게 본격적인 판을 차린다는 것도 계산하지 않았다.

그러나 한번 손에 붙기 시작한 일은 어떻게 해도 이쯤이면 그만 되었다는 충족이나 안도를 가져다주는 법이 없었고, 갈수록 범위가 늘어나면서 수위는 올라가는 주문 속에 그는 점점 치밀해지면서 과감해졌다. 그러다 정작 신경을 가장 곤두세워야 할 대상을 섬세히 돌아보는 대신 크리스털 액자에 붙박아두다시피 취급 및 간직해온 결과가 이것이었다. 이제 그의 아내와 아이는 상징이 아니라 영원히 액자 속에만 남게 되었다.

조와 아이를 강에 뿌리고도 무엇을 더 했는지 모르게 오랜 시간이 걸려 집에 돌아온 류는 옷을 갈아입지 않고 물 한 모금 마시지 않은 채 두어 시간 말없이 거실 소파에 몸을 묻고 있어서 조각은 그가 거기서 그대로 잠든 줄 알고 그 앞에 내내 앉아 지키고 있었는데, 문득 그가 실눈을 뜨곤 그녀 눈과 마주치는가 싶더니 서랍장에 놓인 조와 아이의 사진 액자를 집어 팽개쳤다. 술이 조금 취하기도 한 탓에 그 동작은 목표를 포착하고 제거할 때에 비하면 정확성이나 속도에 있어서 10분의 1에도 못 미쳤으나, 조각이 몸을 날려 받기도 전에 그것은 그녀 발 앞에 부서져 유리 파편이 튀어 올랐고 일부가 광대뼈를 할퀴며 흩어졌다. 조각은 섣불리 몸을 움직였다면 오히려 그 무거운 액자가 자기 발등을 박살냈을 뻔한 이 상황의 의미가, 어쩌면 지금까지 일어난 모든 오류와 비극이 그녀에게 있다고 가리키는 것만 같았다.

설령 류가 그렇게 생각하더라도 완전히 틀린 건 아니지. 조각은 소파에서 내려와 몸을 웅크리고 파편을 줍기 시작했다.

"놔둬라. 다친다."

류의 잠긴 목소리에 조각은 순간 자기도 모르게 한숨 같은 웃음을 터뜨리다 황급히 제 입을 틀어막았다. 이런 때, 아무리 허탈해서라지만 실소가 나오다니. 평소 그녀가 어딘가 베이거나 부러진다면 대개 류가 지시한 일들로 인한 것이거나 류가 직접 입힌 상처들이었다. 이제 와서 고작 이런 유리 조각에, 다친다니. 그런 건 다쳐도 다친 게 아니었다. 조각은 형광등 빛을 받아 반짝이는 미세한 파편 하나까지 깨끗하게 주워 모아 빈 종이 상자에 담았다. 사진을 빼내기가 힘들어 그대로 두긴 했지만 다시 이어 붙이기는 힘들 것이었다.

그러고 나서도 그대로 맞은편 소파에 등을 떼고 앉은 조각을 보며 류는 피식 웃었다.

"거기 그러고 있지 말고 들어가 쉬어."

말끝에 목소리가 심하게 갈라지는 걸 듣고, 조각은 대답 대신 부엌으로 가서 보리차를 따라 왔다. 그녀가 잠자코 내

밀 뿐인 물 잔을 물끄러미 바라만 보다 한참 지나서야 류는
잔을 집어 들었다.

　그가 물 한 잔을 완전히 비우는 동안 조각은 시선을 줄곧
발아래로 떨어뜨리고 있었는데, 이런 때에 더욱 선명해지는
죄악감이란 이를테면 물을 삼키는 그의 목울대가 움직이는
소리 같은 사소한 것에조차 심장이 술렁인다는 사실이었다.
그러나 이 마음은 어디에도 파종할 수 없이 차가운 자갈 위
에서 말라비틀어져 마땅할 터였다.

　"못 알아듣는구나. 혼자 있고 싶다고 풀어 말해줘야 아
나."

　"아는데 죄송하지만 그것만은 안 되겠어요."

　"나 안 죽는다. 가서 자든지 일 봐라."

　"실장님이……."

　당신이 들어가 쉬면 나도 그렇게 할게요. 조각은 제때 적
절히 말을 삼켰다. 오늘 같은 날, 조가 없는 방에, 조와 쓰던
침대에 들어가 쉬라는 말을 할 뻔했다. 그 방 부부 침대 옆에
는 빈 아기 침대도 나란히 놓여 있었다. 그렇다고 2층 자기
방에 올라가시라고 할 수도 없다. 핏자국을 비롯한 난장판
은 대강 정리되었으나 조가 목숨을 잃은 바로 그 장소다. 조

각 자신도 그곳에서 아무 거리낌 없이 다시 숙면을 취할 수 있는 날이 언제 올지 모르지만, 자기는 부엌방도 원래 익숙하니 상관없었다. 그러나 눈앞의 사람을 두고 들어갈 수는 없었다.

"저는 제가 있고 싶은 곳에 있겠습니다."

"그럼 내가 움직이지."

류가 몸을 일으켜 서재로 들어가는 것까지 쫓아갈 수는 없었다. 조각은 소파에 무릎을 모은 자세 그대로 맞은편 빈 자리를 노려보고 앉았다.

무슨 꿈을 꾸었는지 몸을 움찔하며 눈을 뜬 조각은, 문득 맞은편에 보여야 할 빈 소파 대신 희미한 어둠 사이로 사방 연속의 아이보리 벽지 무늬가 보인다는 사실을 알았다. 언젠지 모르게 제 몸은 방으로…… 그런데 자기 방이 아니다. 모로 누운 어깨에는 이불이 덮였고, 그 위로 얹힌 또 다른 팔의 무게와 온도가 느껴졌다. 꼼지락거리며 이불 속에서 빼낸 손가락에 밴드가 감겨 있었다.

"더 자라. 아직 4시야."

팔 안의 움직임을 알아차리고 나직하게 토해내는 류의 목소리가 목덜미로 전해졌다.

"저는."

조각은 자기로서도 확신할 수 없는 말투로, 차라리 혼잣말이라고 해야 좋을 법한 음조를 유지한 채 중얼거렸다.

"저는 실장님이 그만두자면 이제라도 안 합니다."

그러나 조각은 그 말에 담긴 공허의 크기를 가늠하고 있었다. 넓고 깊은 강을 이미 건너버린 데다 돌아갈 뗏목도 완파되었다는 걸 두 사람 모두 알고 있었다. 자신들은 너무 멀리 왔고 떠난 사람들은 돌아오지 않으며 일을 접을 경우 닥쳐오는 입막음성 보복들이 더 많거나 방식이 더 잔혹해질 터였다. 이미 높으신 분들에 힘 있는 분들과 사업상의 안면을 튼 이상, 그것을 임의로 끊을 경우 남아 있는 인생 내내 죽을 때까지 도망 다니는 것 말고는 선택지가 없었다. 이제와 새삼 목숨이 아까운 것은 아니고 애당초 일 자체가 목숨 내놓고 하는 것인 만큼 떠나선 안 될 구실로는 부적절했다. 다만 두 사람이 올라탄 차량은 한번 가속도가 붙기 시작한 이상 연료가 바닥나거나 불의의 사고로 차체가 뒤집혀 구르기 전까지는 운동을 멈출 수 없고 멈추지 않은 끝자락에 기다리는 것은 온몸이 산산조각 나기에 적당한 절벽일 터였다. 절벽을 넘어 허공에 뜨는 순간, 두 사람의 삶은 바위에 닿아 부서지기 직전 비로소 완벽해질 터였다.

"너한테는 조만간 새로 신분증이랑 표 알아봐줄게."

조각은 류의 팔을 베고 누워 있었기 때문에 그의 잠긴 목소리가 피부를 타고 머리에 그대로 전해졌으며 그 말이 의미하는 바를 기민하게 눈치챌 수 있었으므로 곧 말을 바꿨다.

"아니요, 필요 없습니다. 여기까지 왔으니 그대로 계속하겠어요."

나를 떼어 보내고 당신 혼자 죽을 작정이라면 차라리 끝까지 함께 가서 지옥에 나란히 떨어지기로. 어차피 우리 모두 조와 아기가 있는 곳에 가기는 글렀으니.

그것은 어쩌면 일종의 깊은 애도. 어떤 구차한 설명이나 합의 과정이 없이 자연스레 그리된 입맞춤도, 깍지로 이어진 서로 다른 두 개의 손도 절망과 슬픔의 진혼 행위. 그래서 얼핏 하나가 된 듯하지만 철저하게 하나가 아닌. 다만 이 순간 죽지 않기로 결정했다면 현재를 견디기 위함과 동시에 눈앞에 살아 있는 사람의 호흡을 확인하는 차원에 머무는 의식. 하여 꿈으로만 그리던 류 옆에 있으면서도 조각은 그와의 밀착을 실감할 수 없었다. 분명 따뜻하고 부드러우며

사랑스러웠지만 그 감각마저 당연하다는 듯이 진혼에 바쳐
버린 지금.

"직원 두어 명 더 둘까."

"진짜 회사 같겠네요."

"그럼 나는 사장, 너는 부사장."

"갑자기 직위가 수직 상승하면 체할 것 같은데요."

"내가 먼저 죽으면 그다음에 너 사장."

"그렇게 되면."

당신을 따라갈까요.

"바지사장 따로 갖다 앉힐게요. 머리 체질은 못 되거든
요."

"그러든가. 하지만 무엇보다 중요한 건."

실없는 농담을 주고받으며 발을 꼼지락거리는 이불 속은
그 어느 때보다 무방비했다.

"너도 나도, 지켜야 할 건 이제 만들지 말자."

지금 이렇게 두 팔을 둘러 오히려 조금 전보다 포옹을 견
고히 하면서 할 말로는 적절하지 않다는 생각이 들었으나
조각은 잠자코 들었다. 그가 그렇게 믿고 말한다면 그의 말
이 옳을 것이었고, 팔에 깊은 힘이 들어간 것은 이 기이한 제

사(祭祀)의 순간 높아진 체온과 더불어 두 사람이 이와 같은 방식으로 함께하기로는 처음이자 마지막임을 뜻했다.

집 안 어느 창문이 살짝 열리기라도 했는지, 어디선가 불어온 바람에 아기 침대에 매달려 있던 모빌 조각들이 서로 부딪치며 풍경 같은 울음소리를 냈다.

지켜야 할 건 만들지 말자.

해우가 내민 마지막 의뢰와 대상자를 들여다보았을 때 조각의 머릿속에서는 류의 그 말이 새삼스레 메아리쳤다.

해우는 평소 하던 대로 관련 서류를 체크하고 챙겨주며, 원래는 있을 수 없는 일이지만 이 회사는 대모님이 세운 거나 다름없기 때문에 손 실장님이 특별히 정리(情理)를 정리(整理)하는 차원에서 맡기는 업무인 만큼 실수 없이 깔끔하게 유종의 미를 거두어달라고 다짐을 준다.

"들으셨죠, 대모님? 뭐 잘 안 보이는 거나 모르겠는 거 있으세요?"

조각은 떨떠름하게 고개를 흔든다.

"어, 알겠어. 그런데 개인적으로 궁금해서 말야. 이런 거 물어봐도 되나…… 이거 누구 지시인지? 아무리 봐도 특별

할 거 없는 사람 같은데."

"언제는 특별해 보이는 사람만 골라 구제한 것처럼 말씀하신다. 늘 마찬가지로 저도 자세한 거 몰라요."

"해우 씨가 모른다면 시시껄렁한 일이 아니라 규모가 큰 것 같아서 물어본 거야. 재산 규모나 하는 일이나, 도무지 높은 데랑 관계있을 만한 인물로 보이지 않아서."

"꼭 관계있어야 하나요, 아시면서."

해우의 말대로다. 이 세계에서는 높은 데와 인연 있어서가 아니라, 높으신 분 가는 길에 그의 발톱을 다치게 할 만한 자갈이라도 아무렇지 않게 방역 대상이 되곤 한다. 조각은 서류에 복사된 사진을 손톱으로 툭 튕기며 대수롭지 않다는 듯 말했으나 그 얼굴은 분명 강 박사의 아버지다. 개인적 원한 관계가 아니라면 그가 시장 상인 회장이기 때문에 표적이 된 것이겠고, 골목 상권을 장악한 대기업 관계자가 위에 걸려 있으리라는 짐작이 되었다. 이러면 어려워진다. 위를 쳐내도 그 위엔 또 다른 위가, 자가 분열하는 세포처럼 계속 생겨나고 그 위는 표적이 사라질 때까지 새끼를 깔 것이다. 아무리 한창 시절의 조각이었어도 그 꼭대기를 친다는 상상조차 해본 적 없었다. 미안하지만 이 사람은 구할 수 없다.

"어려우시면 다른 거 물어다 드려요? 좀 더 알기 쉬운 치졸한 걸로다가, 오욕칠정이 주렁주렁 매달린 걸로."

빈정거리듯이 말하면서도 해우는 이걸 당신이 맡아주지 않으면 누구보고 시키겠느냐 싶은 난감함을 감추지 않는다. 서류 사진의 참고 사항에는 당구장 표시와 함께 '사람을 상대하는 시장 노인이므로 가능한 한 평범하고 친근한 외모의 연장자 또는 여성 요망'이라는, 의뢰인의 요청으로 생각되는 부연이 달려 있다. 잦은 활동을 하지는 않지만 업자 가운데 50대 인구는 꽤 있고 여성의 비율도 적지 않다. 그러나 연장자이면서 여성인 업자는 한 명뿐이다.

"아냐. 내가 맡겠어. 어디 다른 데다 내주지 마. 이거 딴 데 넘기면 그 귀걸이, 내가 받아가지. 물론 귀랑 함께."

해우는 자기 귀에서 달랑거리는 0.5캐럿 다이아몬드 귀걸이를 가리키는 대모님의 손가락으로부터 멀어지기 위해 양손으로 귀를 가리고 뒤로 한 발 물러선다.

"왜 무섭게 그러세요, 제가 뭘 어쨌다고. 대모님 이상하시다. 사진 속 주인공이 꼭 내연 관계 인물이라도 되는 것처럼."

"내연 관계 아니고, 그전에 난 이미 내연남들을 내 손으로

247

두 명 보내봤지. 그것도 한번은 상대 아이를 내 배 속에 넣고 말야. 더 들려줘?"

"관두세요."

해우는 진심으로 혐오스럽다는 듯이 조각의 시선을 피하며 탕비실로 내뺀다. 조각은 강 박사 아버지의 얼굴을 반으로 접어 가방에 넣고 사무실을 나선다.

어떻게 해야, 당신을 가능한 한 고통스럽지 않게 보내드릴 수 있을까.

조각의 머릿속에는 그 생각뿐이다. 그녀가 거절하면 이 일은 다른 업자에게 넘어갈 테고, 다른 업자는 상인회장에게 고통을 주는 시간을 되도록 줄이고 싶다는 생각 따위 할 리 없으니 급한 대로 자기가 집어오기는 했는데, 그런다고 결과가 달라지지는 않을 터다.

배후가 어떤 종류인지를 얼핏 짐작하기 힘들 만큼 보수는 애매한·수준이다. 소실점을 없애면 그리로 향해 모이던 배경들은 갈피를 잡지 못하듯이 시장 상인들을 혼란시켜 그들의 결집을 흩어놓고 그사이 마트를 갖다 박으려는 대기업의 지시라기엔 지나치게 약소하며, 그렇다고 개인적 원한 관계

의뢰라기엔 규모가 좀 큰 착수금. 강 씨는 상인회장이라는 직책 외에 뭔가 중대한 정보를 쥐고 흔들면서 윗것들을 위협할 만한 사람이 아니었고 혈기 왕성한 행동주의자로 보이지도 않았다. 국회 안에 정식으로 허가받고 들어가서 유통산업발전법을 개정하라는 기자회견을 열고, 영세 상인을 포용하는 밝은 눈을 기대하며, 이를 외면할 경우 국회 앞 투쟁과 대규모 집회를 불사하겠다는 선언을 낭독한 정도였는데 그런 수준의 일은 직업을 가진 사람이면 누구나 다 했고 강 씨만 유별나게 좌충우돌하는 편도 아니었다. 만성 허리 통증에 시달려서 자전거를 운전하기도 쉽지 않은 사람이 문득 내면에서 불가사의한 힘을 끌어올려 통솔력을 발휘한다고 해서 항의가 갑자기 전투로 바뀔 것 같지도 않았다.

그런데 보수 수준으로 보나 활동 내역을 정리한 관련 서류로 보나, 누군지 모를 의뢰인에게서도 반드시 이 사람이 없어져야만 자기가 산다는 절박함보다는 없는 게 편리해서, 와 같은 느낌이 더 많이 풍긴다. 하긴 지금까지 지고하신 분들이 맡긴 일들 상당수가 그렇긴 했다. 요즘처럼 얼굴 없이 이메일이나 문자메시지로 일방 하달하는 관계가 아니라, 최소한 말단 비서 정도하고라도 직접 얼굴을 맞대던 시절에는 더욱 그랬다. 구더기들 좀 걷어내주면 좋고, 아님 말고, 너 말고도 할 사람은 줄 섰고, 대신 너는 사지 멀쩡히 돌아다닐 생각 하지 말고. 그렇게 말하며 중국이나 동남아행 항공권을 앞으로 밀어놓던 사람들이 있었다. 일을 마치고 한동안 외국에 다녀오면 세상은 그녀가 한 일에 대해 잊고 있었다.

문득 그녀는 멈춰 서서 고개를 든다. 자기도 모르게 시장으로 향하던 발걸음을 돌린다. 그런 그녀의 모습을 종종 마주친 배회 노인이 줄곧 바라보고 있는 게 신경 쓰이지만, 정신이 맑은 사람이 아니니 얼굴 정도 보게 놔둬도 무방할 것이다. 이 시장에서 그녀가 무슨 일을 벌일 것도 아니고 설령 그런 일을 해서 그 배회 노인의 눈에 띤들 그리움도 애정도 원한도 모두 지나간 어제에 고정된 노인의 기억에서는 금방 지워질 것이다.

그녀는 지금 두 가지 당혹스러운 일에 대해 생각하고 있다. 하나는 강 박사 아버지를 살릴 방법을 찾기보다는 이미 죽음을 전제하는 자기 자신의 마지막 프로 정신이고―표적이 강 박사 아버지가 아닌 강 박사 자신이었다면 얘기가 달라졌을까―다른 하나는 그 표적이 겪을 육체적 고통을 가능한 한 줄여주고 싶다고, 본질적으로 불가능한 소망을 품은 적이 이번으로 두 번째라는 데 있다. 첫 번째는 외국으로 입양 보낸 아이의 생물학적 아버지였다. 절차상의 문제라기보다는 아이가 모종의 인간들에게 제거당할 것이 염려되어 서둘러 떠나보내느라 이름도 대충 아무거나 붙여주어 손에서 떼어놓은 아이의, 아버지. 그 뒤로도 그녀는 알던 이들을 종종 방역해왔지만 다시는 그때와 같은 비애와 아쉬움과 초조를 느끼지 않았다.

그리고 그녀는 상상한다. 강 씨의 입을 뒤에서 틀어막고 목을 긋는 자신의 나이프가 그리는 곡선을. 고통을 느낄 틈 없이 한순간에 정확하게 그어야 할 것이다. ……아니다. 키 차이가 꽤 나므로 그가 앉아 있지 않은 한 그와 같은 장면은 견적이 나오지 않는다. 그러면 양쪽 허벅지. 아니다. 가능하면 고통을 짧게, 라는 처음의 목적과 맞지 않다. 결국은 심장. 쉽지 않다. 웬만한 위기 상황에서가 아니라면 깊은 곳에 자리한 심장까지 한 번에 정확히 닿을 만한 물리적 힘을 끌어내기 어렵다. 그녀의 힘은 이제 예전 같지 않다. 상상의 핵심은 다음 장면으로 이어지는데, 어쨌거나 그러고 났을 적에 고개를 들면 눈앞에 망연자실한 강 박사가 이쪽을 바라보고 서 있다…… 더 이상 예전의 태연함이나 의아함이 아닌, 공포와 혐오를 가득 담은 눈으로.

이때 그에게 뭐라고 말할 것인가.

잊어버려.

그녀는 멈춰 선다.

왠지 언젠가 비슷한 장면이 실제로 있어서 그런 말을 누군가한테 했던 것만 같다.

그녀가 방역 현장을 제삼자에게 목격당한 경우는 많지 않다. 언제였더라? 순간 한기가 돌고 콧속이 간질거린다.

"거기 사모님."

문득 그녀는 고개를 든다. 배회 노인이 말을 걸기로는 처음이다. 과일을 건넬 때도 안광을 빛내며 응시할 뿐이었는데.

"저 말인가요?"

"우리 마누라 못 보셨소? 요 앞에 노인정에서."

깜짝이야. 조각은 한숨을 쉰다.

"이 근처에는 노인정이 없어요."

"여기가 K동 마을회관 있는 데가 아니던가?"

"여긴 S동 시장 거리예요. 길 잃어버리셨으면 가족한테 연락해드려요?"

똑같은 장소를 맴도는 노인 좀 거둬가라고 파출소에 신고

하는 게 고작이겠지만 그녀는 일단 세상 사람들이 좀 더 따뜻하고 친화적인 말이라고 믿고 싶어 하는 가족을 언급해본다. 그러나 그녀 말에 노인은 화를 벌컥 낸다.

"길을 잃긴 왜 잃어, 집이 바로 코앞인데. 근데 누가 간밤에 기둥뿌리를 뽑아갔는지 집도 안 보이고 마누라는 혼자 어디로 갔단 말야."

그 부인이라는 사람은 이미 세상을 떠난 지 오래이리라는 짐작을 하며 조각은 노인을 외면한다.

"예, 하여튼 저는 노인정에도 안 갔고 댁 사모님 뵙지도 못했으니까요, 이만 들어가세요."

그녀는 이 순간 진심으로, 자신이 아직 정정함에도 불구하고 저 사람처럼 집으로 가는 길을 포함하여 자신이 놓인 상황을 차라리 잊어버리면 마음이 편해질지 모른다고 생각한다. 죽는 날까지 무한 반복되는 어제에 갇혀 사는 사람. 그녀가 만약 저이와 같은 상태가 된다면, 지나간 어제에 속해 있던 행위들이 그녀 입 밖으로 굴비 두름처럼 엮여 나온다면 가관이겠다. 각종 미해결 사건들의 정황을 듣고 주위 사람들은—그때쯤이면 주위에 사람이 있을지도 의문이나—노망난 미친 소리라며 창살로 둘러싸인 일급 정신병동에 그

253

녀를 유폐시킬 것이고, 그중에는 그걸 진지한 소리로 접수하는 이도 반드시 있을 테니 그로부터 얼마 지나지 않아 그녀의 입을 막으려는 이들의 지시를 받은 한 방역업자가 병문안이나 의료진을 가장하고 그녀를 찾아올 것이다. 그리고 간호사의 주사약에 뭔가를 타겠지.

그때 조각의 등 뒤로 노인의 혼잣말이 들려온다.

"어디 갔어…… 혼자서는 움직이기도 힘든 사람이. 내가 잡아줘야 하는데. 내가 지켜줘야 하는데."

그러니까 지켜야 할 건 만들지 말자.

그녀는 강 씨에게 고통을 덜 주고 싶은 자신의 마음도 지키고 싶은 마음의 일종에 해당하는지를 헤아려보며 전철역으로 향한다.

그렇게 말했던 사람은 가장 어리석은 방식으로 떠났다.

그 무렵 조각은 스물여섯 살이었고, 명함뿐인 유령 회사가 아니라 방역업체의 이름을 단 번듯한 사무실도 냈다. 전화와 서류를 전담하는 직원과 창고 관리직 두 명의 상주 직원이 있었는데 이들은 자기들이 근무하는 곳이 쥐나 벌레를 소탕하는 용역업체가 아니라는 사실쯤은 잘 알았으며, 그럼에도 불구하고 자신들이 구제하는 것이 근본적으로 누군가에게는 쥐나 벌레와 같다는 사실 또한 이해했다. 이들 가운데 창고 관리직은 나중에 물건들을 안전한 데다 숨기고 새로운 물건들을 지속적으로 들여오다가 전문 장물아비로 독립해서 나갔다.

이때쯤 류는 일을 거의 나가지 않았고 대부분의 경우 조각이 혼자 처리했다. 류는 높은 의뢰인과 만남이 있거나 새로 선을 댈 때만 동행하는 정도였고, 신입 방역업자를 어디선가 스카우트해와서 꾸준히 유치했다. 당신이 신입을 물어오는 방식은 오랜 옛날 내게 했던 일과 같은 거냐고 조각은 때론 비아냥거리고 싶기도 했지만 묻지 않았다. 신입의 절대다수는 남자였고 그중에서도 대부분이 얼굴의 깊은 상처나 팔의 선명한 문신과 함께 저마다 왕년에 생사람 여럿 잡아봤다는 자신감을 풍기고 있었다.

사람이 둘 이상 모이고 규모가 불어나니 자연스레 높으신 분들이 믿고 일을 맡기는 업체가 되어 방역업자마다 손에 떨어지는 몫은 기하급수적으로 늘었지만, 그에 반비례해 일에 있어서 안전도가 떨어져갔다. 심사숙고하여 인재를 고른다고 골라도 그중 입속의 혀 같은 사람은 없었고, 내밀히 품었거나 분출하는 욕망은 제각각이었으며, 공유해도 좋은 비밀과 보안을 지켜야만 하는 사안들이 뒤섞이기 시작했다. 거동이 수상한 방역업자를 몰아내는 것은 언제나 뒤늦은 때였고, 축출당한 업자들의 실력이나 행동력도 만만치 않았기에 종종 후환을 불러왔다.

조와 아이를 잃고 두 사람은 한적한 시냇물과 밭에 둘러싸인 양옥집을 판 뒤, 조금만 걸어 나가도 로얄호텔이 보이는 시내 중심가로 거처를 옮겼고 사무실과 집 양쪽 모두 이사를 자주 다녔으며 두 곳의 이사 시기가 겹치지 않도록 조정했다. 안전만을 고려한다면 정처 없는 여관 생활을 계속하는 편이 나았겠지만 류는 자주 들어오지 않는 집일망정 사람에게는 등 붙이고 머물 곳이 있어야 한다고 믿었다. 류 같은 사람이, 그것도 잔혹한 방식으로 가족을 잃고 나서도 집에 대한 기초 신화를 견지한다는 건 의아한 일이었다. 집에는 사람만 있는 게 아니라 간소하나마 가구와 여분의 옷과 주방용품 등의 세간붙이가 있었고, 그 사소한 것들이 나중 가선 부담이 되었으며 기실 부담이야말로 집을 이루는 가장 중요한 요소였다. 이사 외에는 떠돌아다니면서 그것들을 모두 움직일 방법이 없었고, 조각은 집이란 반 남긴 떡이나 씹던 껌을 벽에 붙여놓을 때나 필요한 곳으로 간주했으며 빈 몸으로 도망치는 데에 익숙한 사람이었지만 류는 의외로 집을 고집했다. 그러면서도 다녀-오겠다는 말을 듣기 싫어하고 내일이 없는 사람처럼 구는 건 작고 가벼운 신경증의 일종으로 보였다.

하기야 언제라도 떠날 준비를 하며 가방 하나만 끌고 여관을 전전해야만 할 만큼 집이나 사무실에 가해지는 위협의 빈도는 높지 않았다. 사제 폭탄이나 가방에 담긴 난자당한 동물 시체는 잊을 만하면 한 번씩 소원한 지인에게서 날아온 엽서나 개운하게 정리하지 못한 인연의 연서처럼 도착하곤 했다. 높으신 분들이 위협하느라 보내온 것들도 있었지만 업체가 세를 불리면서 떠나간 방역업자들이 한편을 먹고 덤벼오는 경우가 늘었고, 도저히 참고 봐줄 수 없을 지경에 이르면 류는 사람들을 꾸려다가 대대적으로 한번 청소하곤 했다.

류는 일을 직접 나가지 않더라도 높으신 분들과의 만남은 부지런히 다녀 계약관계를 유지 관리해야 했기에 집을 자주 비웠고, 실상 집에는 가사를 돌보는 50대 주부 한 명만 상주했다. 그녀는 사무실에서 전화 받는 일을 2년 하다가 그 일과는 무관하지만 만성 후두염으로 퇴직한 뒤 류와 조각의 집을 관리하고 있었으며 이사를 다닐 적에도 착실히 따라온 검증된 인력이었다. 그녀는 최소한의 비용으로 가사를 알뜰하게 꾸리고 요리를 하며 집에 먼지 한 톨 없게 쓸고 닦았는데 그렇게 남긴 생활비를 월급에다 붙여 아들 부부에게 송금했다. 상사라고 부를 수 있는 집주인들은 거의 하루 종일 집을 비우니 그녀는 종종 주인의 소파에 길게 늘어져 텔레비전을 보다가 낮잠에 떨어지기를 누렸고 사무실에서처럼 전화로 들볶는 이들이 없으며 생활비도 충분하여 만족스럽게 일하고 있었다. 조각은 늦은 밤 현관을 열고 들어설 때 고등어 굽는 냄새를 맡고 찌개 속 호박이 익어가는 소리를 들으며 그녀의 뒷모습을 발견할 때마다 어딘가 안심되었는데, 그게 류가 믿는 집의 기능이자 신화인 모양이었다.

그러다가 그날 새벽, 류와 조각이 예의 높으신 분의 대리의 대리 정도 되는 이를 만나고 돌아왔을 때였다. 조각은 평소 그런 자리를 사양하나 대리인께서 굳이 만나고 싶어 한다니까 차림을 갖추지 못한 채 피 냄새도 다 지우지 못하고 불려 나갔는데, 그녀가 빈 술잔을 부지런히 채우는 동안 대리인은 시중 들어주던 기생까지 물리고 조각에게 계속 이것저것 시켰다. 대리인은 그녀가 와서 앞에 앉자마자 자기 옆자리로 불러들인 뒤 그녀 얼굴부터 품평하는가 하면, 스커트 양장을 갖춰 입고 나오지 않았다는 점에 일부러 시비를 틀기도 하고, 그녀 머리카락이나 얼굴을 예사로 만지는 한편 이렇게 가늘어서 정말로 일을 잘할 수 있느냐며 손목을 으스러져라 쥐었는데, 류가 그것을 계속 바라보며 안색만 조금 창백해졌을 뿐 직접 말리지는 않았으므로 그녀는 류에게 화가 나 있었다. 언제나 당신은 당신 마음대로지, 내 심정은 어떨지 생각도 안 해보고, 심정이라는 것 자체의 존재를 아예 잊으라고만 하지. 어떻게 그걸 보고도 가만히 있느냐는 볼멘소리는 무의미할 뿐, 자기 자신은 스스로 지키는 거라고 코웃음하겠지. 이 자식 죽여도 되냐고 눈짓으로 묻기라도 한다면, 대리인이 벗으라면 벗으라고 역시 눈짓으로 동문서답할 사람. 쫓아와 어깨를 잡으려는 류의 손을 가볍게 뿌리치며 문득 올려다본 창문마다 불이 꺼져 있었고 아무래도 시간이 이렇게 늦었으니 가정부가 잠들었나 보다 생각하여 조각은 현관에 열쇠를 꽂았다.

　문을 밀었을 때 드러난 작은 틈 사이로 집 안에 훈기가 전혀 감돌지 않았다. 가정부가 연탄을 아끼느라 불을 잘 때지 않기는 하나 그래도 고용주들이 언제 돌아올지 모르는 밤 시간에는 꼭 집을 데우고 중간에 한 번은 일어나서 연탄을 갈러 나가곤 했는데, 지금은 새벽 연탄을 한 번 갈고도 남았을 시간이어서 집에 뭔가 문제가 생겼음을 조각은 곧바로 알아차렸다. 그녀가 다시 현관문을 당겨 닫으며 홀스터에서 콜트 45구경을 꺼내 잡았을 때 뒤에 서 있던 류도 이미 준비를 마친 상태로, 어둠 속에서 곁눈질로 마주 보면서 두 사람은 고개를 끄덕였다.

조각이 발로 문을 차고 한쪽 무릎으로 미끄러져 들어갔다. 두 사람이 공이치기를 젖히고 좌우로 총구를 겨누는 소리만 어둠을 흔들 뿐, 안에서는 어떤 반응도 없었다. 잠시 그대로 살피다가 서 있던 류가 거실 스위치를 올렸을 때, 소파 뒤로 늘어뜨려진 가정부의 팔을 볼 수 있었다. 조각이 다가가 본 가정부의 얼굴은 비교적 평온하게 눈을 감은 채였으며 눈에 띄는 외상은 없었으나 후두부에서 흐른 피가 소파 가죽에 고여 있었다.

그때 현관 상단부에 걸려 있던 무언가가 떨어져 바닥을 굴러선 소파 아래로 들어갔다. 그 충격으로 작동이 시작된 듯 소파 아래에서 조잡한 시곗바늘 소리가 날카롭게 들렸다. 피해, 말할 틈도 없이 폭발이 일어났다.

조각은 눈을 뜨고 어깨와 머리를 무겁게 누르는 류의 품에서 빠져나왔다. 마룻바닥이 깨지고 소파와 가정부의 시신이 튀어 오르며 일정 부분 쿠션 역할을 했으나 류의 하반신이 그것들과 함께 날아갔다. 흩어진 하반신 가운데 발목 한쪽이 깨진 거실 창문 앞에서 구르고 있었다.

류의 눈꺼풀이 떨렸다. 한쪽 뺨에 다량의 피가 튀어 있어서 그 떨림이, 깜박임이 무엇을 말하고자 하는지 잘 보이지 않았다. 조각은 류의 피를 뒤집어쓴 손을 그의 얼굴에 가져갔다.

"실장……."

언제는 지키는 건 자기 자신뿐이라며. 조각은 이를 악무느라 뒷말을 잇지 못했다. 그가 전할 마지막 메시지라도 있다면 잘 들어두어야 했기에, 그 모습을 봐두어야 했기에 눈앞이 눈물로 가려져서는 안 되었다. 그는 남아 있는 상반신에 큰 경련을 일으켰다. 그녀 무릎에 머리를 묻기 전에 엷은 안도의 미소를 띤 것 같기도 했다.

그 뒤로 류에게 보내는 마지막 선물이자 성의라고 하기에는 무엇하지만, 그녀는 급성 조증에 걸린 사람처럼 활발하게 움직이며 산적한 문제들을 하나씩 노련한 태도로 정리해 나갔다. 먼저 자잘한 서류를 연도별로 분류했는데, 한꺼번에 소각할 생각이었음에도 대충 정리를 해둔 것은 그렇게 꼽아나가면서 누락된 자료가 혹시 없는지를 체크하기 위해서였다. 상주 직원들을 내보내고 프리랜서들에게 계약 해지를 통보하는 한편 장물아비와 제약회사 관계자들 및 약사를 비롯하여 화공약품 종사자들을 차례로 만나고 다녔다. 그러나 검경이 동행한 자리에서 대기업의 대리인들을 만났을 때 믿고 일을 맡길 만한 사람도 업체도 없다는 그들의 한숨과 함께 그녀는 끊임없이 복귀 요청을 받았고, 그 자리에 일부 정치인들도 가세했다. 그녀는 자신이 배우지도 못했으며 쓸 줄 아는 거라곤 몸뿐이라 류가 없이 할 수 있는 일은 아무것도 없음을 단호하게 명시했고 그러면서 마음속으로 두 가지 생각을 하고 있었는데, 이 자리에 살갑게 웃으며 둘러앉은 인간들 가운데 누군가가 류를 처리하라는 지시를 내렸을 수도 있고 자신은 뒤돌아서는 순간 등에 칼이 꽂힐지 모른다는 예상이었다.

그러나 자리에서 일어나 돌아선 조각의 등에 꽂힌 것은

칼이 아니라 한 장관의 말이었다.

"그 상황에 살아난 건 분명 자네한테 천운이 따라서겠지."

하느님이 아니라 류가 막았습니다. 침 삼키듯 말을 목구멍으로 넘기며 조각은 미닫이 손잡이를 잡았다.

"자네가 계속 일을 해나갈 팔자라서가 아닐까. 이보시게. 하나의 조직이란 건 말이지. 어느 날 갑자기 두목이라는 놈이 인생무상이다 만사 싫어져서 손 씻겠다며 아랫것들 불러 놓고 오늘부로 우리 해산합니다, 한다고 없어지는 게 아닐세. 두목은 이미 움직이기 시작한 조직을 흩어버리거나 그 조직이 가는 길을 웬만해선 바꿀 수 없네. 그 점에 있어서는 조직의 가장 막냇동생과 다를 바 없지. 한번 구축된 조직은 이미 더 큰 질서 안에 포섭이 되어버리고, 그다음부터는 그 질서가 조직을 움직이는 것일세. 기계의 부품이 모두 빠지고 더 이상 대체할 게 없어지기 전까지는 말일세. 물론 대체품은 소모되는 속도 못지않게 양산 속도도 빠르지. 자네가 머리로 있기 힘들다면 그전까지처럼 팔다리가 되어줬으면 하네. 머리는 내 똑똑하고 믿을 만한 사람으로 골라다 앉혀 줄 테니. 아직 팔다리 다 자르기엔 자네가 너무 아까운 나이라고 생각하지 않나."

　그녀가 몇 달 뒤 결국 제안을 받아들인 까닭은, 길을 가는데 머리 위로 화분이 떨어진다든지 하는 식으로 경고의 의미가 담긴 자잘한 사건이 주변에서 꾸준히 벌어져서만은 아니었다. 자신이 류를 바로 따라가는 것과 가능한 한 늦게 따라가는 것 가운데 어느 쪽이 류가 바라는 일일까를 한동안 고민하다가, 둘 중 그 무엇도 류가 자신에게 바라는 건 없을 듯하다는 생각이 들어서였다. 류의 유지를 받들어, 같은 생각은 해본 적 없었고 애당초 유지라는 게 있지도 않았으며 방역업을 시작한 뒤로 삶은 언제나 현재진행형이 아닌 현재멈춤형이었다. 그녀는 앞날에 대해 어떤 기대도 소망도 없었으며 그저 살아 있기 때문에, 오늘도 눈을 떴기 때문에 연장을 잡았다. 그것으로 자신이 존재하는 이유를 확인하지 않았고, 자신의 행동에 논거를 깔거나 의미를 부여하지 않았다. 살아남으려고 노력하지 않았고 일찍 죽기 위해 몸을 아무렇게나 던지지도 않았다. 오로지 맥박이 멈추지 않았다는 이유로 움직이는 것은 훌륭하게 부속이 조합된 기계의 속성이었다. 류를 가끔 떠올렸고 그가 생전에 주의를 준 사항들에 자주 이끌렸지만, 제 몸처럼 부리던 연장으로 인해 손바닥에 잡힌 굳은살과도 같은 감각 외에는, 류를 생각하면서 온몸이 뻐근하게 달뜨고 아파오는 일이 더 이상 없었다. 그녀는, 나이 들어가고 있었다.

강 씨는 평소처럼 오후 4시, 유치원 현관 초인종에 손을 댄다. 초인종을 누르는 느낌이 바람 빠진 듯 헐겁고 몇 번을 눌러도 소리가 나지 않아서 이상한 마음에 당겨보니 문은 부드럽게 열린다. 강 씨가 1층 복도 깊이 자리한 교무실로 다가가 덧문을 두드리자 해니의 담임교사가 나와 인사한다.

"예, 해니 데리러 왔습니다. 거 선생님, 초인종이 고장 났으면 좀 써 붙여두시지 않고……."

담임교사는 고개를 갸웃한다.

"초인종 잘되는데요. 소리가 안 나던가요?"

"아, 뭐 우리 집 초인종도 오래되어가 그런지 날 차지면 겨울 내내 지직거리다 소리도 안 나고 그러긴 합니다. 근데 문도 열려 있던데요?"

"어, 진짜 그랬나요? 저희 디지털 오토 도어로크에다 도난 방지 시스템인데 그럴 리가……."

담임교사가 말하는 외국어의 뜻과 기능을 알기 힘든 강

씨는 헛기침을 퉇아내며 화제를 돌린다.

"뭐 어쨌든 건 나중에 사람 불러다 고치든지 하시고, 해니부터 불러주세요."

"문에서 손을 떼면 저절로 닫히는 종류라서요. 다 뜯어내지 않고서는 밖에서 문을 열 수 없거든요. 그럼 종일반에 전화 바로 넣을게요."

담임교사는 교무실로 들어가 위층에 인터폰을 걸더니 수분 뒤 얼굴이 사색이 되어서 뛰어나온다.

"할아버지, 큰일 났어요. 해니가 없어요."

무슨 뜻인지 곧바로 이해되지 않아 강 씨는 눈을 끔벅거린다.

"가방이랑 겉옷 그대로 있는데, 화장실 간다고 나간 지 오래됐는데, 지금 보니 화장실에 없다고……."

말을 듣는 강 씨의 머리에 피가 몰리고 심장이 난폭하게 뛰기 시작한다. 원인 불명의 이변이 일상을 압도하고 대상 모를 두려움이 구체적인 질감을 갖춘다.

오늘은 휴무라는 매직으로 갈긴 안내 쪽지 한 장 없이 가
게는 덧문이 닫힌 채 자물쇠가 걸려 있다. 조각은 자신이 가
게로 와서 굳이 무얼 하려고 했던 것인지 찬찬히 되짚어본
다. 제거할 대상과 한 번이라도 눈을 덜 마주쳐야 할 이런 시
기에, 일부러 과일을 사러 오기라도 했단 말인가. 아니면 그
반대로 설마, 가게를 닫고 당분간 집에만 계시라고 실토할
셈이었나. 강 씨가 상인연합회장인 이상 가게를 닫는다고
해결되는 일은 없다. 회장직을 다른 아무한테나 줘버리고
숨어 계세요, 는 어떨까. 아무리 진심을 다해 경고를 전해도
상대방에게 정체를 까기 전까지는 봉창 두드리는 말에 불과
하다. 게다가 한번 목표를 지정한 의뢰인은, 대상의 포지션

이 변경되었다고 해서 그리 쉽게 리스트에서 이름을 지우지 않는다. 그녀가 할 수 있는 일은 없다.

그럼에도 가게 문이 닫혀 있어 신경은 쓰이는데, 건강이 안 좋아 보였던 강 씨의 부인이 결국 몸져눕기라도 했는지. 아니면 강 씨의 허리가 더 안 좋아져서 더 이상 어떤 과일도 실어 나를 수 없게 됐는지도 모른다. 부인을 집에 두고 젊은 알바생이라도 구하기엔 형편이 어려웠으리라. 사람들이 더 이상 시장에서 과일을 사지 않는다고 했다. 그나마 채소와 과일은 각종 공산품에 비하면 아직 시장의 지분이 있을 줄 알았는데. 그래도 인건비를 떠나 힘쓸 만한 사람이 필요하지 않았을까. 수박 한 덩이를 두 팔로 들어 올릴 힘조차 없어 보였던 노년의 여인이 손녀와 함께 가겟방을 지키기보다는.

그때 누군가의 손이 조각의 뒷덜미를 낚아채고, 그녀는 반사적으로 고개를 젖혀 손의 중간마디뼈로 뒤에 선 사람의 인중을 뒤통수로 치며, 상대방이 외마디 비명을 지를 틈을 주지 않고 바로 이어서 팔꿈치로 복장뼈를 친 다음 돌아서서 멱살을 잡고 가게 덧문에 갖다 박는데, 정신을 차리고 보니 강 박사다. 어째서 흰 가운을 입지 않고 이 시간에 사복 차림으로 부모의 가게에 나타났는지 모를 일이었는데 그쪽에서 먼저 입을 연다.

"잡았, 다."

먹살이 잡혀 꼼짝도 못 하고 있는 쪽은 그렇게 말하는 강 박사라서, 누가 누구더러 할 말인지 조각은 순간 헛웃음이 나올 뻔하다, 면도하지 않은 초췌한 얼굴과 갈라진 음성이 신경 쓰여 그만둔다.

"당신 때문이죠, 우리 집에 이런 일이 생긴 거, 조만간 어디서든 나타날 줄 알고, 근처에서 봤습니다."

"일이라니 무슨……."

그녀가 먹살을 풀어주자 강 박사는 주저앉아 기침을 거푸 해대곤 흐트러진 옷 그대로 시장 바닥에 주저앉아 가래를 뽑아내는데 앞니가 다친 듯 피가 함께 섞여 침 속에서 부글거린다. 그녀는 민망해진 빈손을 슬며시 코트 주머니에 찔러 넣는다.

"입이 다쳤나 본데 병원에 가보셔야 하지 않겠어요. 미안하게 됐습니다. 그러게 왜 가만히 있는 사람 놀라게 만들고, 무슨 일이시죠, 이 시간에 병원이 아니고 시장에."

"아니, 당신 때문이잖아요! 대체 우리한테 무슨 짓을 한 겁니까."

사람이 가운을 입었을 때와 벗었을 때가 한결같아야 한다
는 법은 없지만 그녀는 이런 강 박사의 모습을 상상해본 적
없다. 말투는 전에 없이 날카롭고 험악하며 몸은 세상에 대
한, 무엇보다 눈앞의 그녀에 대한 증오와 경멸로 가득 차 떨
리고 있으니 조각은 자신의 계획이 어떤 식으로든 외부에
유출되기라도 했는지 순간 뜨끔하나, 실제로 자신은 아직
아무 짓도 안 했으므로 애써 태연한 척한다.

"그러니까 무슨 말씀이신지, 저는 과일을 사러 왔을 뿐이
고, 문이 닫혀서 무슨 일 있나 싶었을 뿐인데."

강 박사는 주머니에서 사등분으로 접힌 복사지를 꺼내 그
녀 쪽으로 던진다. 빳빳하게 접힌 종이가 회전을 하면서 날
아와 망연한 얼굴로 선 그녀의 코를 때린다.

"그거 보고도 모른 척하세요, 네."

종이를 펼쳐 읽는 그녀의 손끝이 떨리는 걸 외면하며 강
박사는 몸을 일으킨다.

"아이가 없어졌어요."

그리고 그는 마침내 울음을 터뜨리기 시작한다.

아비는 의원에 긴급 휴가를 내고 집에서 노부모의 손을

붙들며 어깨를 두드린다. 당신들의 탓이 아니라고 위로한다. 그러면서도 그는 무엇 때문에 자기 아이가 없어져야만 했는지 도무지 짐작 가는 데가 없다. 수년간 소원했던 아이 엄마의 친정—아이 외할머니와 미혼의 이모로 구성된 단출한 가족—과는 이미 연락을 마쳤다. 그들은 원할 때 언제든 아이를 볼 수 있고, 아이 엄마의 사망 뒤 각자의 고통을 관리하기 위해 격조했을지언정 강 박사와 사이가 틀어졌던 적은 없으며 재작년 추석 때도 일부러 만나는 노력을 기울이기까지 했다. 무엇보다 외가 쪽 이들이 아이를 데려갔거나 숨겼을 것 같으면 오토 도어로크를 망가뜨리는 대신 당당하게 유치원 교사에게 호출을 부탁했을 터다.

24시간을 경과한 사건이 아니지만 여섯 살 어린이가 사라진 만큼 경찰에서는 일부 인력을 노부모의 집에 투입한다. 그들 가운데 몇몇이, 예전에는 24시간 지나기 전에는 수사 인력 투입은 어림도 없었다는 둥 자기들끼리 마당에서 담배를 태우고 화분에 꽁초를 꽂으며 자기들끼리 어느 청동기시대의 이야기를 나눈다. 그러나 유괴된 아이의 생존 한계 시간은 길어야 72시간이다. 요즘 같아서는 결국 단순 가출 사건에 수사 인원을 낭비한 셈이 되더라도 아이가 없어지면

즉시 신고를 접수 처리할 만큼 인터넷 여론이 활발하다.

경찰들은 그 동네의 CCTV를 돌려보고, 그중 한 군데서 외투를 걸치지 않은 어린 소녀를 한 여성이 데리고 가는 장면을 포착한다. 선명하지 않은 화질, 군데군데 얼룩지고 뭉개진 영상, 심지어 조모는 넋이 빠져 있어서 이 아이가 손녀 맞느냐고 물어도 긴가민가 눈을 끔벅이는데, 그럴 수밖에 없다. 화면이 작고 피사체까지의 거리가 너무 멀어서 당겨 확대하니 픽셀이 깨진다. 조모는 손녀의 아침 옷차림이 어땠는지 잘 떠올리지 못하고, 딸의 옷을 직접 입히지 않은 아비는 더욱이 그렇다. 어쨌거나 사라진 시간대가 일치하니 다른 가능성은 없고, 그러면 이 여성을 아시느냐 물어보지만 흐릿하게 찍힌 영상을 아무리 눈 비비며 들여다본들 모르는 자인 데다, 반드시 여자이리란 보장도 없다.

경찰은 유치원을 통해 유괴 미아 방지용 사전 지문 등록을 했느냐고 묻는다. 강 박사도 노부부도 무슨 소린지 몰라 우물쭈물하는데 경찰은 요즘 젊은 부모라면 당연히 등록했으려니 싶었는지 컴퓨터를 두드려서 조회해본다. 그러나 데이터가 없는 걸 확인하고 기가 막힌다는 듯 아이 아버지를 올려다본다. 등록 안 했단 말예요? 선생도 무슨, 그 빨갱이

들 비슷한 분이신가? 개인의 고유성을 식별하는 지문 등록을 어린애 것까지 나라에서 거둬가고 관리하는 걸 거부한답시고들 그러던데, 뭐 그런 분들의 일종? 강 박사는 화가 치밀지만 경찰의 멱살을 잡을 힘도 없을뿐더러, 아이를 찾아달라고 호소한 이상 그쪽이 갑이고 이쪽은 가만히 시키는 대로 따라야 한다. 사실 강 박사는 아이의 가방을 꼬박꼬박 열어 유치원에서 주말마다 보내는 가정통신문을 정독할 만큼 세심한 성격은 못 된다. 아이 엄마가 세상을 떠난 뒤 엄마의 역할까지 도맡아야 한다는 생각을 머리로는 하고 있지만 몸이나 상황이나 타고난 성향이 따라주지 않는 것을 핑계로 삼았다. 그저 아쉬운 대로 노모가 이것저것 챙기고 돌봐주니 거기 의존한 경향이 크다. 틀림없이 유치원에서는 유아 지문 사전 등록제 안내문과 신청서를 보낸 적이 있었을 텐데 강 박사는 구경도 해본 적 없고, 노모는 안내문을 읽어도 무슨 뜻인지 몰라서 꺼내뒀다 아비에게 말해야지 싶다가 서로 일하느라 얼굴 볼 시간도 많지 않고 차일피일 미루며 오늘에 이른 모양이다.

아들과 아버지는 침묵하고 노모는 혼절 상태로 맞은편 소파에 누워 있다. 상주 경찰은 집 전화를 둘러싸고 녹음과 발

273

신 추적 장치를 해두나 돈을 요구하는 전화는 걸려오지 않는다. 그때 강 박사는 문득 누군가가 돈을 요구한다면—도대체 문 닫기 직전의 과일 장사와 페이 닥터로 이루어진 집 안에 누가 돈을 요구할지는 모르나—자기 휴대전화로 연락이 올 수도 있겠다는 생각이 들어서, 의원에 놔둔 전화기를 찾으러 다녀오겠다고 경찰에게 말한다. 통상 이런 종류의 실종 사건에서는 가정학대와 정신질환 등 어떤 이유로든 간에 부모 또한 용의 대상자로 오름을 그는 모르지 않기에 당연히 임의의 경찰 1인이 병원까지 동행하리라 믿었으나, 인력 부족에다 전날 병원에서의 종일 진료 사실이 확인된 강 박사는 혼자 다녀오게 된다.

병원에 도착하자 간호사는 마침 강 박사 앞으로 팩스가 도착했다며 어두운 얼굴로 건넨다. 팩스 전문을 보고 강 박사는 한동안 멍하다가 이것이 수상쩍은 노부인과 관계있는 일임을 직감하며, 그녀의 태도나 하던 일로 미루어 짐작해본바 이 팩스를 경찰에 넘기기 전에 노부인을 먼저 만나야겠다고 결심한다.

"그런데 환자 명부에 전화번호도 가짜야, 하다못해 이름도 가짜야. 그래 뭔가 노리는 게 있을 테니까 언제고 한번은 여기서 맴돌겠지 싶었습니다. 우리한테 뭘 바라는 겁니까. 왜 우리가 이런 일을 당해야 하냐고요. 우리 해니 어디 있습니까!"

조각은 머릿속에 조각난 상황을 하나하나 짜 맞추고 있던 참이어서 강 박사의 부르짖음이 잘 들리지 않는다.

아이는 잘 먹고 잘 자고 있습니다. 따뜻한 새 코트도 사 입혔지요. 과일가게 손녀라 그런가 과일은 입에도 안 대더군요. 대신 이 추위에 바닐라 아이스크림을 두 컵이나 먹었습니다. 배탈은 안 났으니 걱정 마시길. 저녁은 근댓국에 갈치구이를, 아침은 열무김치에 달걀 프라이를 먹었고 새 칫솔 주니까 알아서 양치질도 잘하는 아가씨였습니다. 이 이야기에 조금은 안심하셨기를 빌며, 아이를 만나고 싶으시면 5일 오후 2시에 그 할머니더러 아래 주소지로 반드시 혼자 오라고 전하십시오. 다시 말해두는데 5일입니다. 지금 곧바로 경찰한테 찔러봤자 이 주소지로는 아무 소득도 없을 테고 아이만 위험해질 뿐입니다. 5일에 할머니 외에 다른 동행이 한 명이라도 있으면 아이는 살아서 못 만납니다.

그리고 어딘지 모를 주소 한 줄. 예의 바르고 차가우며 어딘가 비웃음이 어린 듯한 문체다.

"거기 나오는 할머니라는 게 당신 말고 다른 누가 있을 것 같지 않던데요. 설마 해니 할머니를 가리키는 말은 아닐 테고. 답답합니다, 뭐라고 말씀 좀 해보세요. 우리가 당신네한테 무슨 잘못 했습니까? 입 다물었잖아요, 시키는 대로 가만있었잖아요, 아니 애당초 당신이 뭔 짓 하는 사람이든 관심 없다고 그랬잖아요. 그런데 왜 가만있는 사람 건드립니까, 바라는 게 뭐냐고요."

"닥쳐요, 좀."

조각은 아직까지 팩스 용지를 뚫어져라 들여다보면서 일갈한다. 사고 회로가 띄엄띄엄 끊어졌고 그것들이 저마다 엉뚱한 데 가서 엉겨 붙기를 반복한 끝에 그녀는 이제 이 팩스의 발신자인 투우가 자신을 부르고 있음을 알았다. 강 씨를 겨냥한 의뢰도 가명을 썼을 테고 그건 강 씨가 목적이 아니라 다만 시선을 분산하기 위한 일이었을 터다. 투우의 목적은 이 가족 전체였고, 그 끝에는 그녀, 조각이 있었다.

어째서 그 아이는 이렇게까지. 강 박사가 울고 있지만 정작 바라는 게 뭐냐고 묻고 싶은 마음은 오히려 그녀가 더하다. 그녀는 지난 몇 해 사이에 투우에게 이렇게까지 원한을 살 만한 뭔가를 했는지 천천히 되짚어본다. 언제나처럼 일했고 언제나처럼 스쳐 지나갔다. 분기에 한 번 마주칠까 말까 할 정도로 빈도는 적었고 그나마도 얘기를 주고받은 적도 많지 않았다. 시비를 걸면 받아주거나 무시했다. 별 관심을 두지 않았으나 실력 또한 인정했다. 그 아이가 빈정거릴 때는 상대방에 대한 뚜렷한 적의보다는 있는 힘껏 팽창된 자아가 엿보였기에, 지나고 나면 그저 웃어넘길 수 있는 일이었다. 전체적으로 투우를 떠올리는 그녀의 심리는 마치 아슬아슬한 수준에서 단란한 분위기를 유지하던 가족 식탁을 엎어놓고 홀연 사라져선 1년에 두어 번쯤 나타나 이것저것 트집 잡고 행패를 부리는 집안의 막내아들을 바라보는 것만 같아서, 손에 뭔가를 쥐고 놓지 않으려는 나이를 이미 지나 보낸 조각에게는 그 아이가 그저 심상한 행인 1로 보일 뿐이었다. 사적으로 친하게 지낼 상대라고는 전혀 생각지 않지만 적어도 일촉즉발의 경계 대상으로 간주하는 일은 그만두었는데, 그런데…… 언제부터 상황이 달라졌을까. 그녀가 과일가게의 조손을 흐뭇한 마음으로 들여다보던 때부터…… 정확하게는 그녀가 강 박사를 바라보면서부터.

"강 선생님 말이 맞습니다."

마음을 도스르고 그녀는 종이를 접어 강 박사에게 돌려주지 않고 자기 가방에 넣는다.

"판단 잘하신 겁니다. 경찰한테 넘겼다면 이 편지를 보낸 사람을 잡는 데엔 도움 되었겠지만 아이를 찾기는 어려웠을 거예요. 이제부터 제가 처리하겠어요."

강 박사는 있는 힘껏 입속에서 침을 끌어모으더니 바닥에 뱉는데 그녀는 아마도 그 자신에게조차 익숙하지 않을 그런 모습이 하나도 위협적이지 않고 다만 측은해 보인다.

"말이 되는 소리를 하십시오. 뭔지는 몰라도 이제 당신이 문제 원인인 걸 확인했으니까 나는 지금부터 당신과 그 편지를 한꺼번에 경찰에 넘길 겁니다."

"그래도 상관없지만 아이가 정말로 위험해질 거예요."

"예, 그러라지요! 내 딸한테 손대면 이 나라 법이 어떻게 돌아가든 당신도, 그 팩스 보낸 누군지도 내가 반드시 죽입니다. 무슨 수를 써서든, 지구 끝까지 쫓아가서 죽일 거라고. 분위기 보니까 우리한테는 아무 원한도 없는 것 같고, 당신네들끼리 치고받을 일에 애매하게 끼워 넣은 거 맞죠? 그런데 왜 하필 그게 우리 가족이어야만 하는지는 아직도 모르겠군요. 대충 앞뒤 관계 보자면 당신이 그냥 동네 구역 칼잡이가 아니라 내가 생각했던 것 이상으로 위험한 사람이고, 내가 살려서는 안 될 사람을 살려놨다는 걸까요? 하지만 그러기엔 이미 너무 지난 일이지 않습니까?"

미안합니다. 그건 나 때문입니다. 내 눈이 당신을 응시하고 있었기 때문이며, 이 눈으로 심장을 홀리고 다녔기 때문입니다. 실은 나 자신도 왜 그것이 표적이 될 만한 이유인지 켯속을 모르겠지만 놈은 그게 불만이랍니다. 조각은 그렇게 말하지 않는다. 다만 침착하게 약속했을 뿐이다.

"내가 아이를 찾아오겠어요. 어떻게든 돌려주겠다고요. 어려운 일인 거 아는데 나 믿어보세요. 하여튼 경찰은 안 됩니다."

"생사람 잡아놓고 이래라저래라입니까? 말이 되는 소리를 하셔야지. 관두세요. 다 집어넣어버릴 테니까. 도대체가 5일이라니 말이 되는 소리를, 내일모레까지 아이가 무사하겠느냐고, 어딘지 몰라도 내 아이를 단 1초도 더 거기 두고 싶지 않습니다. 팩스 돌려주기 싫으면 관둬요, 어차피 폰카로 찍어놨다고……."

일그러진 얼굴로 횡설수설하면서도 강 박사는 끝까지 후

회하는 말을 밖으로 내지 않았다. 내가 미쳤지, 그때 살려놓는 게 아니었는데, 아님 마취해놓고 바로 경찰이라도 불러야 했는데…… 딸을 잃은 비통함에 한탄할 법도 한데 끝내 그렇게는 말하지 않는다. 대신 강 박사는 뭔가에 홀린 듯 텅 빈 눈을 하고 어딘가에 신고할 것처럼 휴대전화의 슬라이드를 민다. 조각은 그런 눈을 본 적이 있다. 얼마 전 복부인한테서다. 그 일은 사무실 소속의 다른 사람이 무사히 완료했다고 하며, 그 뒤로 의뢰인이 지상에서의 임무를 모두 완수했다는 듯 평온한 표정의 목맨 시신으로 발견되었는지의 여부는 알 수 없었다.

순간 조각은 자기도 모르게 강 박사의 손목을 걷어차서 휴대전화를 10미터 밖으로 날려버렸는데, 어안이 벙벙한 듯한 강 박사의 표정을 보고 곧바로 후회한다. 언제나 반사 신경이 문제다. 그저 손목을 잡아 비틀어도 되는 것을, 손으로 쳐도 되는 것을. 당황한 티를 내지 않기 위해 그녀는 낮고 빠르게 말한다.

"그렇지. 유괴당한 아이가 72시간 넘게 살아 있기를 기대하기는 힘들다고 하지. 그러나 그건 대부분 금품 갈취를 목적으로 한 경우야. 지금 아이는 무사하네. 내가 장담하지. 못

믿어도 좋아. 하지만 딸을 만나고 싶으면 내 말대로 하게. 부모님께는 말씀드리지 말고, 갑자기 태도를 바꾸면 수상해 보일 테니까 집에 있는 경찰은 철수시키지 말고 그대로 하릴없이 도청이나 하게 내버려두게. 48시간 내에 전화 한 통 없으면 경찰은 수사 방향을 바꾸고 알아서 철수할 거라네. 저 전화는 이미 무슨 장치를 했나?"

강 박사는 반은 넋 나간 얼굴을 하고 체념 조로 중얼거린다.

"그랬으면 제가 여기 혼자 있겠습니까. 집 전화로 오는 게 없으면 뭔가 조치를 취하겠지요."

"그럼 가서 집어. 어차피 저리로도 아무 연락은 오지 않을 거야. 아이는 지금 무사해. 선생은 물론 그 아이가 계속 무사하길 바라겠지."

그녀는 가방에 넣었던 팩스 용지를 다시 꺼내 주소 부분만 찢어낸 뒤 강 박사에게 돌려준다.

"편지 발신인의 성격이 내가 짐작한 대로라면, 경찰에 이걸 보이는 즉시 아이부터 처리할 걸세. 그 반대로 여기 적힌 지시대로 나 혼자 간다면 아이는 어떤 경로를 쓰든 온전하게 데려다 놓을 거고. 6일 정오까지 해니가 돌아오지 않는다면 그때는 자네 마음대로 하시게. 그때가 되기 전까지는 참을성 있게 기다려주면 좋겠네. 여기 적힌 주소로 기한 전까지 함부로 움직여서 일을 그르치지 마시게."

그녀는 강 박사를 남겨둔 채 돌아서며 폐에 차올라 찻물처럼 끓는 막막함을 느낀다. 일이 이 지경까지 이른 이상 그를 둘러싼 일련의 풍경을 말없이 응시하는 것조차 허용되지 않으며 이로써 남은 날들 동안 두 번 다시 그를 만날 수 없으리라는 사실에 대해 생각하다가, 고개를 흔들어 어깨 위에 먼지처럼 내려앉은 비애를 털어내고 빈자리를 투우에 대한 분노로 채운다. 그리고 그 분노가, 자신은 그를 이길 수 없으리라는 두려움으로 변질되지 않도록 붙들어 맨다.

"그런데 말입니다."

뭔가 망설이는 듯한 강 박사의 목소리가 그녀의 뒷덜미를 잡아당긴다.

"그렇다고 해서 후회하는 건 아니니까요."

그 말은 그녀에게 하는 말이라기보다는 자신이 돌아버리지 않기 위해 스스로에게 거는 주문 같은 중얼거림에 가깝지만, 그녀는 지금 그 떨떠름한 한마디로 무저갱에서 건져진 것 같다.

"압니다."

그래도 마지막으로 들은 말이 이것이어서, 고개를 돌리고 걷기 전 흘끗 본 얼굴이 증오보다는 처절한 슬픔이 고조된 간절함으로 빚어져 있어서 그나마 다행이다. 적어도 그 표정을 다르게 그려줄 가능성이, 남아 있으니.

그러나 강 박사의 시야에서 완전히 벗어났다고 느껴질 때쯤 그녀는 그의 손목을 걷어차는 데 썼던 오른쪽 발목과 골반이 시큰거리고, 절뚝거림으로써 한쪽 다리에 가해지는 무게를 어떻게든 분산시켜보려 하지만 통증에 눈물이 흐르는 걸 막지는 못한다.

그녀는 오랫동안 쓰지 않았으나 통상분해 방식으로 관리
만은 꾸준히 해온 콜트45구경을 꺼낸다. 최대 유효사거리는
40미터가량 될 테고 아직까지 한 손으로 잡아 겨누는 데 큰
문제가 없지만, 지금의 자신으로선 20미터 안팎에 있는 것조
차 명중시킬 수 있을지 알 수 없다. 그런데 생각해보면 그 아
이와 40미터 밖에서 싸울 일이 있을까. 아마 없을 것이다.

　탄환은 일곱 발, 약실에 한 발이 더 들어가지만 문득 오래
된 탄환이라는 게 마음에 걸린다. 오래되었다고 해도 구한
지 15년은 넘지 않았을 테고 밀봉 상태로 두었으니 불발탄
이 나올 가능성이 크지는 않겠지만 이 순간 그녀는 모든 사
소한 결격사유들이 뜻대로 따라주지 않는 자기 몸만큼이나

불안한데, 아무리 구조가 단단하고 성분이 단순 명료하다 해도 사람의 영혼을 포함해서 자연히 삭아가지 않는 것은 이 세상에 없다. 존재하는 모든 물건은 노후된 육체와 마찬가지로 연속성이 단절되며 가능성은 협착된다. 총열의 수명도 아직 여유로울 테지만 이참에 교체해두는 게 좋을 것 같고, 백업건이 필요할지 모르며, 천연 가죽 소재의 오래된 숄더 홀스터는 이제 무겁고 거추장스럽다. 이런 식으로 구실을 하나하나 붙여 그녀는 결국 장물아비에게 가기로 한다.

차 키를 집어 현관을 나서다가 습관적으로 무용을 돌아보는데 녀석은 하품을 길게 할 뿐 주인이 나가거나 말거나 개의치 않는다. 건조한 날 탓인지 물그릇에 물이 말라붙어 있고, 녀석은 목이 타는 듯 물그릇 바닥을 연방 핥을 뿐이다. 필요한 장비들을 신중하게 고르다 보면 조금 늦어질 것 같아 그녀는 집 안 곳곳에 끓는 물에 적신 수건을 예닐곱 장 걸어두고, 무용의 그릇에는 넉넉하게 물을 채운다. 물을 붓자마자 녀석은 갈급증이 난 듯 달려들어 물그릇에 고개를 박는다. 최근 일련의 정신 산란한 일들로 인해 녀석에게 소홀했다는 생각이 드는데 언제라고 특별히 공들이거나 애지중지했는가 하면 그렇지만도 않지만 거의 공기 취급한 것 같고 자동기계처럼 무의식중에 사료 급여나마 제때 한 게 다행일 정도다. 나가기 전에는 언제나처럼 잊지 않고 프로 젝트 창의 잠금장치가 걸려 있지나 않은지 확인하며, 현관 을 닫고 그녀는 생각한다. 이번 일만 끝나고 날씨가 풀리는 대로 녀석에게 산책을 좀 더 자주 시켜줄 것이다. 보통의 노 부인과 하나도 다를 바 없이 목줄에 개를 끌고 다니고, 조금 만 가면 사람이 개를 끄는지 개가 사람을 끄는지 모를 만큼 빨라지는 걸음을 바삐 쫓아가며, 역시 개를 산책시키는 다 른 이들과 눈인사도 나눌 것이다. 동네의 다른 개들도 만나 게 해주고, 서로 눈 마주치게 놔두어 탐색의 시간을 줄 것이 다. 어쩌면 다른 개 주인들은 혈통이나 천것을 운운하며 꺼 릴지도 모르지. 분명한 것은 일상생활에 불과한 이런 평범 한 약속을 운명처럼 걸어두어야 할 만큼 투우는 쉽지 않은 상대다.

프라모델 숍에는 직접 사러 오는 손님이 별로 없고 인터 넷 주문에 따라 포장 출고 배송하는 일이 대부분이어서 숍 이라기보다는 창고에 가깝다. 연락받은 한 씨가 문가의 풍 경 소리를 듣고 눈을 비비며 나온다.

"아버지는 어떠신가요?"

조각이 묻는 것은 눈앞의 40대 한 씨가 아닌 아버지 한 씨, 그러니까 원년 멤버의 파트너였던 사람을 가리키는데, 대장암으로 치료를 받기 시작한 지 얼마 안 되었지만 치료란 그야말로 상징적, 형식적으로서 외아들의 면피에 불과하다. 아버지 한 씨는 이미 일흔넷으로, 운동을 계속해온 조각과는 달리 몸이 총체적으로 부실하며 수술 과정을 견뎌낸 것만으로도 경이로운 일이다. 평균수명이 아흔이든 백이든 그것이 노구 자체의 건강을 재는 척도는 되지 못한다. 평균수명이 높아진 것은 다만 죽음이 급습하는 시기를 과학과 의학이 지연시켰기 때문이고 그것은 효율이나 질을 완전 충족시키지 못한 채 생명 연장의 꿈에서 '연장'에 포인트를 맞춘 것으로서 평균수명 100세 시대의 노인이란 어디까지나, 소원을 빌 적에 '젊은 모습으로 예쁘게'라는 옵션을 잊어 주름 잡힌 얼굴과 휜 허리로 구차한 영생을 잇게 된 예언 무녀의 운명에 불과하다.

아들 한은 피차 관심 밖인 안부 인사 따위는 생략하자는 듯한 태도다.

"늘 그렇죠 뭐. 이쪽으로 들어오세요."

안쪽 창고에서 한은 주문받은 물건을 늘어놓는다.

"옛날 가죽으로 만든 거 요즘 기준으론 무지 무거워요. 그거 어떻게 쓰시려고. 군장 차고 행군할 일 있나요. 요즘은 이거죠. 어떻게, 프런트 브레이크 타입으로 드리면 돼요? 이거 이렇게 걸어둬도 딴딴하니 안 흘러내려요. 불안하시면 버튼식도 있고. 근데 뽑기가 쉬워야 하잖아요."

조각은 한이 내민 나일론 소재의 홀스터를 만지작거리며, 그가 일사불란한 손놀림으로 매거진 파우치에 탄창을 채우고 이어서 스미스 앤드 웨슨 438과 플래시 뱅을 꺼내는 모습을 바라본다.

"이거 진심 구하기 힘들었어요. 플래시 뱅 보통 사이즈보다 한 30프로 줄여놓은 거거든요. 성능은 똑같아요. 근데 숨기고 던지고 하기가 쉽죠. 힘이 너무 넘치셔서 어디 엉뚱한 데 꽂힐 거 같다, 원래 크기대로 찾으시면 그걸로 드리고. 그건 여분 모셔뒀거든요. 근데 저 같으면 미니를 쓰겠어요."

"그래, 미니로 줘요. 팔 힘도 예전 같지 않아."

그녀는 한이 더 이상 잘난 척 설명을 계속하게 두고 싶지 않아서 웃으며 얼버무린다.

"팔 안 좋으시면 콜트 45는 관두시는 게 좋을 텐데. 저도 쓰고 나면 어깨 빠질 것 같은 걸 들고 가서 뭐 하시게요. 시간 조금만 더 주시면 글록 26이나 다른 콤팩트한 걸로 제가 좀 알아봐드릴 수 있는데."

"힘든 줄은 아는데, 그냥 오래된 게 익숙해서 그래요. 노인네들 특징이 그렇지. 다른 거 필요 없어. 시간도 그렇고."

"그럼 웬만하면 큰 무리는 하지 마시고 이거, 438로다가 쓰세요……. 그런데 제가 홀스터에다 백업건까지는 이해가 가는데요. 플래시 뱅은 왜 필요하신데요? 뭐 대대적으로 게릴라 소탕 작전이라도 나서는 길이시라면 모를까."

"무슨 일이 있을지 나도 몰라서 그러니까, 암말 말고 담아줘요. 안 쓸지도 몰라. 안 쓰게 되면 나야 좋지."

한이 포장한 선물 상자를 숄더백에 담고 그녀는 지폐 봉투를 내민다. 한은 봉투를 열어 눈대중으로 세어보고 눈을 크게 뜬다.

"감사하긴 한데 뭐 잘못 넣으신 것 같은데요."

"문병 한 번 못 간 게 미안해서, 아버지 간병에 보태라고. 대신 안부 좀 전해줘요."

그제야 한은 반색하며, 노부인의 인사치레를 무시했던 것을 후회하는 눈치다.

"아직 정신은 그런대로 멀쩡하신데, 직접 만나고 가셨더라면 좋았을 텐데."

"그게 힘들 것 같아서. 대신 전해줘요."

한은 뜻밖의 수입이 추가로 생긴 데 대한 안도의 표정과 함께 엉거주춤 고개를 숙이며 그녀를 배웅한다.

그녀는 저녁에 해우와 통화를 한다. 해우의 심상하며 일상적인 말투로는 에이전시 측에서 이 일에 대해 알고 있는지 여부를 판단할 수 없으나, 평소 치밀하지 못한 손 실장의 성격으로 보아서는 일반적인 의뢰로 생각했을 테며, 선수금이 칼같이 입금되었으니 기업이나 대리인 이름 뒤에 진짜 의뢰인이 누군지까지는 괘념치 않았을 터다. 아주 잠깐은 별 볼일 없어진 거추장스러운 늙은이—게다가 에이전시의 신뢰도를 떨어뜨리는 실책까지 저질렀으니 얼마나 좋은 구실이 될지—를 처리하라는 지령을 받은 투우와 에이전시가 서로 짜고 치는 고스톱이 아닐까도 생각해봤지만, 평소 보아온 투우의 성격이 그런 일을 받아들일 것처럼 보이지도 않았고 무엇보다 늙은이 한 명을 제거하기 위해 이런 비효율적이고 번잡한 일을 벌일 까닭은 없다. 조각은 평소대로 해우와 통화를 마치며, 일 끝내기 전에는 연락을 받기 힘드니 자신이 언제고 다시 전화하겠다고 언질을 준다. 그런 다음 에이전시나 해우가 자신을 호출할 수 있는 각종 통신기기를 모두 끊는다. 늦은 저녁으로는 매생잇국에 두어 숟갈 잡곡밥으로 볼가심하고, 역시 저녁을 먹은 무용을 오랜만에 욕실로 데리고 가서 평소보다 오랫동안 꼼꼼하게 씻긴다. 일종의 의례를 치르는 동안 무용은 샤워기 물 닿는 것이 귀찮아 푸르르 떨며 귀를 흔든다.

그리고 그녀는 깊은 잠을 충분히 자기 위해 커피를 거르지만 그럼에도 내일 일어날 일을 생각하다 잠을 설치고 만다. 주인이 편안하게 잠들도록 배려하기 위해서인지, 소등 후 늘 이부자리 펴놓은 데로 기어 들어오던 무용도 오늘은 거실로 나가 따로 잠들었는데도, 그녀는 머릿속으로 담장을 넘는 양을 한 마리씩 세고 양털의 감촉까지 올올이 머릿속에 그려보며 억지로 잠을 청한다.

내비게이션으로 찾은 주소지로 모의 주행을 한 결과, 아무리 길이 막혀도 총 주행 시간은 다섯 시간을 넘지 않을 테고 적당한 확률의 지체와 서행을 기준으로 하면 네 시간으로 충분한 까닭에 약속 시간까지는 한참 남았으나 그녀는 이미 아침 7시에 눈이 떠졌다. 그것도 평소에는 5시 반에 일어나다가 불면으로 늦잠을 잔 까닭이다. 그러나 그쪽은 당연히 일찍 도착했으리라는 생각에 그녀는 프로젝트 창 고리를 풀고 가방과 각종 연장 장착을 마친 뒤 밥그릇은 안다미로 채워놓고 아직 잠들어 있는 무용의 머리를 쓸어내린다.

"다녀온다. 잘 자고 집 잘 봐라."

그 순간 손에 닿는 한기에 그녀는 소스라친다.

털에는 윤기가 없다. 후각이 잘 듣지 않아 모르고 지나칠 뻔했는데 두어 번 코를 킁킁대니 이상한 냄새가 난다. 모로 누운 무용의 엉덩이 아래로 묽고 검푸른 똥이 퍼져 있다. 그녀는 잠든 무용의 목에 손가락을 대고 깊이 파고들어보다가, 무용 앞에 퍼더버리고 앉아 한참을 그 자세로 손가락만 대고 있다. 슬며시 흔들어보는 무용의 몸은 무겁다.

참으로 이상한 일이지. 하나의 존재에서 가장 큰 비중을 차지하는 영혼이라는 게 빠져나갔는데도 육신이 더 무거워진다는 것은.

그녀는 몸을 부스스 일으켜 풀어둔 프로젝트 창 고리를 다시 잠근 다음 집을 나선다.

첫 번째로 나온 고속도로 휴게소에서 공중전화를 찾는다. 모든 사람이 휴대전화를 쓰기 때문에 방치되다시피 한 공중전화 가운데 제대로 작동이 되는 것은 한 대뿐이다. 그녀도 요즘 공중전화가 한 통에 얼마인지, 몇 분이나 있다가 동전이 떨어지고 통화가 끊어지는지 모르기 때문에 되는대로 동전 한 줌을 주머니에 두둑이 담아가지고 전화를 걸기 시작한다.

첫 번째는 잘못 걸었다. 처음 들어보는 목소리의 여자가 받았다. 그녀는 통신기기를 모두 끊으면서 휴대전화마저 부숴버리고 집에서 나온 것을 후회하며, 기를 쓰고 올바른 전화번호를 기억해내려 애쓴다. 그렇게 희미하게 머릿속에 스멀거리는 몇 개의 번호를 바꿔서 걸어보다가 주머니 속 동전이 가벼워질 때쯤 결국 처음 걸었던 번호가 맞다는 사실을 알게 된다.

"그 여자 누구야. 부인 아니지? 덕분에 실컷 동전 낭비했네."

"상관 마세요. 무슨 일이세요? 오늘 나 휴무란 말이지. 너무한 거 아뇨, 오늘 같은 날에."

"부탁이 있네."

"대모님 부탁이면 보나마나 즐거운 일은 아닐 테고. 다른 날 하면 안 돼요?"

추모공원 직원 최 씨의 볼이 미어지는 소리가 송화기 너머로 들린다.

"다른 날은 내가 안 돼. 아주 급한 건 아냐. 하지만 늦어도 내일까지는 해줬으면 해. 우리 집 어딘지 알지? 가서 층계 두 번째 단 오른쪽 끝 돌 덮개를 열면 거기 현관 열쇠가 들었어."

그다음 말을 잇기 전에 조각은 깊은 호흡을 내부에서 길어 올리는 준비 과정이 필요한데, 그 대상을 떠올릴 적마다 아무리 '무심코'가 앞서더라도, 어쨌거나 녀석을 위해 개조한 프로젝트 창이나 사료가 말라붙은 그릇 바닥이나, 몸을 흔들 때마다 콧속을 간질이던 갈색 털 뭉치 같은 것들이 차례로 떠올라 가슴 어디께 삭은 밥알처럼 몽클거려서다.

"그러면 거실에 개가 한 마리 누워 있을 거야. 잘 좀 해줘."

결정적인 단어를 언급하지 않아도 직업 본능으로 사정을 안 최 씨는 금세 우호적으로 목소리 톤을 바꾼다.

"아이구, 어쩐다냐. 불쌍해서. 근데 대모님 언제 개 키웠

대요? 뭐 어려운 일 나가시느라 그 불쌍한 거 그냥 보내주고 가시나?"

"키우지 않았고 그냥 옆에 가만히 있었어. 그리고 내가 죽인 게 아냐. 갈 때가 되어서 갔지. 대강 천수를 누린 것 같긴 한데 내가 직접 거기까지 데리고 갈 시간이 없어서 그래."

"뭐, 알았네요. 오늘만 아니라면야, 그게 뭐 어려운 일이라고. 근데 계산은요?"

"나중에 연락할게. 내가 사흘 내로 연락을 못 하면 해우씨한테 받아가. 거기 내 돈이 좀 쌓여 있으니 그 정도는 치러 줄 거야."

최 씨의 대답을 듣기 전에 경고음이 몇 번 흐르다가 전화가 끊어진다. 주머니가 가볍고 남은 동전은 이제 없다. 단지 동전이 바닥났을 뿐인데 조각은 지금껏 형태를 유지해온 자신의 남루한 삶 전체를 비워나가는 듯한 느낌에 사로잡힌다.

회갈색 폐건물이 설의를 머금은 하늘을 이고 있다.

돈 가방 든 자를 똥개 훈련시킬 목적이 아니면 사람을 납치해놓고 인파로 가득한 도시 거리 한복판에 호출할 리는 없으니 그녀는 해당 장소의 분위기를 어느 정도 짐작하기는 했으나 설마 이렇게까지 을씨년스럽고 흉물스러우리라곤 생각 못했는데, 투우가 지정한 낯선 주소에서 나타난 건 공사가 중단된 건물로, 건조 방식으로 보아 아파트를 짓다 만 모양이며 버려진 지 오래된 듯 틀만 잡힌 수준이다. 이런 허허벌판에 누가 용감하게 아파트를 짓겠다고 나섰다가, 혹은 누구의 농간에 빠졌다가 사업을 말아먹은 모양인지, 아파트가 다 지어졌던들 산을 억지로 깎아 땅을 낸 곳으로 보이니

큰비가 내렸을 때 무사하지 않을 듯했다.

　예전에 한창 류와 활동하던 시절이었다면 사대문만 벗어나도 바로 이런 황량한 곳들이 펼쳐졌지만, 요즘 같은 때 그 아이는 어떻게 이런 장소를 다 물색했는지 모를 일이다. 그녀도 이런 곳에서라면 대낮에 시신을 처리하더라도 누구의 눈에든 띄지 않을 자신이 있다. 산을 둘러싸고 겨울의 논밭이 펼쳐져 있으며 지금 무언가를 심거나 거둘 때가 아니므로 주위에는 사람커녕 개 한 마리 지나가지 않는다. 산을 기준으로 50미터쯤 앞에 가내수공업으로 추정되는 공장 비슷한 단층 건조물이 하나 눈에 띄는데 문은 굳게 닫혀 있다. 사람을 만나거나 문을 연 가게를 찾으려면 적어도 이삼십 분은 차를 몰고 나가야 할 듯하다.

　차 시동을 끄고 긴 잡초에 둘러싸인 폐건물을 향해 파밭 밟듯 다가가는 동안 딛는 자리마다 팃검불이 인다.

　안내문 적힌 푯말에는 이름 모를 덩굴식물이 휘감겨 내용이 잘 보이지 않는다.

　-알림-

　본 건축 현장은 사업자의 사정으로 장기간 공사 중지되어 방치된 건물로서 안전상 위험하오니 건축물 부지 내에 들어가지 마시기 바랍니다. 무단 침입 시 형사 고발 대상이 될 수 있습니다.

움직이기 편하도록 코트를 벗고 빳빳한 아우터 안에 면 셔츠만을 받쳐 입었을 뿐이어서 겨울 산바람이 건삽한 피부를 에어낸다. 아직 아무것도 시작하지 않았는데 관절이 붙은 자리마다 삐걱거리는 소리가 들릴 것만 같다. 시작하기도 전에 심장이 얼얼해져 온다. 그녀는 이를 악물고 시멘트로 바른 층계를 한 단씩 소리 없이 밟는다. 짓다 만 건물은 뼈대에 콘크리트를 입힌 수준으로 사방이 훤히 뚫려 있고 외벽의 2개면은 변색되어 밟으면 삭아 떨어질 것 같은 비계(飛階)로 둘러싸여 있는데 그마저도 철수하다 중단한 모양인지 또는 세월과 각종 기상 현상에 자연 탈락되었는지 부분부분 끊어져 있다. 내부에는 엄폐물이 될 만한 게 거의 없고 어디를 둘러본들 쥐색 벽과 중간을 떠받치는 기둥 정도인데, 네모지게 뚫린 창문 자리와 섞여 어느 쪽이 뚫리고 막혔는지 공간감에 혼란이 온다.

그녀는 층계참에서 눈을 한번 질끈 감았다 뜨고, 자신의 몸속에 아직 남았다고 생각되는 마지막 한 가닥의 신경까지 집중하여 발소리를 죽이고 외부의 소리를 채집하는 데에 쓴다. 식은땀이 흐르기 시작하는데 문득 빰을 타고 흐르다 귓바퀴를 따라 도는 한 방울의 땀에서 살짝 흔들림이 느껴지며 그것이 격철이 후퇴하는 진동인 것 같다고 생각하는 순간 그녀는 반사적으로 몸을 뒤로 빼고 조금 전까지 그녀가 서 있던 자리에 총탄이 날아와 박히는 모습을 본다. 탄이 꽂힌 자리에 회색 먼지가 인다.

지금까지 올라온 몇 단 안 되는 층계를 다시 뛰어 내려가자 그 뒤로 두어 발이 더 쏟아져 층계 기둥에 먼지를 피워 올린다. 층계 위쪽 어딘가에서는 쫓아오는 기척이 없이 언제고 그녀가 올라오기만을 기다리고 있는 모양이다. 탄환을 그녀 머리에 박을 준비를 하면서 여유롭게.

그러니까 저건 투우가 아닌 셈인데, 그 아이는 지금 이유는 모르지만 뭔가를 있는 대로 자랑하고 싶어 안달 난 상태이기 때문에 숨어서 저격할 만한 성격은 못 된다. 비수기에 일 없는 업자들을 뽑아와 배치했나 본데 몇 명이나 끌어왔을까. 한 층에 한 명씩 대기 중이라 치고 다섯 명을 넘지는 않을 것이다. 특수부대원 같은 것도 아닌 오합지졸을 다섯 명 이상 모아 급조한 팀이라면 아무리 한 가지 목적만 지닌 용병에 불과하더라도 꼭 그중에 손발 안 맞는 이가 나오게 마련이며, 여남은 명이 떼를 짓고도 이만큼 기척을 지울 수 있고 숨소리 한 번 없이 인내하며 기다릴 수 있다면 소수 정예의 훈련받은 군인 정도나 되어야 할 것이다.

조금 전의 총소리 몇 발을 듣고, 그 의미가 무엇인지 몰라도 공포만은 확실히 전달되었는지 어디선가 아이 흐느낌 비슷한 소리가 들려온다. 그녀는 발끝으로 날듯이 건물을 빠져나가 외곽에서 올려다보며 소리의 진원지가 몇 층인지를 가늠해보는데 입을 틀어막았는지 기절시켰는지 울음소리는 곧 끊어져서 거리감을 잃었지만 대략 7층보다 위쪽일 것 같지는 않다.

그녀는 오른손에 콜트를 쥐고 왼손 하나로 버텨가며 옆에 죽어가는 아름드리나무를 타고 올라간다. 온몸의 근육은 비명을 지르며, 건조한 바람에 앙상한 가지는 곧 부러질 듯하고, 겨울철이라 쿠션이 될 만한 잎들이 남아 있지 않아서 소리를 지울 수 없으나 그래도 다행인 건 겨울바람이 가지를 흔드는 소리와 섞였다는 점이다. 2층에서도 그림자가 한 개 어른거리기는 하는데 아까와 같은 상황을 대비하여 중앙 층계에 신경을 집중하는 모양이고, 나무에 올라 뻥 뚫린 건물의 3층을 건너다보았을 때 1개 층을 넓게 왔다 갔다 하며 그녀를 기다리는 모양인 한 업자의 뒤통수가 보인다.

그녀는 소리 죽여 심호흡하며 팔을 들어 올린다. 할 수 있잖아, 그렇지? 검지를 걸어. 꼭 첫 번째 마디 중앙까지야. 아니 가만, 두 번째 마디까지 너무 깊이 걸면 총알이 위나 왼쪽으로 나가. 다시 한번. 아니아니, 첫 번째 마디라고 했지 누가 그렇게 살짝 대듯이 끄트머리만 걸치래. 그 자세론 오른쪽으로 빠진다. 정확히 한가운데. 그렇지, 그대로 해.

그녀가 업자의 머리를 조준했을 때도 그는 미처 알아차리지 못한 듯 사각 너머로 소리 없이 걸어가고, 다시 이쪽으로 천천히 돌아오다가 문득 고개를 들었을 때 나무 위의 그녀와 눈이 마주치는데, 업자가 당황하지 않고 재빨리 이쪽으로 총구를 돌리기 전에 이미 흔들림 없는 파지 상태로 그쪽을 겨누고 있던 그녀가 먼저 방아쇠를 당긴다. 탄환이 총신 안에서 요동치고 강선을 활주하듯이 미끄러져 나가는 느낌이 손아귀에 전해지며, 손목부터 팔꿈치를 타고 흐른 진동이 어깨뼈가 어긋나는 듯한 통증과 압박감으로 퍼져나가지만, 곧 그녀는 업자의 머리에 난 붉은 구멍을 가늠쇠 너머로 볼 수 있다.

곧바로 로프를 던져 외곽 기둥에 걸고, 총소리와 이어서 희생자의 외마디 비명을 들은 나머지 업자들이 움직이는 소리를 들으며 건물로 건너간다. 업자들은 여자 아닌 남자의 단말마를 듣고 당황해서 이제 자신들이 이동하는 소리를 지우지 못하는데, 그들 개개인의 솜씨는 아마추어가 아닐지 몰라도 이로써 전형적인 오합지졸의 특성을 드러낸다. 현명한 자는 이런 때일수록 몸을 숨기고 침묵하겠지만 곧 2층에서 한 명이 올라오고 4층에서 한 명이 내려온다. 달음질의 박자와 속도로 보아서는 둘이 동시에 3층에 도달할 것 같지만, 층계참에 몸을 붙이고 있던 그녀는 다른 쪽 손으로 힙 홀스터에 꽂아두었던 백업건을 뽑아 아래위쪽의 업자 둘을 향해 거의 동시에 쏘는데 둘 사이에는 아주 조금의 시간 차가 있어서, 백업건에 빗맞은 아래쪽은 막 발사하려던 총을 떨어뜨렸을 뿐이나 주무기에 제대로 맞은 위쪽 업자는 하복부 한가운데가 꿰뚫려 그대로 계단을 굴러 내려온다. 총알은 복부 대동맥을 관통한 모양으로, 몸이 구르는 대로 대량의 피가 나선을 그리며 흩뿌려지고, 쓰러진 몸은 그녀의 발치에 닿아 멈춘다. 아래쪽 업자가 새 총을 꺼내 발사할 때 그녀가 몸을 피하면서 벗어 던진 점퍼가 날아가 그의 시야를 가리고, 곧바로 그녀가 총을 쏘자 점퍼를 뚫고 나간 탄환이 그의 머리에 박힌다.

그녀는 점퍼를 주워 입은 뒤 1층을 흘끔 내려다본다. 거기에는 업자가 놓친 총이 떨어져 있다. 머리를 맞은 업자는 움직이지 않는다. 그녀는 다시 올라와 이번에는 배 뚫린 업자가 꿈틀거리자 두 발을 더 쏜 뒤 몸을 발로 뒤집어 확인한 다음 그의 손안에 있던 베레타를 집어 숄더 홀스터의 빈자리에 끼우고 백업건은 원래 자리에 꽂는다. 더 이상 휴대품의 무게가 늘어나는 건 바람직하지 않지만 아직 몇 명이 남았는지, 조금이라도 생각 있는 이들은 몇 층에서 숨죽이고 있을지 모른다.

암만 허허벌판에 동떨어진 폐가라지만 여기가 수렵 지구도 아닌 마당에 총소리가 너무 많이 울려 퍼졌다. 거기다 겨울 산이라고 해도 산속에 암자가 있을지도 모르는 일이며, 그 정도야 투우가 이미 답사를 마쳤겠지만 심마니 한두 명 정도 없으리라는 보장은 못 하니 여유를 부리기는 힘들 것이다. 상대는 제정신이 아니라고 짐작되는 만큼, 인가까지 총소리가 닿거나 말거나 녀석은 알 바 아닐 테고 불리해지면 아이를 데리고 튀면 그만일 텐데 그보다는 지금 사방이 트인 콘크리트 건물에서 아이가 오랜 시간을 버티기 힘들 것으로, 설산에서 조난을 당하면 기초체온이 높고 움직임이 적은 어린애가 제일 마지막까지 살아남는다고 하지만, 그것이 곧 아이가 받는 육체적 고통이 상대적으로 적다는 뜻이 되지는 않는다. 아이는 지금 아무 소리도 내지 못하는 걸로 보아서 결박당했거나 기절했을 수 있는데, 이 기온에 잠들어버린 채 오래 방치하면 체온이 급강하한다. 가능한 한 1초라도 서둘러 아이를 회수해야 한다.

그러나 그렇다고 해서 그녀 쪽이 먼저 조바심을 드러내면 그때 이미 승패는 결정지어진다. 입을 열어 그의 이름을 부를 수 없다. 이리로 모습을 드러내라고, 정당하게 붙어보자고 말할 수 없다. 그럴수록 강같이 흘러넘치는 절박함과 초조감을 그쪽에 들키고 만다. 자신의 두려움과 무능력을 흘린다고 해도 그녀 본인은 상관없으나, 그 두려움이 순전히 아이 때문이라는 사실을 적나라하게 드러내면 투우가 특유의 비웃음과 함께 병아리 목을 한 손으로 꺾듯 해니의 목을 비틀어버릴지 모른다.

그녀는 창밖으로 길게 뻗어 나온 비계의 일부를 잡아 몸을 솟구친다. 그대로 외벽에 매달려 바로 위층으로 건너가는데, 아까 내려오던 한 업자의 배를 뚫어놓아 그런지 흘깃 넘겨다본 4층에는 아무도 없다. 그러나 5층으로 무사히 올라가기 전에 비계는 서로의 뼈마디를 부딪치는 날카로운 쇳소리를 내고, 곧 5층에서 팔 하나가 밖으로 뻗어 나와 그녀를 향해 두 발을 쏜다. 탄환들이 얼기설기 엮인 비계에 맞아 떨어지는 순간 그녀는 지체 없이 창 안쪽으로 몸을 던진다. 이어서 네 발이 더 터지고 그녀는 몸을 굴려 기둥 뒤로 달라붙지만, 그중 한 발에 쓰고 있던 모자가 날아가고 다른 한 발에 왼팔이 찢긴다. 상대방은 그녀에게 숨 돌릴 여유를 주지 않기 위해 기둥 쪽으로 빠르게 뛰어오다가 그녀가 뒤로 던진 로프에 한쪽 발목이 감겨 넘어지면서 쏜 탄환은 벽에 날아가 박힌다. 다음 탄환은 뭐라고 욕을 하면서 방해가 되는 로프를 끊어버리는 데에 사용했으므로 업자는 곧바로 그녀가 기둥 뒤에서 뛰어나왔을 때 그다음 탄을 그녀에게 발사할 가장 적절한 시기를 놓치고 만다. 하여 어설프게 총구를 떠난 탄은 그녀의 펄럭이는 점퍼 후드를 꿰뚫고, 그녀가 쏜 총알은 업자의 이마를 헤집고 나가 땅에 박힌다.

이번에도 머리다. 네 명 가운데 세 명의 머리를. 그다지 머리에 집착하려던 건 아니었는데 이 순간 그녀는 이거야말로 공연히 과거를 반복 소환하는 경향이 있는 죽음의 표지라고 생각될 만큼 강렬하게 류가 떠오른다. 가능하면 무조건 머리지, 혹시나 방탄조끼를 입었을지 모르는 복부보다는 말야. 물론 머리도 머리 나름, 연수나 뇌간이 박살나지 않으면 곧바로 죽지는 않는데 그래도 움직임을 멈추는 데엔 제일 나아. 심장이나 배는 소비하는 총알에 비해 효율이 떨어진다고 보면 돼. 맞히기도 힘들고, 즉사는 더욱 힘들고. 저격은 무조건 머리, 접근전은 심장이나 배를 노리느니 차라리 팔다리를 날려버려. 사람이 자기 팔에서 떨어져나간 손목을 내려다볼 때의 기분이 어떨 것 같아? 구멍 난 배를 싸쥐고 바닥에서 몸을 뒤트는 것보다 그쪽이 전의 상실에 효과적이야. 혈류량과 무관하게 쇼크사도 기대해볼 수 있지. 그러나 두 사람이 야산의 사격장과 사냥터를 벗어나 주로 복잡한 도심에서 움직이게 되었을 때는 높으신 분들의 지시도 있고 하여 총을 쏠 일이 급격히 줄어들었다.

그녀는 햇수로 거의 10년 만에 총을 잡아보았고 운동성을 비롯한 모든 것이 예전과 같지 않았다. 이미 숨이 턱에 닿았고 온몸의 표면은 자갈이 쓸고 지나간 것처럼 저릿저릿하다. 피가 흐르는 왼쪽 팔은 찬바람에 감각을 일찍 잃었고 그녀는 류가 그립다. 그동안 특별히 그래야만 할 이유가 없어서 미뤄왔지만 이제 오늘이야말로 당신에게 가는 일을 더 이상 늦출 수는 없을 것 같다.

카고바지 무릎 주머니에서 손수건을 뽑아 팔을 묶을 때, 무언가 낑낑대는 신음과 함께 물건이 굴러떨어지는 듯 둔탁한 소리가 연속으로 들리며 점점 그녀에게로 가까이 다가온다. 위층부터 내려오는 소리다.

그녀는 내려오는 쪽 층계를 향해 총구를 겨누다가 아연실색하고 만다. 두꺼운 부대에 담긴 뭉치가 가로뉘어져 층계를 구르고 있다. 투우가 그 부대를 발로 밀어 굴리는 것이다. 부대 안에서 테이프로 입이 막힌 듯한 울음소리가 난다. 마지막 한 명 남은 듯한 용병 업자가 투우의 뒤를 따라 층계를 내려오는데 그는 언제라도 그녀가 움직임을 보이면 부대를 쏠 준비가 되어 있는 듯 총구 방향이 아래로 향해 있다.

"아이를 발로 차지 마."

여전히 총을 거두지 않은 채로 일갈하지만 그녀의 목소리는 물너울처럼 출렁거린다.

"나는 당신이 아니라서."

말을 마치기 무섭게 층계 두어 단을 남겨놓고 투우가 부대를 힘껏 밀어 찬다. 부대는 그녀의 무릎으로 날아가 그 반동으로 그녀가 뒤로 넘어진 채 발등으로 아이를 받친다. 방아쇠를 당기지 못했음은 물론이다. 그녀가 몸을 일으키기 전에 용병 업자가 그녀 머리로 총구의 방향을 바꾼다.

"지루해죽는 줄 알았네. 결국 못 기다리고 내려오게 만들어? 그렇게 신중하게 눈치나 살펴서야 이름이 울겠다. 그만큼 이 아이가 중요해? 지금도 봐, 나는 맨손으로 내려오는데 뭘 안 당기고 망설이다가 이렇게 판이 뒤집혀, 뒤집히길."

"네가 보여주고 싶었던 게 고작 이 정도 한심한 촌극이었나 보네."

"그럴 리가. 좀 더 화려하게 맞이해주고 싶었지만 이쪽도 예산이 그리 넉넉지 않아서 말야."

투우의 웃음이 창을 찌르고 들어오는 오후 햇살에 닿아 선명해지고 기묘해진다.

"하지만 그보다는 너무 크게 벌렸다가 당신이 나를 만나기도 전에 죽어버리면 재미없으니까 어디까지나 적당히. 그래서…… 준비운동은 좀 됐어?"

그때까지도 무슨 이유에선지 썩 탐탁지 않은 얼굴이었던

마지막 용병이 주춤하더니 눈을 부라린다.

"뭐, 이 어린놈의 새끼가 진짜 보자 보자 하니까 눈에 뵈는 게 없나. 준비운동? 새끼가 사람을 물로 보고……."

"선금 다 땡겨드렸는데 뭐 문제 있으세요?"

업자는 투우의 빈정거림에 조금씩 이성을 잃고 있다. 조각은 마음속으로 혀를 차며 업자가 눈치 못 챌 만큼 부대에 깔린 발등을 조금씩 빼낸다. 그러게, 손발 안 맞는다니까.

"선금이 대수야? 네 한심한 놀이에 맞춰주다 나머지 인간들 다 죽어나갔는데. 내가 이 여자 머리 뚜껑 날려버리면, 저 밑에 나가자빠진 놈들 잔금도 나한테 당겨줄 텐가?"

업자의 말에 투우는 당신이 그럴 수만 있다면 손에 장을 지지겠다는 표정으로 웃는다.

"그만한 돈 드리고 일 부탁할 적에는 총알받이라는 거 모르고 오신 거 아니잖아요? 당한 거야 아저씨들 실력이 거기까지라는 거고."

그러자 업자는 총구의 방향을 돌연 투우에게로 바꾸고, 방아쇠를 당기는 순간 바닥에 주저앉아 있던 조각의 총이 그 팔을 쏜다. 업자의 총알은 투우의 머리가 아니라 계단참에 박혀 먼지를 일으키고, 손목이 뚫린 업자는 총을 떨어뜨린다. 그가 욕지거리와 함께 몸을 날려 그녀를 넘어뜨리고 무릎으로 그녀의 어깨를 찍은 채 한 손으론 총을 쥔 손목을 비틀고 다친 손으로 총을 빼앗는다. 이어 개머리판으로 그녀의 이마를 내리치고 그녀가 눈앞이 아찔해진 사이에 몸을 일으켜서는 곧바로 두 발로 뛰어 배를 밟으려 하지만 그녀는 몸을 굴려 발을 피한다. 곧바로 업자의 비명이 텅 빈 콘크리트 건물을 흔드는데, 옆으로 구르면서 그녀가 그의 두 발목을 벅나이프로 그어버렸기 때문이다. 바닥에 배를 끌며 울부짖던 업자는 빼앗은 총을 그녀 얼굴에 대고 당기는데 이번에는 빈 탄창 소리만 요란하다.

"이런 씨발!"

새 탄환을 사고 나서 그녀는 약실에 1발을 마저 채우지 않았다. 업자가 총을 팽개치며 토하는 절망적인 비명을 듣고 투우는 어깨를 들먹이며 과장되게 허리를 접는다.

"그러게 몇 번을 말해요. 쉬운 사람 아니라니까."

그리고 그는 칼을 간신히 떨어뜨리지 않고 버티긴 하나 금방이라도 숨이 넘어갈 것처럼 비틀거리며 일어서는 노부인을, 반드시 자기 손안에서만 쥐어 터뜨리고 싶을 만큼 사랑스러운 존재라도 되는 듯이 물끄러미 바라본 다음 업자에게 말한다.

"아저씨 많이 애써준 거 아니까, 제가 서울 가면 잘 챙겨
드릴게요. 근데 이거 어쩌나. 운전은 하실 수 있을지. 일단
차 키는 드릴게요. 지금 아저씨 손발 다 끊어지고 총을 못 쓰
니까 쓸모가 없거든요? 저 할머니도 아저씨 같은 사람을 끝
까지 쫓아가서 죽일 양반이 못 돼. 그러니까 이거 갖고 기어
가든 날아가든 얼른 꺼지세요, 목숨이 그렇게 아까우시면."

업자는 여분의 무기가 따로 없었던 모양으로, 그보다는 운
신 자체가 여의치 않을 정도로 깊게 베인 발목 통증과 출혈
로 전의를 상실한 듯 투우가 떨군 차 키를 줍더니 증오와 저
주가 충만한 눈초리로 노부인을 한동안 흘겨보다가, 이윽고
계단에 엎드린 채 애벌레처럼 꿈틀거리며 기어 내려간다.
그렇게 다섯 개 층을 다 내려가려면 한나절은 걸릴 것 같다.

조각이 이리 구르고 저리 굴렀던 몸을 간신히 일으켰을
때는 이미 투우가 자루를 열고 아이를 꺼낸 다음인데, 그녀
는 이마를 맞았을 때 조금만 더 이를 악물고 신속하게 몸을
추슬렀다면 아이의 신변을 확보할 수 있었을지 생각해보다
아마 그러지 못했으리라는 결론에 이른다. 이미 투우가 아
이를 발로 차서 그녀 앞으로 굴려주기까지 했음에도 그 기

회를 살리지 못한 것이다. 업자가 내던진 콜트는 기둥에 맞고 층계 아래로 떨어졌고, 그녀는 왼손에 칼을 그대로 쥔 채 오른손으로는 아래층 시신에서 거둬들였던 베레타를 꺼내 투우의 가슴을 조준해보지만 곧 그 앞은 두려움에 젖은 아이 얼굴로 가려진다. 해니는 새 옷인 듯한 목홍빛 코트를 입고 있으며 두 손과 양발이 각각 묶여 있다. 투우는 한 팔로 아이의 목을 끼고 다른 쪽 손으로는 귓가에 반원형 날의 필링 나이프를 대고 있다. 기껏해야 감자 껍질을 벗기는 용도로 총길이 7센티미터밖에 되지 않으나 그걸로 아이의 작고 부드러운 살굿빛 귀를 날려버리는 데엔 무리가 없을 것이다. 찬바람에 갑자기 노출되고 공포에 질린 아이의 귀는 푸르죽죽하게 변한다.

이 거리에서라면 확실하게 머리를 맞힐 수 있다. 대신 아이의 귀는 무사하지 못할 것이다. 귀 하나를 내주고 아이를 회수하는 게 맞나? 어른 귀라면 그녀는 두 번 생각하지 않고 그렇게 했을 테고 무엇보다 그녀가 배운 것은 누군가를 구하는 요령이 아니라 죽이는 방법이었지만, 저놈은 쓰러지면서 반드시 귀만 자른다는 보장이 없다. 그녀는 이 순간, 해니가 어떻게 되든지 이대로 돌진하거나 발사해서 저 건방진 애새끼의 턱뼈부터 부숴놓고 시작하고 싶은 동물적이고도 강렬한 욕망과 싸우며, 실제로 업무 상황에서 계획이 틀어져 이런 지경에 몇 번 놓였을 적에도 류에게 배운 대로 인질의 안위는 관심 밖으로 하고 목표부터 명중시켰던 기억이 띄엄띄엄 떠오르는데, 그와 동시에 머릿속을 훑고 지나가는 장면은 강 박사의 분노와 눈물이다.

보지 않았다면 알지 못했을 어떤 심장의 소용돌이들. 류가 떠난 뒤로는 의미 있다고 생각해본 적 없는 것들. 그리고 그것은 손안에서 차게 식은 무용의 윤기 없는 털의 감촉으로까지 이어진다.

그녀는 베레타와 칼을 차례로 바닥에 버린다.

"아이 내려놔라."

"아직 노망은 안 났나 보네. 상황 판단이 되는 걸 보니. 허리 뒤에 찬 것도 버려."

그녀는 백업건이 든 힙 홀스터를 통째로 풀어 바닥에 던진다.

"네가 나한테 이러는 이유나 좀 듣자."

"그건 당신이 스스로 생각하지 않으면 소용없어."

놈은 딴에는 진지하게 하는 말 같았지만 그녀는 힘없이

코웃음 친다. 아무렴 미친놈한테서 이유나 논리를 찾는 사람이 어딘가 문제 있는 거겠지.

"그럼 됐고. 이제 네 맘대로 해라. 내가 어떻게 하면 그 아이를 돌려보내줄래?"

그녀는 이미 다섯 명의 용병 업자를 거쳤음에도 투우가 자신에게 바라는 게 일종의 패배의 표지라고 상식선에서 너무나 안이하게 생각했는데 여자가, 그것도 나이 든 여자가 한때 날리던 업자라는 사실이 그의 마음에 안 드는 모양이니만큼 따라서 무릎을 꿇거나 어떤 다른 방법들로 굴종을 표시하는 게 그나마 빠른 길이라 믿은 것이다.

"왜 꼭 내가 돌려보내줘야 한다고 생각할까. 나를 쓰러뜨리고 당신이 직접 데리고 가면 간단한 일을."

쓰러뜨려? 내가 저 아이를?

도무지 가능할 것 같지 않다고 생각하면서도 그녀는 어쨌든 버린 물건들 가운데 칼만 다시 줍는다. 아무래도 그가 바라는 것은, 왜 하필 자신이 거기에 장단을 맞춰줘야 하는지 그녀는 여전히 의문이지만, 그에게 있어서 규모가 좀 크고 과격한 놀이에 지나지 않는 것 같다. 손발이 묶인 해니는 기둥에 밀어붙여 앉혀놓고 투우는 어느새 필링 나이프는 옷

안으로 감추었는지 군용 거버나이프로 바꿔 쥐고 있다.

"죽여도 되니?"

그렇게 말하는 그녀는 자기 목소리가 떨리고 있음을 안다. 투우도 그걸 알기에 웃음을 참으며 되묻는다.

"안 그럴 생각이었어?"

그 목소리는 맞은편에서가 아니라 바로 귓가에서 낮게 울린다. 어느새 그는 곁에 다가와 있고 그녀는 광대뼈에 날카로운 통증과 거기서 스며 나오는 피를 느낀다. 그나마 그녀가 반사적으로 팔을 들어 쳐서 칼날의 방향을 바꾼 것이고 원래 표적은 이마 쪽이었던 것 같은데 만약 이마를 제대로 그었다면 흐르는 피가 내내 시야 확보에 방해가 될 터였다.

그녀는 해니의 울음소리가 바로 기둥 앞에서가 아니라 저 멀리 아득한 데서 메아리처럼 들려온다고 생각하며 투우의 늑골 하단을 찌른다. 그러나 칼날에 닿은 게 없다고 생각한 순간 그의 거버나이프 손잡이가 그녀의 등을 찍고 이어서 그의 발이 그녀 무릎 뒤 관절을 걷어찬다. 그녀가 비명과 함께 나동그라져 한동안 움직이지 못하는 걸 내려다보며 투우는 한숨을 쉰다.

"그래도 경로 우대 차원에서 발만 살짝 걸었거든? 뭘 십

자인대라도 파열된 양 꽥꽥거리고 있어."

그러더니 투우는 한 발짝 물러나며 기둥에 기대놓은 아이의 머리카락을 잡아끈다.

"이대로 나를 재밌게 해줄 맘이 없으면 이 아이부터 저 아래 바깥으로 집어 던질 거야."

그녀는 성한 쪽 무릎으로 버티고 몸을 기울여 일어서다 순간 밖에서 들려오는 펑음에 다시 주저앉고 뚫린 창밖으로 검은 연기가 솟는 모양을 건너다본다. 아이는 다시 칼날이 다가올까 울부짖는 걸 간신히 참으며 콧물을 삼킨다. 업자가 시동을 걸고 예열이 충분히 된 순간 엔진에 장착한 폭탄에 점화가 되면서 차가 폭발한 것이다.

"이걸 어쩌나. 이렇게 요란을 떨었으니 제한 시간이 줄었네."

"너 대체 무슨 짓을…… 처음부터……."

더듬거리던 조각은 치솟는 불길 속에서 업자의 살 타는 냄새를 맡으며 코를 훔친다.

"이기는 사람이 당신 차를 몰고 돌아가면 되겠네."

투우는 대수롭지 않게 말하며 아이를 다시 바닥에 팽개치려다 문득 움켜쥐고 있던 머리카락이 손목시계 줄에 걸린 걸 보고 머리카락을 칼로 잘라버린다. 해니는 엉덩이를 비벼가며 어떻게든 그들과 떨어지려 하나 손발이 묶인 탓에 움직임은 크지 않은데, 투우는 이미 해니가 움직이거나 말거나 안중에도 없으며, 조각은 그의 어깨너머로 조금씩 꿈틀거리는 아이를 발견하고 그래도 제힘으로 움직일 의지가 있는 아이임을 다행으로 여기면서 다음으로 날아오는 칼날을 손목으로 막는다. 손목에 그어진 붉은 금에서 순간적으로 피가 흩날리고, 그녀는 측면으로 방향을 바꿔 몸을 낮춰서 마침 경동맥으로 날아오던 칼날을 피하며 벅나이프를 수평으로 질러 그의 허벅지를 찌른다. 탄력 있고 질긴 근육이 칼날을 단단히 휘감는 감촉이 손잡이를 타고 전해지자마자 그가 몸을 틀어 팔로 그녀의 눈을 후려치는 바람에 그녀는 미처 칼을 뽑지 못하고 나가떨어진다. 그녀가 양미간과 무명골의 통증을 추슬러 몸을 일으키는 데에 비교적 오래 걸리기 때문에 그는 외측광근의 일부가 툭툭 끊어지는 소리를 들으면서 칼을 뽑을 만한 시간을 넉넉히 확보한다.

"이거 나 주는 거야?"

투우의 양손에서 피에 젖은 칼들이 깃털처럼 가볍게 회전하여 자리를 잡는 모습을 보며 그녀는 카고바지 옆 주머니에서 예비 칼을 뽑는다. 길이는 투우 손에 넘어간 칼의 3분의 2 정도로 이것이 마지막이고 이제 아무것도 몸에 찬 것이 없다. 로프도, 플래시뱅도 모두 내던진 파우치 안에 들었다. 하기야 이런 상황에서 그런 것들은 별무소용일 것이다. 그녀가 얻어맞은 충격으로 꽤 오랫동안 비실거리는 것 같지만 이미 자세는 갖추고 있으므로, 투우는 그녀의 빈틈을 찾아내기 위해 한 걸음씩 천천히 절룩거리며 다가가는 동안 묻는다.

"아무래도 불공평하지? 하나 버릴까?"

"편할 대로. 하지만 후회할 텐데."

흰소리가 채 끝나기도 전에 눈앞으로 벅나이프가 수차례 작은 원을 허공에 그리며 날아온다. 그녀는 뒤로 몸을 빼어 아슬아슬하게 피한 줄 알았으나 정신을 차리고 보니 허벅지에 칼날이 박혀 있다.

"나 분명히 돌려줬다."

"그거 고맙네."

방역업에서 부상은 상시 동반하게 마련이나 그녀는 오랜만에 다리를 파고드는 얼음 같은 통증에 한순간 호흡의 리듬을 놓친다. 이윽고 그 감각에 익숙해지자 몇 번의 심호흡

끝에 칼을 뽑아 쥐고 작은 쪽을 버린다. 있는 힘을 다해 담근 게 아니라 던진 칼에 맞았으니 상처 자체는 투우만큼 깊지 않다.

그들이 그러는 사이 해니는 엉덩이로 뒷걸음질하다 문득 층계에 닿는다. 그대로 한 단씩 내려갈 수도 있겠지만 여기가 어딘지 알 수 없고, 고민하기 이전에 층계참에 액정이 긁히고 금이 간 휴대전화가 눈에 띈다. 기껏 기어 내려가서는 자동차와 함께 폭발한 이의 주머니에서 흘러나온 것이다. 아이는 입술에 힘을 주고 내밀어 홈 버튼을 누르고, '밀어서 잠금 해제' 표시를 역시 입술로 밀고, 전화기 암호를 모르니 '긴급 상황'을 터치한다. 창밖에서는 여전히 차체가 타는 소리에, 저 기둥 너머에서는 약간 미친 것 같은 아저씨와 허약해 보이는 할머니가 서로를 향해 비웃다가 비명을 지르다가 휘두른 날붙이에 피복과 살이 찢어지는 섬뜩한 소리를 고스란히 들으며 아이는 112를 입술로 입력하기를 마친다. 바닥에 널브러진 전화에 허리를 깊이 숙여 귀를 대어본다. 수화기 건너편에서 대답이 들려오자, 아이는 그전까지 울었다는 것도 잊고 스스로도 놀랄 만큼 침착하게 자신의 상황을 설명한다. 납치되었다는 사실과, 아빠의 전화번호를 알려주는 것만으로 상황 전개는 좀 더 빠르게 될 것이지만, 어린이 목소리의 신고 내용을 의심하는 경찰이 수차례 확인을 위해 되묻느라 지체된다.

그때 또 한 차례 그녀의 쇄골 아랫부분을 사선으로 길게 베어 넘어뜨린 투우는 아이가 하는 일을 발견하고 다가와 전화를 낚아챈다. 그가 무표정한 얼굴로 전화기를 벽에 던져 부숴버리고 이어서 아이의 얼굴을 그어버리기 직전 조각이 그의 등을 벤다. 아이는 비명을 지르며 투우의 앞에서 벗어나기 위해 바르작거리다 몇 계단 아래로 구르고, 투우는 곧바로 조각의 목으로 칼끝을 날리지만 그녀가 측면으로 몸을 틀면서 그의 팔을 쳤기 때문에 간신히 턱을 베이는 선에서 멈춘다. 그러나 쇄골 아래쪽으로 이미 피를 많이 흘렸고 그녀는 눈앞이 어룽거린다. 차량 폭파에 전화 추적까지 겹쳐 상황은 더욱 난감해진 듯싶은데 투우는 그런 것쯤 아랑곳하지 않는다는 듯, 그보다는 어딘가 실성한 듯 물쩡하게 그녀를 데리고 노는 품에 가깝다. 그럼에도 예리하고 정확하며 신속하게 퍼부어지는 칼날을 막아내고 때론 베이면서 그녀는 생각한다. 조바심이 난 강 박사가 이쪽으로 출발한 지 오래일 수도 있으니 아이는 가만히 아빠와 경찰을 기다리면 그만이지만, 본부에서 지방경찰에 협조를 요청한다 해도 이 산중턱까지 도착하는 데에는 어느 정도 시간이 걸리지 않을 수 없을 테며, 그녀가 먼저 죽어버리면 그사이 아이는 투우의 손에 어떻게 될지 모르는 일이다. 그녀는 점점 무거워져 화물칸에 적재하지 못한 짐짝 같은 자신의 몸이 이 순간만큼은 순전히, 투우가 아이에게 다가가는 시간을 늦추기 위해 존재한다고 느낀다. 그리고 아직 시간을 충분히 벌지 못했다고 생각할 즈음 그녀의 늑골 아래를 투우의 칼이 깊게 베고 지나간다.

"무슨 생각을 멍청하게 하고 있어."

투우는 슬슬 부아가 끓기 시작하는데 그 이유는 조각의 눈에서 이기겠다는 생각 없이 가능한 한 시간을 끌겠다는 의도를 엿보았기 때문이다. 그것을 확인한 순간 그는 모욕감과 함께 돌연 마음이 고요와 공허로 가득해지며 그 무게만큼 자신의 내부에서 무언가가 빠져나가는 소리를 듣는다. 따라서 그는 온몸의 감각을 두드리는 실망감과 분노의 리듬을 유지한 채 그녀의 숨통을 끊고 아이의 목을 베기로 작정한다. 군데군데 자잘한 상처로 과다 출혈 끝에 사망이라니 그것만큼 그녀에게 시시한 마지막은 없을 것이다.

하여 그는 날을 아래에서 위 직선으로 치올리지만 그녀가 몸을 뒤로 완전히 젖히며 그 자리에 무릎을 꿇는 바람에 칼날은 경동맥 대신 허공에 꽂힌다. 그녀가 넘어지는 척하면서 그의 하복부에 꽂은 칼을 거의 간 부위까지 올려 긋고, 그 바람에 무게중심을 잃은 투우는 그녀 위로 넘어져 옆에서 보기엔 처참한 싸움의 결과가 아니라 눈밭을 구르던 연인들의 포옹처럼 보인다.

그녀는 이제 손가락 하나 까딱할 힘도 없지만 그렇다고 이런 곳에서 하필이면 투우의 상체에 깔린 변사체로 발견되고 싶은 마음은 없으므로 가까스로 그의 몸을 뒤집어 밀어낸다. 그의 복부에서 비릿한 죽음의 냄새가 풍기고 내장 일부가 밖으로 흘러나와 피에 곤죽이 되어 있다. 그가 토해내는 피가 기도로 들어가지 않게 그녀는 몸을 옆으로 기울여서 뭉친 점퍼를 그 등에 받쳐준다. 그러나 이 상황에 구급차부를까, 묻는 건 의미가 없을 테고 다만 그의 고통을 줄여줘야겠다고 생각하며 벅나이프를 똑바로 쥐려고 애쓰는데 그런 그녀의 손목 위로 피에 젖은 투우의 손이 겹친다.

"하지 마. 놔둬."

그녀는 조금 망설이다 칼을 접어 넣는다.

"너무 억울해하지는 마라. 나도 곧 따라갈 것 같으니까."

그것은 지금 투우에게 하는 말이지만 언젠가 류에게 미처 건네지 못했던 말이기도 하다. 투우는 아직 눈을 뜨고 있으나 호흡은 깊이를 잃고 밭아지며 입가에 머금은 것이 임종 직전 경련의 일종인지 미소인지 알 길이 없다. 피가 튄 그의 얼굴은, 이렇게 가까이서 들여다보는 일도 처음이지만, 유년기에 미처 충족시키지 못하기라도 한 듯한 악의나 장난기 그리고 비밀스러움으로 빚어져 있다. 그 얼굴을 내려다보며 그녀는 어디까지나 이제 자신도 얼마 남지 않았음을 전제로 하고 이 순간과 어울리지 않는 생각을 해보는데, 이 아이와는 어쩌면 다른 장소에서 다른 방식이나 다른 모습으로 만날 수도 있지 않았을까 하는 마음이다.

그리고 서로의 목을 긋는 게 아니라 다만 감싸 안을 수 있었을지도 모르지.

거기까지 연상하다 문득 그녀는 아무 이유도 근거도 없이, 그저 숲을 거닐다 자연스레 순하고 연한 풀을 밟아 나가듯 이런 중얼거림이 입 밖으로 흘러나온다.

"네가 바로 그 애구나."

그저 혼잣말 같은 거였는데 그녀는 점차로 가늘어지던 투우의 눈동자가 다시금 살며시 열리는 걸 본다.

"정말, 기억해?"

그녀는 자기가 무슨 정신으로 그런 말을 냈는지 알지 못한다. 배회하던 숲의 이름이란 어쩌면 기억이었던가를, 투우가 무엇을 종용하는지를 알 수 없다. 아마 묻지 않으면 결국 모르고 말아버릴 그 무엇. 그러나 그녀는 자신이 아닌 자신의 희미하고 질척이는 그림자가 마음속에 있어서 방랑하는 기억의 목록을 도열하고 가두어진 말들을 입 밖으로 소환해내는 것 같다. 그녀는 지금껏 일일이 헤아릴 수 없을 만큼 많은 이들을 방역해왔고 투우는 어쩌면 그들의 남겨진 가족 가운데 한 명일 수도 있지만 한편으론 전혀 관계없는 누군가일지도 모른다. 그러나 이제 류에게로 한 걸음 더 가까이 다가간 그녀에게 그런 기억의 박편들 낱낱이 의미 있을 리 없다. 자신은 기억을 어루만지거나 다른 방식으로 감각하면서 그것의 속살에 배어 있는 향취를 들이마실 가치가 없는 존재라고 여긴다……. 비록 투우는 영원의 공허를 지금 앞두고서도 그 기억이 중요한 모양이지만.

"어떻게, 알았어?"

그래서 그녀는 자기도 모르게 그저 나오는 대로 한 말이라고 차마 대답하지 못하며 다만 얼버무린다.

"그, 뭐니. 주마등이라고 하지. 사람이 갈 때가 되면 갑자기 머릿속에 확 번지는 게 있다고 하잖아."

투우는 그녀의 태도에서 그녀가 결국 아무것도 떠올리지 못하고 있음을 알아차리며, 자신의 존재가 그녀 곁을 스쳐 지나갔을 수많은 남겨진 어린아이들 가운데 하나일 뿐임을 직감하지만 실망을 드러내지 않는다.

"이제 됐어."

그 많은 어린아이들 모두가 그녀를 찾아 나서지는 못했을 테고, 그 어린아이들 가운데 그녀 옆에서 삶을 내려놓는 경우도 흔치 않을 테니 '됐어.' 투우는 가까이 있는 그녀의 무릎을 손가락으로 두어 번 건드린다.

"머리 좀."

그녀가 머리를 무릎에 받쳐주자 숨쉬기가 조금 더 편해진다. 그는 광대한 고통 한가운데 점을 찍은 듯한 그 찰나의 편안이, 저 너머로 건너가는 길목에서 필연적으로 수반되는 과정임을 안다. 그는 자신의 주마등이 뭐가 있을까 떠올려 본다. 자신이 거쳐온 것들과 선택한 것들을 비롯해 자신이 죽여온 모든 것들이 빠르게 머릿속에서 풀려나간다. 스쳐 지나가는 것들이 헤드에 아무렇게나 손가락을 걸고 잡아 뽑은 녹화 테이프 같지만 그중 의식이 닻을 내리고 정박할 수 있는 장면은 하나뿐이다.

"갈 때가 되면 떠오른다고."

투우가 두어 번 턱을 까불다 피식 웃자 입안에 고여 있던 피가 흘러나온다.

"그러니까, 한마디로, 당신은 아직 갈 때가 안 됐다는 거네."

희미해지던 양치식물의 냄새가 사라지고 그녀는 투우의 눈을 감긴 다음, 역시 무심코 중얼거린다.

"이제 알약, 삼킬 줄 아니."

지금은 특목고나 자사고 같은 데 아니면 어림 반 푼어치
도 없는 얘기라고들 하나 그는 한때 자기가 서울대 입학생
을 제일 많이 배출한 공립 고등학교의 교장이었다고 말하
며, 그 전설은 지금까지 그 어떤 공립학교에서도 깨지 못했
다고 강조하는데, 옆에 앉은 이는 그런 신기록 따위 어느 해
반짝 한 번 그랬던 걸 가지고 뻥튀기하느냐 핀잔을 주곤 그
엠병할 자랑 한 번만 더 들으면 천 번째라고 코웃음 친다. 두
사람은 오랜 지인이 아니라 여기 대부분이 그렇듯 이곳에서
오다가다 만나 안면이나 좀 익힌 사이로, 소통이 잘 안 되더
라도 자신에 대해 말하기를 그치지 않으며 서로 으레 그런
가 보다 하고 지나치거나 추어올려주는 법인데, 그중 강성

인 몇몇 사람은 꼭 이와 같이 통바리를 놓는다. 나중 말한 이는 전직 교장의 입을 다물게 하는 데 그치면 되는 걸 꼭 보태어 읊기를, 그렇게 교장 시절 노래를 부르다 결국 아파트 경비원 할 적에도 줄기차게 꼰대질을 해대고 목을 꼿꼿이 세우는 바람에 부녀회한테 밉보여 등 떠밀리듯 퇴직하지 않았느냐며 닦아세운다. 바뀐 세상에 대해 좀 안다 하고 배운 바 있어 적응 좀 한다 하며 젊은것들에 대해 사고가 좀 열려 있다고 자부하는, 말하자면 앞뒤로 어설프게 뚫리고 열리는 바람에 실제론 가장 피곤한 유형 가운데 하나인 이 사람은 해병대를 나온 뒤 양식업을 꽤 크게 하다 두 차례의 화재와 재난에 가까운 한파로 어류 떼죽음이 난 뒤 사업을 접었다고 하며, 전역한 군대와 사업 사이에 무슨 상관관계가 있는지는 알 수 없으나 말끝마다 해병대 출신임을 강조하고 뭘 해도 해병대 정신을 적용한다는 인사로, 상대 불문 누군가를 일일이 짚어 가르치려 드는 말씨는 전직 교장 못지않다.

그들 외에 둘러앉은 노인들은 네댓 명 더 있었으나 아무도 그들을 말리지 않고, 곧 전직 교장과 전직 해병대 출신 양식업자 사이에 시비가 붙어 소주병이 날아가 깨지며 허공에 생채기를 내는 병 조각은 늦은 오후의 햇살을 측면으로 받으면서 튄다. 소일거리가 없는 이들은 한 칸짜리 휴지 조각만 한 자랑거리를 구체적 증거보다는 주로 희미한 기억에 의존하여 소환하기만 해도 금세 한판 붙을 일로 부풀릴 수 있다. 한 티스푼의 설탕에 지나지 않았던 일화들은 솜사탕처럼 부풀어 오르다 결국 눅눅해지며 감당 못하도록 찐득해진다.

그보다는 조금 점잖은 풍경으로 한쪽에 나무 그늘이 드리워진 등받이 없는 벤치에서는 두 노인이 대여한 바둑판을 마주 보고 앉아 한 점을 놓을 때마다 딱 딱 소리를 내며, 누가 더 아들네 부부의 눈치를 심하게 보면서 살고 있는가를 서로 겨룬 끝에 바닥난 연금 재정 이야기로 넘어가고 그 소재는 정치권 주위를 한 바퀴 돌다가 젊은것들 조동아리에는 다 불을 싸질러야 정신을 차린다는 주장으로 귀결되며 그러다 보니 바둑의 승패는 어느새 무관해진다.

그 옆 벤치에서는 오늘자 신문을 돋보기로 들여다보던 두루마기짜리가, 맞은편 벤치에 앉아 뭔가를 찾는 듯 힘겹게 한 손으로 가방을 뒤적거리는 노부인을 은근히 바라보며, 보기 좋은 갈색으로 염색한 머리카락과 눌러쓴 자수 모자 덕에 그녀의 실연령대를 바로 헤아리지 못하고, 차림새가 고상하긴 하나 그래봤자 조금 더 잘 꾸몄을 뿐인, 종종 보던 박카스 아줌마 가운데 하나이겠거니 생각하며 그 옆으로 자리를 바꿔 앉는다. 노부인은 두루마기가 지나치게 옆에 붙어서 가방 안을 뒤지던 팔꿈치가 그의 어깨를 건드리는 탓에 조금 옆으로 비켜나 앉고, 그 때문에 두루마기는 조금 무안해진다.

"뭐 잊어버리신 게 있나 봅니다."

두루마기는 진심으로 그 뒤적질 끝에 거기서 자양 강장제 한 병이라도 나올 것으로 생각하며 눈은 정면의 고스톱 치는 일행을 응시한 채 말을 붙인다. 노부인은 고개를 들어 그것이 자기한테 건네는 말인지 잠시 헷갈리다가 대꾸한다.

"예, 뭐, 전화기를 두고 나온 것 같네요."

"우리 같은 사람들한테 전화 뭐 급하게 올 일이 있겠습니까."

"그렇긴 한데, 오늘 어디 가게 예약해둔 걸 취소하려고 했는데 전화번호가 거기 들어 있거든요. 그럼 수고하세요."

노부인이 가방을 쥐고 일어나자 감색 시폰 롱 셔츠 자락과 한쪽 긴팔 소매 그리고 호피무늬 스카프가 바람에 흩날리고, 두루마기는 총총 멀어지는 뒷모습에 쓸쓸히 입맛을 다신다.

　50대의 원장은 살짝 신경이 날카로워져 있다. 물론 한두 가지 이유만이 그녀의 짜증을 돋운 건 아니다. 애당초 친밀한 고객의 지인의 딸이라는 이유로 부탁을 거절하기가 뭐해서 2급 자격증을 딴 스물두 살짜리 아이를 막내로 자기 숍에 취직시키긴 했는데 이 아이가 들어와서는 첫날부터 가관이었던 것이, 면접 마치면서 분명 주지시켰던 일로 마감 근무 뒤 숍 청소를 하나 추가했을 뿐인데 이제 와서 못 하겠다고 하질 않나, 자격증까지 있는 사람이 바로 고객을 받는 게 정상이지 숍에 근무 시간보다 일찍 출근해서 자꾸 보고 배우라는 원장님 말씀도 받아들이기 힘들고 자기가 뭘 더 배울 게 있으며 그것도 숍을 청소하면서 뭘 배우라는 건지는 더더욱 이해 불가라고 하질 않나, 고객 케어에 사용한 수건 빨기 등 견습생이나 하는 그런 일을 왜 해야 하는지 알 수 없고 하다못해 원 컬러 고객이라도 맡게 해줘야 일할 맛이 나지 않겠느냐는 거였다. 원장은 처음에는 이 아이가 세상 물정 모르고 고생해본 적 없으며 이전에 다른 직장을 다닌 적 없어서 윗사람 어려운 줄 모르나 보다고 여겼다. 그러나 실상은 그 반대로, 이 아이는 그것이 노동자의 당연한 권리이며 사용자의 지시라도 업무 외의 것이라고 판단되면 단지 그것이 관행이나 전통이라는 이유로 받아들여선 안 되는 거라고 똑 부러지게 주장하는 것이었다. 청년 실업 시대에 어쩌면 이렇게 세상 무서운 줄 모를까, 핀잔 반 웃음 반으로 말하자 청년이 고단할수록 그런 부당한 부분에 대한 법제화가 철저히 이루어져야 한다느니, 그야말로 서럽게 맞아가면서 미용을 배운 원장은 막내의 뚜렷한 주관이 놀랍기만 하다. 자기는 100원만큼도 손해 보지 않겠다는 자세로 몸과 마음을 팽팽히 펼친 이 아이는 한 가게에서 얼마나 오래 알바를 해봤을까? 하여 원장은 생각 같아서는 당장 때려치우고 꺼지라고 하고 싶지만 이 아이 배운 유세 부리는 걸 보니 그랬다간 당장 노동부에 진정을 넣어 일을 복잡하게 키울 듯싶고, 무엇보다 소개한 고객의 체면 때문에 참았다. 그 주요 고객이 소개해준 모델이나 기업인 등의 고정 회원만 50명가량 되어 1년 내내 극한 비수기 없이 매출 변동이 크지 않은 것이 그녀의 공이라고 보아도 좋았다. 원장은 자신이 덕을 쌓고 수양한다는 마음으로 막내에게 차근차근 설명하며, 네 말은 원칙상 다 맞지만 개인 사업자는 그렇게 법리대로만 움직이면 다 문 닫고 살아야 할 것인 데다, 규모가 작은 숍이라면 견습생을 빨리빨리 키워서 써먹고 싶어 하겠지만 우리는 고정 회원만 1천 명에 이르는 토털 아트 숍이기 때문에 경우가 좀 다르다고 에둘러 말했고, 당장 네 위로 팀장에 실장에 매니저도 있으니 너는 그들의 보조를 먼저 잘해주면서 그들이 고객 응대하는 기본과 태도를 보고 배우면 그다음에 손님을 맡기겠다고 약속했다. 자격증은 기술을 잘 익혔으니 실력을 갖추면 따는 것이고, 실력만으로 손님을 기쁘게 할 수는 없잖니⋯⋯ 같은 원론적인 설득을 시도하자 막내는 자신이 이런 푸대접을 받기 위해 그 돈을 들여가며 네일아트를 배운 게 아니라며 갑자기 삥 뜯긴 피해자로 돌변하여 굵은 눈물을 떨구기 시작했고, 원장은 마침 다음 날 예약이 잡힌 손님 손을 한번 잡아보라고 자포자기 심정으로 허락했다. 원장은 업종은 여러 가지였으나 사람 상대로 하는 장사를 30년 가까이 해온 사람으로서 판단하건대, 전화 너머의 목소리가 뭔가 계속 망설이는 듯한 데다 말투도 확신에 차 있지 않고 그 밖의 여러 이유로 예약자가 경제적으로 그리 넉넉지 않은 뜨내기손님이라고 결론을 내렸으며 무엇보다도 그 목소리는 숍에 대한 품평을 인터넷 게시판에 할 것 같지 않은 노년의 여성이었기에 막내가 실수해도 위험부담이 비교적 덜할 거라는 생각이었다.

그런데 그 문제의 예약 손님은 당일 오전부터 숍에 도착하기 직전까지 수차례 전화를 걸어대서는 암만 생각해도 자신에게 어울리는 일이 아니라며 예약을 취소하겠다고 했다가, 바로 10분 뒤에 마음이 바뀌었으니 다시 가겠다는 등 말이 자꾸 왔다 갔다 했다. 원장은 연세 드신 고객의 변덕이라고 으레 알았으나, 전화로 접수를 받던 막내는 네 번째로 말 바꾸는 통화에서 결국 짜증을 터뜨렸다. 하시겠다는 건지 마시겠다는 건지 똑바로 말씀해주셨으면 좋겠거든요. 이거 영업 방해인 거 아세요, 모르세요? 원장은 기겁하여 수화기를 낚아채곤, 아트란 게 한번 해놓으면 길어야 2주일 갈 뿐이니 그렇게 많이 고민하지 않으셔도 되며 한번 분위기도 바꿔볼 겸 일상에 자극을 주는 여성들만의 유희 정도로 생각해주시고 출근한 지 며칠 안 되어 뭘 모르는 우리 막내가 말실수를 한 사죄로 전종 특별 할인가에 모시겠으니 꼭 나와달라고 상황을 정리했다.

그렇게 해서 나온 고객은 체구가 매우 왜소하며 옷차림은 그런대로 나쁘지 않았으나 낯빛은 어둡고 피부 톤이 좋지 않아 전체적으로 옷과 조화를 이루지 못하는 노부인이었다. 네일 팁을 얹어놓고 그림을 그리면 손만 부자연스럽게 될 것이 뻔해 보였다. 원장은 이런 장사를 할 때의 감대로 노부인을 처음 보는 순간 머리부터 발끝까지 이미 견적을 냈는데, 암만 생각해도 그녀는 전문직에 종사하는 기품 있는 노년의 CEO 내지 중요 인사와는 거리가 멀었고 자신을 남다르게 꾸미는 일에 무관심한 건 물론, 디너파티에 초대받아 와인 잔을 들면서 손톱이나 반지를 드러내는 일과도 인연이 없어 보였으며, 지금은 마치 친구네 아들 결혼식에 초대받아 뭐부터 구색을 갖춰야 할지 모르지만 하여간 뭔가 아무것도 안 바르기에는 예의가 아닌 듯하여 어쩔 수 없이 나온 어수룩한 모양새였다. 초보자라면 동네 상가의 미니 네일숍에 가도 그런대로 만족스러운 결과물을 얻을 수 있는 것을 구태여 중심가까지…… 예산은 넉넉한데 자신에게 무엇이 적합한지를 모르는, 뭔가를 처음 해보는 어머님들이 종종 저지르는 오류다.

똥 밟았슈, 라고 얼굴에 적힌 막내의 옆구리를 찌르며 원장은 원 컬러로 적당히 끝내게 유도하라고 다짐을 주었다. 아무렴 연예인이나 회장 사모님 같은 이들에게 검증되지 않은 막내를 붙여놓아 사고를 칠 수는 없는 일이었고, 그렇다고 해서 노부인의 옷차림이 숍의 물을 완전히 흐려놓을 정도는 아니었으므로 막내의 수업용으로는 적절한 대상이었다.

그런데 단단히 다짐을 듣고 간 막내는 막상 손님이 내민 오른손을 잡고는 단 한 명의 뜨내기손님이라도 최선을 다하고자 하는 열정에 부풀어 있음인지, 아니면 자신의 넘치는 재능을 시험해볼 데가 마땅찮았던 김에 자랑하고 싶었음인지 알 길이 없으나 다짜고짜 상대방이 듣고 이해하지도 못할 큐티클이 어쩌고, 팁 위에 스톤을 올리느니 실크에 그러데이션 등을 현란하게 읊어대기 시작했고, 그러더니 결국 어머님의 손은 일단 기본적으로 치료가 필요한 손이라며 치료부터 들어가는 게 좋겠다고 은근히 권했다. 저 아이를 하고픈 대로 놔둘까 말릴까 고민하다가 원장은 저것도 막내가 고정 손님 하나 확보하여 자랑하고 싶은 마음이겠거니 하고 헤아렸는데, 뜻밖에 손님이 목소리를 깔고 말하기를,

"치료가 필요한 손이다? 보세요. 숍에서 치료합니까? 그냥 관리겠지. 여기 피부과 의사가 있나요? 그쪽이 치료하면 그거 위법 행위인 거 알아요?"

치료나 관리의 구분조차 못 할 것처럼 보였던 사람이 갑

자기 돌변해서는 누가 노인 아니랄까 봐 성마르게 말꼬투리를 잡고 늘어지자 원장은 마침내 둘 사이에 끼어들었다.

"어머님, 이해하기 쉽게 그냥 그렇게 말씀드린 거고요, 흔히들 케어라고 한답니다."

거기서 원장이 자신을 거들어주는 걸로 알고 막내는 또 청산유수로 보태기를,

"예, 그렇죠, 케어. 그런데 어머님이 원치 않으시면 케어는 생략해도 돼요. 케어 선택 굳이 안 하셔도 손톱 정리해드리고 큐티클 제거해드리고, 기본 케어는 들어가거든요. 아트를 하실 거면 케어는 생략하는 게 좋아요. 어차피 팁을 올릴 건데 케어한 자리에 올리면 그 사이에 습기가 찰 수 있거든요. 아트 하는데 케어부터 들어간다? 그거 이류예요. 경험 많지 않은 숍에서나 그러죠. 저는 그냥 이런 것도 있다, 가능하면 순서를 갖추는 게 좋다고 말씀드린 것뿐이고요, 결정은 어머님이 하시는 거예요."

"그럼 그 아트인지 뭔지만 하지. 할인해서 총 10만 원이랬으니까 거기 맞춰주시고, 방식이나 색깔, 모양은 다 알아서 해봐요. 그리고 하나만 말해둘까. 난 그쪽 어머님 아니에요. 나이 먹은 손님이 오면 다 어머님이라고 하나?"

자칫하다간 점잖은 손님이 진상으로 돌변할 것만 같아 원장은 한 번 더 제지했다.

　"아, 불편하셨다면 죄송합니다, '고객님.' 아무쪼록 양해해주시고 기본적인 도안은 샘플 가운데서 한번 골라봐주세요."

　그 말을 끝으로 더 이상 원장은 막내가 이것저것 두는 무리수에 끼어들기를 포기했는데, 마침 원장 앞으로 예약했던 VIP가 왔기 때문에 별도 룸으로 그녀를 안내하기 위해서이기도 했다.

　VIP가 오랜 케어 뒤 휴식을 취하는 동안 차를 내오라고 말하기 위해 밖으로 나온 원장은, 텅 빈 홀에서 훌쩍거리는 막내를 둘러싼 실장과 매니저를 볼 수 있었다.

　"왜들 그러고 앉았어?"

　"예, 원장님. 저희들 다 손님 계시고 바빠서 신경 못 쓰는 사이에 막내가 그 할머니 손님 계산을 이상하게 해서 보냈더라고요. 기가 막혀서."

　"계산을 어떻게 했는데? 아트는 제대로 해드렸고? 그러게 내가 뭐랬니, 원 컬러나 똑바로 하랬지."

원장은 한숨을 쉬며, 보나마나 생긴 것과 달리 깐깐하게 굴었던 노부인이 컬러나 스톤이 맘에 안 든다며 트집을 잡는 바람에 막내가 자기 멋대로 할인가에서 더 깎아주었나 보다고 확신하고, 그 재료비는 막내 월급에서 까고야 말리라고 속으로 이를 갈았는데, 돌아오는 막내의 대답은 뜻밖이었다.

"물론 손님은 마음에 들어 하셨어요. 제가 얼마나 공을 들였는데요. 하지만 원장님께서 분명 할인가로 10만 원이라고 하셨잖아요. 그런데…… 저는 케어 얘기할 때 오른손만 붙잡고 있어서 몰랐단 말이에요."

거기까지 말하고 막내는 심호흡을 한번 길어 올리더니 고작 30분 남짓 사이에 세상의 온갖 풍파를 다 맞았다는 표정을 지어 보이곤 이어서 말하는 것이었다.

"기본 케어를 하는데 알고 보니 그 손님 왼손이 없었다고요, 왼손이. 열 손가락 아니고 다섯 손가락. 그래서 마치고 가실 적에 5만 원으로 깎아드렸어요. 그게 정말 잘못한 건가요? 한 손 없는 손님이 그래도 있는 손이나마 꾸며보겠다고 왔는데, 그걸 손가락 수대로 계산해서 반값 처리한 제가 정말 숍의 질을 깎아먹은 거냐고요."

그러면서 말끝에 막내는 다시 훌쩍이기 시작했는데, 그 울음은 본질적으론 자신을 질책하는 선배들에게 억울함을 호소하기 위해서인 것 같았고 거기에 처음 맞이한 손님이 한 손이 없었다는 데 대한 당혹감이나 두려움이 살짝 곁들 여졌을 뿐인 듯했지만, 어쩐지 그 순간 원장은 이 아이의 눈 물이 아마도 다시 올 일은 없을 노부인에 대한 동정 때문이 라 믿고 싶어졌으며, 원칙대로라면 손님 손을 처음 잡을 적 에 두 손을 먼저 쇼 글라스에 올려놓고 확인하지 않은 데 대 해 한마디 해야겠으나, 세상에서 자기가 제일 잘난 듯싶었 던 이 막내의 유일한 장점이 타인의 불행에 대해 공감하는 능력이라면 데리고 있으면서 쓸 만하게 키워보아도 되겠다 고, 애써 미소 지으며 대답했다.

"잘했다."

노부인은 팔꿈치에 보스턴백을 걸고 걷다가 문득 그 팔을 허공에 뻗어본다. 피하지방이 없는 메마른 손등과, 그 끝에 빛나는 다섯 개의 손톱을 본다. 각각의 긴 손톱마다 그녀가 입은 시폰 셔츠와 같은 어두운 감색이 밤하늘처럼 칠해져 있고, 그것을 배경으로 삼아 노랑, 연주황, 하양, 연두 등 저마다 다른 색과 무늬의 무정형 도안이 각각 다른 좌표에서 시작하여 동심원을 그리며 퍼져나가게 표현되었는데 그 모습은 밤하늘의 다양한 불꽃놀이를 표현하려는 의도였을 테지만 손을 높이 들어 달리 보면 여러 종류의 과일 열매처럼도 보인다.

처음 해보는 일인 데다 인조 손톱을 얹어놓은 것이라 영 불편하다. 남의 살점이나 뼛조각을 떼어다가 억지로 자기 손에 갖다 붙여놓은 느낌이다. 그러나 예쁜 그림을 들여다보고 있으면 조금쯤의 불편함은 금세 사그라진다. 샤워 목욕 마음껏 하시면서 적어도 2주일은 간답니다. 많이 지워지고 보기 싫어져서 떼실 거면 숍으로 다시 오셔도 되고요, 혼자 집에서 떼고 싶으시면 네일 리무버 드릴게요. 막내라고 불린 젊은 아이가 자신의 첫 작품에 취한 듯 휴대전화로 인증 샷까지 찍는 걸 허락해주면서 노부인은 슬그머니 웃었다. 버릇없어 보이지만 순수하게 기뻐할 줄 알고, 기분 내키는 대로 행동하고 감정을 드러내는 그 아이가 부럽다고 생각하며.

그녀는 이 손톱을 누구에게도 보여주지 않을 것이다. 딱히 보여줄 사람이 없기도 하고. 혹시 모를 일이다. 시니어패

스를 단말기에 대다가, 편의점에서 껌 한 통을 사기 위해 지 갑을 뒤지고 지폐를 내밀다가, 그런 일상의 사소한 순간들 속에서 누군가들은 스쳐 지나가듯이 이 손톱을 보게 될 것 이다. 그들은 손톱을 보고 바로 이어서 손톱 주인의 얼굴을 올려다보자마자 눈을 휘둥그레 뜰지도 모르지. 도저히 당신 과 같은 나이의 사람에게 어울리는 장식이 아니라는 편견을 차마 입 밖으로 내지 못하고 다만 침묵하거나 헛기침하며 흘끔거리겠지. 그러나 이 순간 그녀는 깨지고 상하고 뒤틀 린 자신의 손톱 위에 얹어놓은 이 작품이 마음에 든다. 무엇 보다 그것은 진짜가 아니며 짧은 시간 빛나다 사라질 것이 기에 더욱 그렇다.

사라진다.

살아 있는 모든 것이 농익은 과일이나 밤하늘에 쏘아올린 불꽃처럼 부서져 사라지기 때문에 유달리 빛나는 순간을 한 번쯤은 갖게 되는지도 모른다.

지금이야말로 주어진 모든 상실을 살아야 할 때.

그래서 아직은 류, 당신에게 갈 시간이 오지 않은 모양이야.

파과

초판 1쇄 발행 2018년 4월 16일 **초판 34쇄 발행** 2024년 12월 10일

지은이 구병모
펴낸이 최순영

출판2 본부장 박태근
스토리 팀장 김소연

펴낸곳 ㈜위즈덤하우스 **출판등록** 2000년 5월 23일 제13-1071호
주소 서울특별시 마포구 양화로 19 합정오피스빌딩 17층
전화 02) 2179-5600 **홈페이지** www.wisdomhouse.co.kr

ⓒ 구병모, 2018

ISBN 979-11-6220-362-0 03810